第一回　甄士隐梦幻识通灵　贾雨村风尘怀闺秀（一）

第二回　贾夫人仙逝扬州城　冷子兴演说荣国府（一）

第二回　贾夫人仙逝扬州城　冷子兴演说荣国府（二）

第三回　贾雨村夤缘复旧职　林黛玉抛父进京都（一）

第三回　贾雨村夤缘复旧职　林黛玉抛父进京都（二）

第三回　贾雨村夤缘复旧职　林黛玉抛父进京都（三）

第四回　薄命女偏逢薄命郎　葫芦僧乱判葫芦案

第五回　开生面梦演红楼梦　立新场情传幻境情

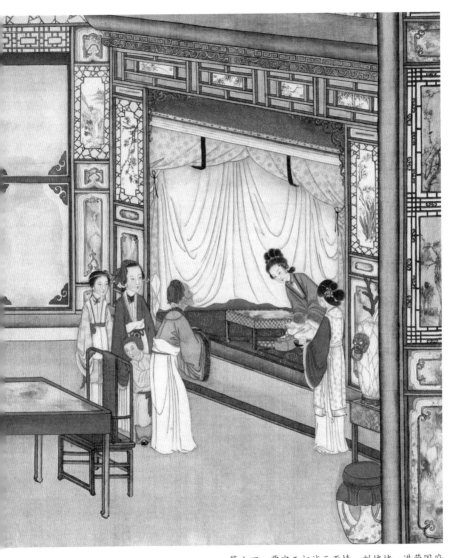

第六回　贾宝玉初试云雨情　刘姥姥一进荣国府

第七回　送宫花贾琏戏熙凤　宴宁府宝玉会秦钟（一）

第七回　送宫花贾琏戏熙凤　宴宁府宝玉会秦钟（二）

第八回　比通灵金莺微露意　探宝钗黛玉半含酸

第九回　恋风流情友入家塾　起嫌疑顽童闹学堂

第十回　金寡妇贪利权受辱　张太医论病细穷源

第十一回　庆寿辰宁府排家宴　见熙凤贾瑞起淫心

第十二回　王熙凤毒设相思局　贾天祥正照风月鉴

第十三回　秦可卿死封龙禁尉　王熙凤协理宁国府（一）

第十三回　秦可卿死封龙禁尉　王熙凤协理宁国府（二）

第十四回　林如海捐馆扬州城　贾宝玉路谒北静王

第十五回　王熙凤弄权铁槛寺　秦鲸卿得趣馒头庵

第十六回　贾元春才选凤藻宫　秦鲸卿夭逝黄泉路

插图典藏本

马瑞芳品读红楼梦

①

马瑞芳 著

天地出版社 | TIANDI PRESS

最好的中国故事

  《红楼梦》是中国古典小说的艺术高峰，通过对贵族家庭日常生活的细腻描绘，写出了作者对封建末期社会现实的深刻观察和思考。《红楼梦》的内容博大精深，形式生动活泼，可看作艺术化的中国古代文化百科全书。

  《红楼梦》作者曹霑，约生于康熙五十四年（1715），卒于乾隆二十七年除夕（1763），字梦阮，号雪芹、芹圃、芹溪等。他的祖父曹寅是康熙皇帝的亲信，康熙皇帝南巡，曹家四次接驾，造成经济上的巨额亏空。雍正六年（1728），曹家被抄家，家境一落千丈。曹雪芹在举家食粥的日子里，不断回味钟鸣鼎食的昔日繁华，写成了《红楼梦》。

  《石头记》是《红楼梦》早期流传过程中的书名。在曹雪芹的创作过程中，其亲人如脂砚斋和畸笏叟参与了评点。评点本《脂砚斋重评石头记》现存十几种，是研究《红楼梦》的重要资料。曹雪芹早逝，他写的《红楼梦》后三十回现已丢失，一百二十回《红楼梦》的后四十回由程伟元、高鹗据无名氏之作补成。

  《红楼梦》前五回最见作家功力，是全书总纲。读《红楼梦》

首先要读懂前五回。

《红楼梦》有宝黛爱情和贾府盛衰两条线索，还设置了刘姥姥三进荣国府为隐线。刘姥姥一进荣国府，作者巧妙描绘王熙凤；二进荣国府，细腻描写大观园；三进荣国府，贾府败落，刘姥姥救巧姐。曹雪芹描写刘姥姥第三次进荣国府的稿子已经丢失。

缠绵悱恻的宝黛爱情建立在"还泪"的神话基础上，男女主角的爱情是为了还泪，这样的构思，在古今中外的小说中绝无仅有。黛玉跟宝玉住在贾母的碧纱橱内外，可谓青梅竹马。不久，颈挂象征"金玉良缘"金锁的薛宝钗来了。薛宝钗美丽温柔，恪守封建道德规范，是典型的淑女，而贾宝玉却爱林黛玉，这其实是人生道路的选择。贾宝玉是贵族家庭的不肖之子。《红楼梦》开头就说贾宝玉"无故寻愁觅恨"。贾宝玉住的屋子雕梁画栋，穿的是绫罗绸缎，吃的是山珍海味，应该没什么愁恨，却偏偏自寻自觅。他寻的是封建叛逆者之愁，觅的是和主流意识形态对着干的恨。贾府人都骂贾宝玉无能，薛宝钗也说他是"无事忙""富贵闲人"，唯独林黛玉从不劝宝玉立身扬名，不劝他读书做官。可见，宝黛爱情是在共同理想和人格追求基础上的知己之恋。

通常，小说的爱情男女主角就是男女一号，《红楼梦》不同，它有两个没有爱情关系的核心人物——贾宝玉和王熙凤。红学家王昆仑说过："恨凤姐，骂凤姐，不见凤姐想凤姐。"王熙凤是个八面生风的形象。《红楼梦》中贾府盛衰的线索主要通过凤姐理家演绎。国公府的爷们像黄鼠狼生耗子，一代不如一代。贾赦、贾珍、贾琏等都是败家子，"金紫万千谁治国，裙钗一二可齐家"。王熙凤才能出众，智谋超群。秦可卿死了，宁国府乱成一锅粥，王熙凤两天工夫就治理得井井有条。王熙凤嬉笑怒骂皆是妙文章，举手投足全是大智慧。她跟贾府内外上下周旋，长袖善舞，左右逢源，游刃有余，玩着闹着笑着，就把棘手难题摆平了。王熙凤笃信"金钱拜物教"，拆散一对恩爱的有情人，到手三千两银子；她用大家的月钱放高利贷，自谋私利，加速贾府败落。王熙凤还在封建婚姻范围内幻想专一的爱情，一再跟丈夫的"外遇"做斗争，演出了凤姐泼醋、尤二姐之死等连场大戏。她是跟林黛玉意义不同的爱情悲剧女主角。曹雪芹构思的王熙凤是站在冰山上的雌凤。冰山倾倒，落魄的凤凰不如鸡，王熙凤"哭向金陵"。覆巢之下，焉有完卵？《红楼梦》十二金钗，还有香菱、晴雯等，最后都是悲剧结局。

贾府盛衰大场面的描绘，如秦可卿之死、元春归省、两宴大观园、查抄大观园，是古典小说叙事写人的大手笔。"秦可卿死封龙禁尉"，贾珍为葬礼风光给贾蓉捐官，用亲王棺木殓葬秦可卿，还有四王路祭、压地银山样的出丧队伍，小说把国公府煊赫的权势写得淋漓尽致，背后却是秦可卿淫丧天香楼。元妃归省盖起大观园，给贾府带来"烈火烹油、鲜花着锦"的富贵，却也导致贾府寅吃卯粮、入不敷出。元妃一道口谕，宝玉和姐妹们住进大观园，古代文学从此有了独一无二的青春伊甸园、地上的太虚幻境。黛玉葬花、宝钗扑蝶、湘云醉卧、怡红夜宴、宝琴立雪、晴雯撕扇补裘、史太君两宴大观园等均在此上演。宝玉挨打、"苦尤娘赚入大观园"也在此上演。悲剧就是把美好的事物毁灭给人看，建立大观园最终是为了毁灭大观园及园中"精灵"。王夫人抄检大观园、晴雯之死，拉开了金陵十二钗相继夭亡、贾府"忽喇喇似大厦倾"的序幕。

《红楼梦》生动地描绘了一个贵族大家庭的吃喝玩乐、生老病死、喜怒哀乐、婚丧礼祭，细致地描摹了一群贵族男女的诗意享乐、悲欢离合及"乌眼鸡"争斗和"树倒猢狲散"，成为中国封建社会的"清明上河图"。《红楼梦》不仅仅是小说，诗词文赋、建筑园林、饮食医药无一不写，无一不精，这些内容跟人物故事水乳交融，文化和人物融合得天衣无缝。人物命运在"天上人间诸景备"的大观园中展开，自然和人物和谐无间。读者在品味人物和故事的同时，还踏上了对大自然、古典园林及古代文化的朝圣之旅。

曹雪芹在复杂风云中写人，在矛盾斗争中写人，在相互关系中写人，准确把握了人物的复杂性格和内心世界。《红楼梦》是古典小说典型人物的精彩画廊。莎士比亚的几十部戏剧成功塑造了两百多个人物，曹雪芹一部未完的《红楼梦》也成功塑造了两百多个人物。这些人物属于各阶层，从贵妃到道婆，从封疆大吏到游方和尚，每一次出场都活灵活现。贾母是荣国府的"宝塔尖"，福寿俱全，以享乐为人生追求，刘姥姥是一无所有的穷苦寡妇，二人却互相欣赏，演了一场漂亮的对手戏。

《红楼梦》的文学语言纯净、优美、洗练，体现了汉语的无穷魅力，许多已成了日常用语，如用"刘姥姥进大观园"形容没见过世面的样子，就是典型例子。《红楼梦》已有数十种外文译本，红楼宴也走向了世界。读者可以从欣赏《红楼梦》的人物、情节、场景、语言入手，学得知识，获得美感，体悟人生。

我在大学讲《红楼梦》，用的是高头讲章的讲法，讲作者考证、版本流变、理论分析。现在我按照广大读者的阅读习惯，一回一回地细细品读《红楼梦》前八十回，细细体味《红楼梦》的艺术魅力。

《红楼梦》是最好的中国故事。

我们都爱《红楼梦》，我们都是小红迷。

目
录

无材补天，还泪神话维系小说根基

——第一回　甄士隐梦幻识通灵　贾雨村风尘怀闺秀（上）

《红楼梦》第一回开篇写了两个神话：

一个神话是无材补天的大石头幻形入世，成为贾宝玉出生时嘴里衔着的通灵宝玉；

一个神话是贾宝玉和林黛玉从灵河岸边开始的情定三生、人世还泪。

这两个神话对《红楼梦》这部现实主义巨著有纲领性意义，是整部小说的根基。

而读《红楼梦》首先要弄清楚的重要问题是：

这部书的书名从何而来？为什么《红楼梦》又叫《石头记》？

《红楼梦》和《石头记》

《红楼梦》是什么意思？曹雪芹从哪儿取来的书名？

唐代诗人白居易有首《秦中吟》，其中写道"红楼富家女，金缕绣罗襦"，意思是：住在富丽堂皇的楼阁里面的富家小姐，用金丝线绣绫罗嫁衣。这就是《红楼梦》书名的来历。"红楼"是富家闺阁，

"梦"是人生感受。曹雪芹说他是经过一番梦幻之后，才写的这本书。曹雪芹所谓梦幻，是梦幻样的人生。他的家庭从富裕到贫寒，从锦衣纨绔、饫甘餍肥，到茅椽蓬牖、瓦灶绳床。曹雪芹从繁华旧梦中醒来，认真思考人生，写下《红楼梦》。

通行一百二十回本《红楼梦》的前八十回作者是曹雪芹，后四十回是程伟元和高鹗根据无名氏续书订补，俗称"程高本"，主要有程甲本和程乙本。红学家一般认为，曹雪芹完成的《红楼梦》总共一百一十回，后三十回现已遗失。后三十回写了什么内容？前八十回的多次预示暗示、脂砚斋的评语提供了线索，看过曹雪芹全稿的朋友如富察·明义写的诗也留下了线索。现存《脂砚斋重评石头记》十几种版本，是学者整理《红楼梦》前八十回的重要参考。而前八十回的预示暗示、脂砚斋及曹雪芹朋友提供的线索，是我们推测曹雪芹后三十回构思的重要依据。

《红楼梦》还有个名字《石头记》。所谓石头记，就是一块大石头上记录的一段故事。

这块大石头是天才作家曹雪芹的化身。

无材补天是曹雪芹一生惭恨

《红楼梦》开头讲了一个女娲补天的故事。原来女娲炼石补天时，于大荒山无稽崖炼成高径十二丈、方径二十四丈的顽石三万六千五百零一块，女娲只用了三万六千五百块，剩了一块未用，弃在青埂峰下。此石自经锻炼之后，灵性已通，因见众石俱得补天，独自己无材，不堪入选，遂自怨自叹，日夜悲号惭愧。

大荒山无稽崖，这名字是什么意思？荒唐无稽。"青埂"谐音

"情根"，感情之根，爱情之根。这石头已经不能补天，还被放到了讲感情的青埂峰下。这块不能补天的石头在悲号时，迎来了茫茫大士和渺渺真人。又是茫茫又是渺渺，都意味着虚无缥缈，和大荒山无稽崖一样，都是小说家创造的。茫茫大士和渺渺真人高谈阔论，说到红尘当中的富贵时，石头很感兴趣，说红尘当中这么好，你们携带我去看看行不？两位大士就把石头变成块扇坠大小的晶莹宝玉，把它送到人间了。送到什么地方？——昌明隆盛之邦（中华大地长安大都）、诗礼簪缨之族（荣国府）、花柳繁华地（大观园）、温柔富贵乡（贾宝玉的绛芸轩）。像麻雀蛋那么大的通灵宝玉含在胎儿贾宝玉的嘴里进入红尘，从此便挂在贾宝玉的脖子上，记录人世间发生的事。

这块玉仅仅是块玉，或者说仅仅是块石头吗？不，他是曹雪芹的化身。曹雪芹一生最惭愧的事情，就是他无材补天。请注意，是"无材"不是"无才"。什么是"无材"？"无材"就是不是那块材料；什么是"天"？"天"就是朝廷。封建时代的读书人以做天子门生、为天子效力为人生理想。不能"补天"就是不能为皇家所用。曹雪芹的祖父曹寅曾任江宁织造，康熙皇帝南巡时曹家四次接驾。很多红学家认为曹雪芹的父亲是曹頫，他做江宁织造时被雍正皇帝抄家，曹家从此走向末路。曹雪芹既不能继承祖父的官职，也不能通过科举考试获得功名。在那个时代，读书做官是读书人唯一的出路。没有出路，多么郁闷。曹雪芹无材可以补苍天，就把自己幻化成一块石头写小说。这就是《红楼梦》又叫《石头记》的原因。

这块变成美玉的石头是噙在贾宝玉嘴里来到人世的。胎儿的嘴能含多大的玉？肯定非常小。曹雪芹具体写通灵宝玉像麻雀蛋那么大。1996年，1987年版电视连续剧《红楼梦》总导演王扶林先生到山东大学来拍根据我的长篇小说《蓝眼睛·黑眼睛》改编的电视连续剧，我和王导演开玩笑说："王导演，我非常佩服您，您给欧阳奋强挂上巴掌大一块通灵宝玉，那么大的玉能含在婴儿嘴里吗？只能含在大河马嘴里。"王导演说："我的电视剧几亿人看，如果我给欧阳奋强胸前挂上个'麻雀蛋'，观众还不得骂死我？"后来我又跟李少红导演讨论她用的那块玉，我说："少红导演，你倒是用了块真正的和田玉，不像王扶林导演，用一块有机玻璃刻通灵宝玉。但是你这块玉是浅黄色的，贾宝玉那块玉是红色的，小说原文写的是'灿若明霞'。"这都是些题外话了。

通灵宝玉起什么作用？它像侦察卫星，地面上的东西都能看得清清楚楚；它像西方神话所说的瘸腿的魔鬼，能够穿透房顶，看到房子里面发生的事；它像微型摄像机，能拍摄下贾宝玉身边发生的事情，贾宝玉不在场，它还可以"遥控拍摄"。石头叙事是中国古代小说特殊的叙事方法。

明明是曹雪芹独立创作的小说，他偏要说是石头写的。若干劫之后，空空道人从大荒山无稽崖青埂峰经过，看到石头上写的故事就抄来，经过曹雪芹在悼红轩批阅十载，增删五次，才拿来给大家看。这是曹雪芹故弄玄虚。实际情况是，曹雪芹写过一本《风月宝鉴》，《红楼梦》是在《风月宝鉴》的基础上写的。

在写作过程中，曹雪芹身边的亲人一边给他抄，一边点评，最主要的人有脂砚斋、畸笏叟。脂砚斋和畸笏叟是什么人？红学家有各种说法，我认为脂砚斋是曹雪芹的堂兄弟曹天佑，畸笏叟是曹雪芹的父亲曹頫。"笏"是大臣向皇帝奏事时拿的板子，笏板畸形是丢了官的意思，"畸笏叟"就是丢了官的老头，也就是曹雪芹的父亲。

林黛玉的心源与"性本还泪"说

　　无材补天的石头写下《红楼梦》，是小说的第一个神话。第二个神话是贾宝玉和林黛玉的三世情缘。贾宝玉和林黛玉是从单纯美丽的仙境来到纷纭复杂的人世遭受磨难的。林黛玉的前身是西方灵河岸上三生石畔的一株绛珠草。西方，是极乐世界。灵河，是西方极乐世界的河，河前面的"灵"字，有好几层意思：灵敏、灵秀、灵气，都是林黛玉的特点，灵河是林黛玉心的源泉。林黛玉是《红楼梦》中最聪明的姑娘，她的聪明是胎里带来的灵气，她的灵气有时候大大方方地表现出来，有时候甚至肆无忌惮地表现出来。林黛玉率真耿直，锋芒毕露，有话就说，从来不藏着掖着，贾宝玉的奶妈李妈妈就说林姐儿的嘴比刀子还尖。这棵小草长在三生石边，三生本是佛教概念，指前世、今生、来世，或者过去、现在、未来。

　　三生石的故事来自唐传奇《甘泽谣·圆观》。惠林寺和尚圆观和李源是好友，两人一块儿经三峡到蜀地游玩，看到几个妇女在打水，圆观流着眼泪对李源说："那个大肚子妇人姓王，肚子里的孩子就是我，我到此就找到了生命的归宿。十二年后中秋月夜，你到杭州天竺寺会再见到我。"到了晚上，圆观圆寂，而王氏生了个儿子。十二年后，李源在天竺寺外遇到个牧童，唱了曲《竹枝词》："三生石上旧精魂，赏月吟风不要论，惭愧情人远相访，此身虽异性常存。"这首词的意思是：我们是缘定三生的好友，现在老友来拜访我的来世，我虽然变成了小孩，但我们的友谊永远不变。牧童就是圆观的后身。文学作品用"三生石"形容男女之间为情而生，为情而死，为情可以共生，可以共死，可以死而复生的再世情缘。

　　林黛玉喜欢的《牡丹亭》就讲述了三世情，柳梦梅和杜丽娘梦中相爱，是人的灵魂相爱的一世情；杜丽娘死了，柳梦梅和她的鬼魂幽会，是人鬼相爱的二世情；柳梦梅把杜丽娘从坟墓里掘出，杜丽娘复活，皇帝下令让他们成亲，是人和人相爱的三世情。林黛玉的前身绛珠草既然生长在三生石畔，必然要连续三世为情献身。三生石是林黛玉性情的根本，爱情至上、为情献身，是林黛玉性情中最主要的东西。

绛珠草是长着绿色的叶子、大红的小珠状果实的草，它能活下来，是因为接受了贾宝玉的前身、赤瑕宫神瑛侍者的雨露之恩。神瑛侍者浇灌绛珠草是贾宝玉和林黛玉的第一世情缘。

读《红楼梦》一定要记住：石头不是神瑛侍者。在社会上流行二百年的程高本中，大荒山的那块石头被警幻仙子安排成神瑛侍者，这是完全错误的。因为当年程高本的抄写者没有看到甲戌本《脂砚斋重评石头记》，其他抄本恰好少了甲戌本非常重要的一页共计四百二十九个字，所以也就无法知晓在曹雪芹的构思中，无材补天的大石头要求一僧一道携带它去红尘，被一僧一道大施法术变成通灵宝玉了。

林黛玉常发牢骚，说自己是草木之人，没有什么金呀玉呀。在薛家大造"金玉良缘"舆论时，贾宝玉偏偏在梦里说"木石姻缘"。一点儿不错，林黛玉前身是绛珠草，是木，贾宝玉前身是神瑛侍者，"瑛"是石头，"神瑛"是神奇的石头，他们之间就是"木石姻缘"。

贾宝玉和林黛玉的第二世缘是绛珠仙子在五衷内对神瑛侍者郁结着缠绵不尽之意。警幻仙子的绛珠妹子是林黛玉的第二个前身。绛珠仙子"终日游于离恨天外，饥则食蜜青果为膳，渴则饮灌愁海水为汤"。书中对绛珠仙子的介绍非常简单，含义却并不简单。"离恨天"是天的最高层，是悲哀气氛聚集的地方。"蜜青果"谐音"秘情果"，意为秘密的感情。古代什么感情是秘密的感情？爱情。"灌愁海水"，谐音"惯愁海水"，意为习惯的哀愁，永远的哀愁。绛珠仙子吃的秘情果，喝的惯愁水，决定了林黛玉的性格——为爱情而哀愁而痛苦，为爱情而九死不悔。

从绛珠草到绛珠仙子到林黛玉，贾宝玉和林黛玉的感情是第三世情缘，是古代戏曲小说最别致的爱情。

为什么这样说？我们跟《红楼梦》里常出现的《西厢记》《牡丹亭》比较一下，就可以看出曹雪芹的天才多么不寻常。《西厢记》中的爱情是典型的一见钟情，张生和崔莺莺素不相识，两人佛殿相逢，张生就掉魂儿了，唱道："颠不刺的见了万千，似这般可喜娘的庞儿罕曾见，则着人眼花撩乱口难言，魂灵儿飞在半天。"这是由外貌吸引的爱情，最后二人在红娘的帮助下偷尝爱情禁果。《牡丹亭》好像比《西厢记》进一步，杜丽娘和柳梦梅梦中相识，也是因为外貌吸引成了情人，杜丽娘为追求爱情而死而游魂而复活。《西厢记》《牡丹亭》中男女相爱都是被外貌吸引，相爱的层次比较低。

宝黛爱情与之不一样，这和两人诗意化的出生，特别是曹雪芹创造的"还泪说"有关。当贾宝玉的前身神瑛侍者下凡时，林黛玉的前身绛珠仙子要跟他去下凡，把一辈子的眼泪还给他报答甘露浇灌之恩。古今中外任何小说，有没有爱情是为还泪的？贾宝玉和林黛玉凑到一块儿，总伴随着怄气、争执，林黛玉哭的主要原因是，不清楚贾宝玉心里是不是只有她，即所谓"情重愈斟情"。随着一次次还泪，爱情一步步加深，最后林黛玉为贾宝玉流干眼泪，生命走到尽头。根据曹雪芹的构思，贾宝玉虽然跟薛宝钗结婚，但总忘不了林黛玉，最后"悬崖撒手"，弃家为僧。

甄真贾假《好了歌》关乎小说主题

——第一回　甄士隐梦幻识通灵　贾雨村风尘怀闺秀（下）

男女主角贾宝玉和林黛玉从仙境向人世飘落，长篇小说作者化身通灵宝玉被男主角含在口中来到人世，既做他的命根子，又完成了中国古代小说独一无二的"石头叙事"。男女主角的故事该鸣锣开场了吧？不。曹雪芹写《红楼梦》，并不是只写缠绵悱恻的爱情故事，他要涵盖广泛人生，告诉读者人生的终极目的是什么，什么最值得留恋，什么最可贵。他还要告诉大家，《红楼梦》里面什么是真的，什么是假的。他要别出心裁地通过一首歌谣《好了歌》，把《红楼梦》的主题透露出来。

甄家小荣枯，假作真时真亦假

小说第一回，贾宝玉还没有出现，先出来甄士隐，住在"十里街仁清巷"，谐音"势利街人情巷"。甄士隐的岳父名"封肃"，谐音"风俗"。甄士隐是号，他的名字叫"甄费"，谐音"真废"。为什么一个清高淡泊的人成了真正的废物？因为在势利的世界，不蝇营狗苟的人就是废物。

甄士隐家境不错，还有个可爱的三岁女儿，名唤英莲，"甄英莲"谐音"真应怜"。

甄士隐在书房翻书翻累了，趴在书桌上，梦中到了一个地方，远处来了一僧一道，就是把大石头变成通灵宝玉的一僧一道。两个人边走边说要把这块蠢物送到警幻仙子那儿去。甄士隐好奇地上前询问是什么蠢物。一僧一道就把三生石畔绛珠草和神瑛侍者的故事讲给他听，还说现在这块石头要跟着他们下去。甄士隐提出想看看那蠢物。甄士隐看到上面写着"通灵宝玉"四个字，后面还有几行小字，刚想细看，和尚说已到幻境，一把将玉抢过去。甄士隐看到道人过了个大牌坊，便也跟过去看，上面写着"太虚幻境"，两边有副对联："假作真时真亦假，无为有处有还无。"翻译成通俗的话就是：如果把虚假的当成真实的，真实的也就成了虚假的；如果把虚无的东西当作实有的，实有的东西也就变成了虚无的。这是《红楼梦》的纲领性语言。

甄士隐正想琢磨，忽然听到一声霹雳，好像天崩地陷，他大叫一声，睁开眼一看，原来在做梦，眼前只有红红的太阳照耀着绿绿的芭蕉，梦见的事就忘了一半。甄士隐看到女儿粉妆玉琢，漂亮乖觉，便抱了她到街上玩。那边来了一僧一道，实际是甄士隐在梦境中看到的一僧一道，但模样大不一样。梦境中的一僧一道仙风道骨，他们到人世间，真人不露相——和尚癞头跣足，道人跛足蓬头。他们来告诉甄士隐，他的命运如何。

一僧一道看到甄英莲后，和尚大哭，说："你把这有命无运、累及爹娘之物抱在怀内作甚？"甄士隐不理他，抱着女儿走了。和尚指着他哈哈大笑，念了四句词："惯养娇生笑你痴，菱花空对雪澌澌。好防佳节元宵后，便是烟消火灭时。"

四句话藏了什么玄机？你娇生惯养女儿太痴太傻，她的命运很不幸，将来她要被卖到薛家，给薛蟠做妾，受尽折磨。"菱花"预示着香菱的名字，"雪渐渐"暗示薛蟠的姓氏。甄英莲进了薛家后，她的名字是谁给她取的？薛宝钗。这个名字其实是从陆游的诗来的："平生忧患苦萦缠，菱刺磨成芡实圆。"香菱和甄英莲一样也是不幸的名字。甄士隐听得明白但不懂其中玄机。和尚对道人说，咱们各自去干营生去，三劫后我们会齐了再到太虚幻境。

这时，第一回的另一主角贾雨村出来。此人名"贾化"，谐音"假话"。家乡"湖州"，谐音"胡诌"，表字"时飞"，意味着瞅准机会就想飞黄腾达，别号"雨村"，暗示"假语存焉"。他本来也是诗书仕宦人家，现在家境没落，想往上爬，想到京城考进士，但是没钱，就住在葫芦庙，以卖字作文为生，非常贫寒。

甄士隐邀请贾雨村到家中坐坐。刚坐下喝茶，有人报告，严老爷来拜。"严"谐音"炎"，火神将拜访甄家。严老爷来访给贾雨村提供了"艳遇"的机会。甄士隐去接待，贾雨村无聊，随意翻书的时候，听到窗外有女子的咳嗽声，他起来一看，一个眉清目秀的丫鬟在摘花。贾雨村看呆了，甄家丫鬟摘了花要走时，看见窗子后有人。这人戴破头巾，穿旧衣服，但模样不错，高高大大，腰圆背厚，面阔口方，眉毛浓浓往上挑着，眼睛炯炯有神，高高的鼻子，高高的颧骨。按中国古代相面学来说，颧骨高是富贵相。

曹雪芹的写人本领令人佩服。前人的小说，甚至很多很有名的小说，出场的坏人，总是尖嘴猴腮，只有好人才相貌堂堂，但是贾雨村相貌周正。

2007年莫言到山东省图书馆讲座时，我们一起吃饭，聊起怎样写人，莫言对牛运清老师说，我写人有个原则：把好人当坏人写，把坏人当好人写，把自己当罪人写。牛老师说，这就叫艺术辩证法，有才能的小说家写人有艺术辩证法。不要把传统意义上的坏人，写得头顶长疮、脚底流脓。

《红楼梦》中人物的写法就是辩证写人法。薛蟠很坏，但疼妹妹孝母亲，这是例子之一。贾雨村的相貌堂堂也是例子。

甄家丫鬟想，这人这么雄壮，穿戴又这么破破烂烂，大概就是主人常说的贾雨村了。主人常想帮他，又没有机会。她一边这样想，一边回头又看了两次。贾雨村的心怦怦跳起来了，心想：哎呀，这姑娘是不是有意于我？她肯定是个巨眼英雄，像当年红拂女一样，风尘中认出英雄，这是我的知己。贾雨村越发胡思乱想起来。

第二天中秋佳节，甄士隐把贾雨村请来喝酒。当他去请贾雨村时，贾雨村正在葫芦庙琢磨，昨天那姑娘肯定对我有意，现在是中秋团圆的日子，姑娘对我有意，我们俩结果会如何？他吟了首诗表达想念佳人却没法见面的心情，又想到自己这么有能力，却这么贫困，对天长叹，高吟一联："玉在椟中求善价，钗于奁内待时飞。"意思是：玉不为人知时寂寞地等待认识它的人出高价；钗放在化妆盒里没人用，当真有人用它时，就会飞黄腾达。这是贾雨村自比宝玉和宝钗，希望有人赏识自己。著名红学家吴世昌先生剖析后一句，认为"钗"指薛宝钗，"时飞"指贾雨村，推测贾府败落后，薛宝钗不得不嫁给贾雨村。其实贾雨村吟的一联，并不涉及贾宝玉和薛宝钗，而是用典故。"玉在椟中"用《论语·子罕》的典故。"子贡曰：'有美玉于斯，韫椟而藏诸，求善贾而沽诸？'子曰：'沽之哉！沽之哉！我待贾者也。'""钗于奁内"用郭宪《洞冥记》的典故。传说汉武帝元鼎元年，有神女留下一支玉钗，昭帝时，有人偷开匣子，不见玉钗，只见一只白燕从中飞出，升天而去。

甄士隐听见贾雨村的吟诵后说:"雨村兄真抱负不浅也!"

贾雨村到甄士隐家喝茶喝酒,看一轮明月,口占一绝:"时逢三五便团圆,满把晴光护玉栏。天上一轮才捧出,人间万姓仰头看。"这是描绘月亮,也是讲自己很有才能,将来如果有机会,就像明月被捧到天上,人间万姓仰头来看。甄士隐说:"老兄,听你这诗,飞黄腾达的征兆已有,肯定不会久居人下。"贾雨村说:"如果论学问,我能考中,但我连路费都没有。"甄士隐马上派书童取五十两银子、两套冬衣,送给贾雨村,说:"雨村兄将来雄飞高举,我们再见面,不是大快人心?"

中国古代的短篇小说家蒲松龄做家庭教师一年的收入,不到二十两银子。甄士隐一次给了贾雨村私塾老师两年半的工资,而贾雨村只不过略谢一语。为什么?因为他心里清楚,自己考上进士做了官,就是甄士隐的父母官,五十两银子只是区区小事。后面林黛玉的父亲资助他,他的感谢就完全不一样了,可见,贾雨村是个看人下菜碟的势利鬼。

元宵节,甄士隐叫家奴霍启抱着甄英莲去看花灯。"霍启"是"祸起"之意。霍启要方便一下,便把英莲放到一个台阶上,等他回来,孩子已经不见了,霍启逃跑。甄士隐年近半百就这么一个女儿,还丢了,夫妻都病了。到三月十五日,葫芦庙炸东西供应神佛,油锅的油溅到柴堆上,烧着窗纸,一条街烧得像火焰山。甄士隐的家产烧没了,他便到自家田庄上去。偏偏水旱不收,鼠盗蜂起,他只好把田地卖了,投靠岳父封肃。势利小人"风俗"看女婿这么狼狈来投奔,很不高兴。幸亏甄士隐手里还有点儿银子,岳父半哄半赚给他置点儿薄产,还人前人后说他的闲话:不会过日子,好吃懒做。甄士隐悔恨怎么投靠了这么个岳父,病得更厉害了。

《好了歌》及解是小说主题

甄士隐拄了拐杖到街上散心，那边来个跛足道人，疯癫落拓，麻屣鹑衣，念念有词。跛足道人这几句词就是《红楼梦》主题性质的《好了歌》：

> 世人都晓神仙好，惟有功名忘不了！
> 古今将相在何方？荒冢一堆草没了。
> 世人都晓神仙好，只有金银忘不了！
> 终朝只恨聚无多，及到多时眼闭了。
> 世人都晓神仙好，只有娇妻忘不了！
> 君生日日说恩情，君死又随人去了。
> 世人都晓神仙好，只有儿孙忘不了！
> 痴心父母古来多，孝顺儿孙谁见了？

曹雪芹用朗朗上口的歌谣，反复吟诵《红楼梦》的主题——到头一梦，万境皆空。你说神仙好，但是你忘不了功名！古今那些将相现在在哪儿？坟头长满荒草。你认为神仙好，但是你忘不了金银！你整天在那里聚敛金银，金银够多的时候，你眼睛闭了，赤条条来去无牵挂，你能带走一文钱吗？世人都知道神仙好，只有娇美的妻子忘不了。你活着时，妻子天天说爱你，你死了没多久，她就另嫁他人了。世人都说神仙好，只有儿女忘不了，你千方百计把所有的钱堆到儿孙身上，这样痴心的父母很多，但真正孝顺的儿孙你见过吗？

甄士隐对跛足道人说："你满口说些什么呀？只听见你说'好''了''好''了'。"道人说："你听见'好''了'两个字还算你明白。你知道吗，世界上万般事好便是了，了便是好，若不了，便不好，若要好，便是了，我这歌就叫《好了歌》。"甄士隐本来就很聪明，一听到这话，大彻大悟，说："等等，我给《好了歌》加点注解怎样？"道人说："你解，你解。"

甄士隐说的《好了歌解》是对《红楼梦》主题意蕴的补充：

> 陋室空堂，当年笏满床；衰草枯杨，曾为歌舞场。
> 蛛丝儿结满雕梁，绿纱今又糊在蓬窗上。
> 说什么脂正浓、粉正香，如何两鬓又成霜？
> 昨日黄土陇头送白骨，今宵红灯帐底卧鸳鸯。
> 金满箱，银满箱，展眼乞丐人皆谤。
> 正叹他人命不长，那知自己归来丧！
> 训有方，保不定日后作强梁。
> 择膏粱，谁承望流落在烟花巷！
> 因嫌纱帽小，致使锁枷杠；昨怜破袄寒，今嫌紫蟒长。
> 乱烘烘你方唱罢我登场，反认他乡是故乡。
> 甚荒唐，到头来都是为他人作嫁衣裳！

道人一听，拍掌笑道："解得切，解得切。"甄士隐说声，走吧，便把道人肩上的褡裢抢过来背着，没有回家，跟着道人飘飘而去。

把褡裢接过来是什么意思？他要拜道人为师了，出家了。

甄士隐的《好了歌解》也被认为是《红楼梦》的主题，而且是《红楼梦》主要人物命运的预示：

"陋室空堂，当年笏满床"，字面意思是，现在这个家破破烂烂，但当年他家为官的人很多。脂砚斋评此句时说荣国府和宁国府之前就已有了。"笏"是大臣朝见皇帝时拿的记事板，戏剧《满床笏》写郭子仪七子八婿富贵寿考，他们来给郭子仪拜寿时，把见皇帝的笏板丢了一床。

"衰草枯杨，曾为歌舞场"，字面意思是，这个地方那么多荒草，但曾经是歌儿舞女跳舞的地方。脂砚斋评价，这是形容宁国府和荣国府败落之后的景象。

"蛛丝儿结满雕梁，绿纱今又糊在蓬窗上"，原来这个地方雕梁画栋，现在结满了蜘蛛丝，非常凄凉。这说的是哪个地方？潇湘馆和怡红院。贾府败落后，林黛玉死了，贾宝玉穷困了，潇湘馆和怡红院人去楼空。

"说什么脂正浓、粉正香，如何两鬓又成霜"，说的是薛宝钗和史湘云等人在贫困中衰老，两鬓成霜。

"昨日黄土陇头送白骨，今宵红灯帐底卧鸳鸯"。谁死了？林黛玉、晴雯；谁结婚了？贾宝玉。但贾宝玉结婚之后，"金满箱，银满箱，展眼乞丐人皆谤"，公子哥儿贾宝玉和甄宝玉，在贾府、甄府败落后成了乞丐，人们都说他们的闲话。

"正叹他人命不长，那知自己归来丧"，王熙凤说别人活不长，没想到自己很快也死了。

"训有方，保不定日后作强梁"，像柳湘莲那样的世家子弟，最后流落江湖了。

"择膏梁，谁承望流落在烟花巷"，王熙凤的女儿巧姐，本是荣国府的长孙小姐，最后流落在烟花巷。

"因嫌纱帽小，致使锁枷杠"，贾赦、贾雨村扛上枷锁，被流放了。

"昨怜破袄寒，今嫌紫蟒长"，脂砚斋评语，贾府最后全部败落了，只有李纨的儿子贾兰、宁国府另一个后代贾菌做了官。

有钱的当官的"乱烘烘你方唱罢我登场，反认他乡是故乡"，这太荒唐了，对自己一点儿用也没有，都是给他人做嫁衣裳。

甄士隐出家，丫鬟继续服侍主人封氏。她在门前买线，听到街上有人敲锣开道，一问才知是新太爷上任，丫鬟好奇地躲在门后看，见一个大轿，抬个戴乌纱帽穿红袍的过去，她一愣，好面熟！到晚上，有人到封肃家"梆梆梆"敲门下令，本府太爷差人问话。封肃一听，吓坏了，小小老百姓，本府太爷来问，怎么回事？封肃没想到，甄士隐的丫鬟要飞黄腾达了。

主场精彩铺排，背景巧妙渲染

——第二回　贾夫人仙逝扬州城　冷子兴演说荣国府（上）

林黛玉的母亲去世，她将进入贾府。贾府是什么状况？小说家借贾雨村和冷子兴闲谈，要言不烦地交代了贾府的过去和现状，浓墨重彩地推出了小说主角贾宝玉，巧妙推出了两个主要女性人物林黛玉和王熙凤。

贾宝玉还没出场，先出来了甄士隐和贾雨村。他们既是小说人物，也是曹雪芹小说构思的谐音，甄士隐是"将真事隐藏起来"之意，贾雨村是"假语保存下来"之意。曹雪芹用他们的名字说明，曹氏家族发生过的真实历史已被作者隐藏起来，呈现在读者面前的是虚构的贾府，是虚构的世界，是地地道道的小说。

真事隐去，假语存焉

阅读《红楼梦》，很多人常提出这样的问题：《红楼梦》是曹雪芹的自传吗？《红楼梦》写的是曹雪芹家族发生过的真实事件吗？《红楼梦》和曹雪芹的遭遇当然有关系，这很容易理解，任何一个作者，在他生活中发生的事，或多或少，总会体现在他的作品中。《红楼梦》既有曹雪芹的自传成分，又基本不是他的自传。《红楼梦》既参考了在曹雪芹家族发生过的事件，又基本不是曹家真实的家族史。举个小例子，曹雪芹的姑姑做过福晋，是亲王正妻，而贾宝玉的姐姐是皇帝的妃子，怎么能一样？套用西方小说理论家喜欢用的词，在《红楼梦》中，当年繁华、现在沦落的曹氏家族已经"生活在别处"，他们不再生活在江宁织造府，而是生活在荣国府、宁国府，生活在艺术的永恒当中。荣国府的豪华远远超过江宁织造府。江宁织造曹府的堂前燕，已经飞到贾府屋檐下。江宁织造曹府的富贵以夸张虚构的形式，以熏天气势，在贾府永远地保留下来，使得世世代代读者得以看到最好的中国故事。

而在封建家庭的整体毁灭上，真就是假，假就是真。这是曹雪芹想借甄士隐和贾雨村说明的现实生活素材和小说艺术虚构之间的关系。

法国著名小说家阿纳托尔·法朗士说过，一切作品都是作家的自传。曹雪芹把曹家的家族史加以想象，又参考了他周围很多贵族家庭的现状以及社会的丰富现状，写成了真幻相生、虚实相形、生动精彩、诗意盎然的小说。这是在小说构思层面上甄士隐和贾雨村出现的作用。

此外，甄家人物的命运和贾府人物的命运又有相当的可比性。甄士隐本是过着优哉游哉生活的士绅，后来家破人亡，遁入空门，很像后来的贾宝玉：本来钟鸣鼎食，家庭败落后，人生幻灭，出家做了和尚。甄英莲本是父母钟爱的小姐，因为被拐，命运多舛，很像林黛玉：本是探花家的千金小姐，父母的掌上明珠，因为父母双亡，不得不寄人篱下，最后泪尽而亡。

世界上很多著名小说家喜欢写王子变贫儿，贫儿变王子。其实这种写法，18世纪的中国小说家曹雪芹早就熟练运用了。甄小姐英莲成了侍妾受尽折磨，她的丫鬟娇杏则成了诰命夫人。这就是《红楼梦》第二回开头所写的故事。

贾雨村和林如海扯上关系

夜晚有人敲封肃的门，原来是贾雨村做了太爷，找封肃问事。他看到甄家丫鬟在门前买线，就想是不是甄士隐也移居到此。封肃把女婿的遭遇告诉贾雨村。贾雨村感叹一番，说想办法找到甄士隐。第二天，贾雨村派人送了两封银子、四匹绸缎答谢甄家娘子，似乎是知恩图报，但他还有封密信给封肃——找甄家娘子要那个丫鬟做二房。封肃高兴得屁滚尿流，巴不得去奉承，当晚一乘小轿把丫鬟送到贾雨村府里。丫鬟做了二房，不过一年便生了个儿子；不久正室去世，丫鬟被扶正做诰命夫人。命运如此好，就是因为曹雪芹给她起的名字：娇杏，娇美的杏花，谐音"侥幸"。曹雪芹写了两句诗："偶因一着错，便为人上人。"有点儿讽刺意味。"一着错"，怎么错？即便是丫鬟，也不可以随便看男人，但她错了，她回头看了贾雨村，因为这一眼，成了官太太。

小说接着回溯。贾雨村接受甄士隐赠银后，到京城考中进士做了官。他很有才干，但未免贪酷，手伸得很长，而且恃才侮上，同僚和上级对他侧目而视。不到一年，上司便给皇帝奏本说他"生情狡猾，擅纂礼仪"。什么叫"擅纂礼仪"？康熙皇帝做出严格规定，科举考试用的儒家经典必须用朱熹作注的版本，否则就是擅纂礼仪，严重时可能被杀头。贾雨村是知府，同时也是考官，他指定的考生参考书不是朱熹作的注，结果皇帝大怒，因为他擅纂礼仪的同时，还"暗结虎狼之属"，拉帮结伙。龙颜大怒，贾雨村被罢官！一听到他被罢官，大家弹冠相庆。贾雨村心里悔恨，表面却嬉笑自若。他交代完公事，把历年做官积累的"资本"送回原籍，自己担风袖月，游览天下胜迹。曹雪芹用这么有趣的词，"资本"，把当官当成做生意。到了扬州，听说今年点的巡盐御史叫林如海，祖上袭过列侯，是前科探花。探花是在皇帝亲自主持的殿试中考取第三名的人，不仅学问出众，还得人物出众。

中国古代常有的情况是贵族之家没文化，有文化的家庭常贫寒。贾家是军功出身，子孙没有通过科举考试当官的，贾政的官是皇帝送的，贾琏和贾蓉的官是买的。林家系钟鼎之家，亦是书香门第。曹雪芹安排心爱的女主角林黛玉的前身是仙子，仙子不能到普通地方投胎，得既是贵族，又有文化。林如海对唯一的女儿爱如珍宝，把她当男孩养，让她读书。

贾雨村听说巡盐御史要聘西宾，就"谋了进去"。作者用一个"谋"字，把贾雨村的奸诈心机画了出来。贾雨村并不是单纯找个地方弄几个钱花，他已经存着利用林如海的心思了。他教的女学生年纪很小，身体很弱，教了一年，女学生母亲去世。女学生侍奉母亲、守丧，不上课了。贾雨村想辞馆，林如海挽留。贾雨村闲居无聊，出来散步，到了个山环水旋、茂林修竹之处，他见隐隐有座庙宇，破破烂烂的匾上题着"智通寺"，旁边有副破旧对联："身后有余忘缩手，眼前无路想回头。""智通"，即有智慧才能想得通。对联是警示世人，你们千方百计敛财、求官，本有余地时却不肯留下后手，当你碰到大钉子头破血流、眼前没路时你想回头，没辙了。

脂砚斋认为，这是给宁国府、荣国府众人的当头一喝。贾雨村看后想，这副对联的话很浅近，但意思很深，自己也游过一些名山名寺，还没见过这样的话。这寺里肯定有人"翻过筋斗"来的。什么叫翻过筋斗？就是曾经富贵过，后来摔倒，穷困了。他进去一看，只有个龙钟老僧在煮粥。问他两句话，那老僧既聋且昏，所答非所问。这是曹雪芹玩的狡猾之笔，其实老僧和一僧一道一样，也是来点醒世人的。

冷眼旁观者拉开小说序幕

贾雨村想到店里喝两杯，遇到了京城古董行的朋友冷子兴。

"冷子兴"这个名字，意味着冷眼旁观者拉开小说序幕。

冷子兴是古董商，什么人能玩得起古董？有钱的人，当官的人，既当官又有钱的人。所以冷子兴很容易和贾府产生联系。而且冷子兴要演说荣国府，不仅是冷眼旁观，他还有个特别的身份，他是王夫人的陪房周瑞的女婿。周瑞是王夫人从娘家带过来的男仆，周瑞之妻叫"周瑞家的"，经常陪伴在王夫人身边，贾府大大小小上上下下的事情，她都清楚，她知道很多内幕。所以冷子兴能听岳父母讲很多贾府内幕。

贾雨村问，近来京城有什么新闻吗？冷子兴说，倒没有什么新闻，就是你的同宗家里出了件小小异事。贾雨村说，寒族没有人在京城。冷子兴说，同姓还不是同宗？荣国府难道还玷辱先生门楣？贾雨村笑了，说，原来是他家，论起来，贾族从东汉贾复以来，支派繁盛，各省都有，荣国府这一支确实跟我同谱，但他们那等荣耀，我们不便攀扯，至今越发生疏难认了。

实际上贾雨村想尽一切办法攀扯荣国府，攀扯贾政，攀扯贾赦。小说第四十八回，他曾帮贾赦抢夺石呆子的扇子。因为他能抢扇子，贾琏却弄不来，贾赦就把贾琏揍了一顿。贾琏因此受了重伤，平儿给他找药时，骂贾雨村是"饿不死的野杂种"。这个"饿不死的野杂种"现在还没认识贾家的人，但他很快就要去攀扯了。

冷子兴说，现在荣宁两门也都萧疏了。贾雨村说他也去过金陵，宁国府和荣国府把大半条街都占了，亭台楼阁峥嵘轩峻，怎么像衰败之家？冷子兴说，亏你还是进士出身，根本不通，古人说"百足之虫，死而不僵"。蜈蚣长一百只脚，它死后脚才慢慢僵硬，所以叫死而不僵。贾府怎么成了死而不僵的百足之虫呢？因为"生齿日繁，事务日盛，主仆上下，安富尊荣者尽多，运筹谋画者无一"。这总结太地道了。冷子兴又说："其日用排场费用，又不能将就省俭，如今外面的架子虽未甚倒，内囊却也尽上来了。"整个贾府，坐享其成，坐吃山空，经常举行一系列享乐活动，只想着怎么样吃好、玩好、穿好，怎么样摆谱，没有一个人去想怎样继承先祖荣耀，把家庭收入增加一点儿，所以现在他们架子没有"甚倒"。"甚"字用得太好了，没有全倒，但是也倒了不少了。有多少名门望族，表面上看还体面讲究，里面早已被那些不长进的儿孙像白蚁噬楼阁一样噬空了。冷子兴又说："谁知这样钟鸣鼎食之家，翰墨诗书之族，如今的儿孙竟一代不如一代了！"这就讲到最关键的地方了：一代不如一代，是大家族衰败的原因。贾家从宁国公、荣国公创立基业，后来到了贾珍、贾琏，甚至贾宝玉，确实一代不如一代。

贾雨村说，这样的家庭还能不教育孩子吗？他们应该是最教子有方的。这时，冷子兴就开始正式演说荣国府了。

冷子兴告诉贾雨村，当初宁国公和荣国公是一母同胞兄弟两个，冷子兴没把他们的名字说出来。他们的名字后来才出现。宁国公贾演出现在皇帝恩赐祭祀银子时，荣国公贾源出现在林黛玉进府时看到的荣禧堂大匾上的皇帝御笔。宁国公生了四个儿子，宁公死后，贾代化袭官。宁国府旁支有好多男子。将来做官的贾菌就是宁国公后人，秦可卿的情人贾蔷也是宁国公的后人。宁国公贾代化有两个儿子，长子贾敷，八九岁时死了，次子贾敬袭官，现在一味好道，烧丹炼汞，幸亏早年留下个儿子贾珍。因为贾敬一心想做神仙，便让贾珍袭了官。贾敬住在城外，冷子兴形容他"和道士胡羼"。生动的口语，不说他不务正业、鬼混，而是说他"胡羼"，贾敬最后炼丹把自己毒死了。贾珍"那肯读书，只是一味高乐不已，把宁国府竟翻了过来，也没有人敢来管他"。这几句话给贾珍做了定论：不读书，高乐。所谓高乐，就是无恶不作、吃喝嫖赌。贾珍把宁国府都"翻了过来"，已经暗示他会做出公爹和儿媳爬灰的丑事。

冷子兴继续讲道，异事出在荣国府。荣国公死后，长子贾代善袭了官，娶的是金陵史侯家的小姐为妻。她生了两个儿子，长子贾赦，次子贾政。贾代善去世，史太君还在。长子贾赦继承了荣国公的官。说到次子贾政，冷子兴说了他很多好话。他说贾政自幼酷爱读书，祖、父最疼他，原本想让他参加科举考试，求取出身，没想到贾代善临终前给皇帝上了一本，皇帝体恤先臣，额外恩赐贾政主事之衔，现在已升了员外郎。政老爷的夫人王氏，头胎生的是公子，叫贾珠，十四岁进学，不到二十岁就娶妻生子，却一病死了。王氏第二胎生个小姐，生在大年初一，这出生的时间就很奇。冷子兴没说出生的小姐名字贾元春。王氏后来又生了位公子，这就更奇了，一落胎胞，嘴里衔块五彩晶莹的玉，上面还有许多字，就取名宝玉。贾雨村说，这人来历看来不小。冷子兴冷笑，因为冷子兴听了很多贾宝玉稀奇古怪的举动，便说，大家都这么说，他的祖母把他看得像宝贝一样。

贾元春和贾宝玉差几岁？红学家经常辩论。我认为他们两个差个八九岁，这样贾元春才能教贾宝玉识字，像母亲一样关怀他。

　　冷子兴演说荣国府，渐渐说到《红楼梦》主角贾宝玉和他周围的金陵金钗。

宝玉黛玉王熙凤闪亮登场

——第二回　贾夫人仙逝扬州城　冷子兴演说荣国府（下）

冷子兴演说荣国府的重头戏，是巧妙推出贾宝玉、林黛玉和王熙凤。冷子兴对贾宝玉的叛逆特点的描绘为整个演说画龙点睛。林黛玉和王熙凤的名字还没出现，她们鲜明的个性已经通过冷子兴演绎出来。林黛玉聪慧，王熙凤强势。贾宝玉周围的金陵十二钗，特别是贾府四艳综合亮相。

乖僻邪谬数宝玉

贾宝玉周岁时，贾政要试他将来的志向，把文具、笏板、元宝、钗环、脂粉等放在他身旁，他抓什么，就说明对什么感兴趣。贾宝玉只把钗环、脂粉抓来。他爹气坏了，说这家伙将来是酒色之徒，很不喜欢他。但是他的祖母当他是命根子，现在长到七八岁，淘气异常，又聪明异常，一百个里也找不出一个来。说起孩子话来特别奇怪。贾宝玉说："女儿是水作的骨肉，男人是泥作的骨肉。我见了女儿，我便清爽；见了男子，便觉浊臭逼人。"

这段话是贾宝玉最离经叛道的言论之一，也是中国古代小说里男子最别致的言论之一。中国古代小说中的男子，不是千方百计求取功名做官，就是千方百计想当英雄，从来没有一个人把女人放到崇高的位置上。贾宝玉却这么做了。贾宝玉为什么会提出这样的观点呢？因为贾宝玉认为，女孩是没有受到读书做官、世俗高官厚禄污染的清净之人，男人为了升官利欲熏心。所以他见了女儿就清爽，见了男子就觉浊臭逼人。冷子兴说，你说好笑不好笑，将来他肯定是个色鬼。贾雨村赶快制止，不对，你们不知道这个人的来历，大概他爹也把他当成色鬼看待了，这都是因为你们没有通过读书获得知识。只有经过思考加以领会，才知道他并不是色鬼。

贾雨村的正邪人物论

冷子兴见贾雨村说得郑重其事，就问到底是怎么回事。贾雨村来了篇长篇大论，读者朋友不见得要像古代小说研究者一样，把贾雨村提到的人的事迹都研究一番，只需要知道，贾雨村的这番正邪人物论，是将韩愈《原道》的理学道统内容加以变通、延展、发挥："斯吾所谓道也，非向所谓老与佛之道也。尧以是传之舜，舜以是传之禹，禹以是传之汤，汤以是传之文、武、周公，文、武、周公传之孔子，孔子传之孟轲，轲之死，不得其传焉。"曹雪芹续上孟子到朱熹的理学主流，再列出从蚩尤到秦桧的非理学逆流，又列出从许由、陶渊明到朝云的张扬个性支流，由此提出正邪人物的高论。

贾雨村认为，人世间有两种人，大仁之人和大恶之人。大仁之人，应运而生，从尧、舜、禹、汤、文、武，到儒家经典的注释者朱熹，保障社会平安。大恶之人，应劫而生，像蚩尤、共工、桀、纣、秦始皇、秦桧，导致社会动乱。而天下清明灵秀的正气和残忍乖僻的邪气，还可能互相激荡，两不相下，它们相遇之后，既不能相消，又不能相让，这就产生另外一种人——他们的聪俊灵秀之气在万万人之上，乖僻邪谬不近人情之态在万万人之下。这样的人，生在公侯富贵之家，就是情痴情种，贾宝玉就是这样的人；生在清贫诗书之族，就是逸士高人；生到贫穷人家，也不会当奴仆马夫，一定会做奇优名倡。贾雨村举出这些人的代表：许由、陶渊明、嵇康、唐明皇、宋徽宗、唐伯虎、卓文君、崔莺莺、苏东坡的侍妾朝云等。这些人或是隐居的，或是放荡的，都是有才能的人物。冷子兴听罢说："依你说，成则王侯败则贼了。"贾雨村说就是这个意思。

贾雨村的话并不完全代表曹雪芹的观点，这段话最有价值的地方是可以看出曹雪芹博览群书，不仅读文学方面的书，还读经史子集，了解很多古代杰作。一部杰作往往是在作者阅读过多部杰作的基础上产生的。曹雪芹关注历史人物，关注朝代兴衰，关注仁人志士，关注大奸大恶，也关注那些非主流、非逆流人物。他最关心的就是这种聪明俊秀在万人之上，乖僻邪谬在万人之下的人物，像竹林七贤、唐伯虎，活出自己精彩的女性卓文君、崔莺莺等。他研究了很多这种人物，又根据自己在生活中的观察，从中提炼出很多细节，这些细节像涓涓细流被倾注到曹雪芹心爱的小说人物上，主要是贾宝玉、林黛玉身上。

贾府和曹府

贾府人物和曹府人物有没有对应关系？有。

第一代宁国公和荣国公，对应曹雪芹的曾祖父曹玺，曹玺的夫人曾是康熙皇帝的保姆。康熙皇帝南巡，在江宁织造府见到这位老太太时说："此吾家老人也。"

第二代宁国公和荣国公，对应曹雪芹的祖父曹寅，他是江宁织造，又兼巡盐御史，是康熙皇帝的宠臣。

贾敬、贾赦、贾政，对应曹雪芹的伯父曹颙、父亲曹頫，他们都担任过江宁织造，但到曹頫时被罢官、抄家。

贾珍、贾琏、贾宝玉，对应的是曹雪芹。

《红楼梦》是小说，但小说是以现实生活为基础来虚构的，而这个虚构，在《红楼梦》又表现出一个特别现象。第一回贾府没出现，出现个甄家，第二回，通过贾雨村的嘴，又出现了甄家。贾雨村对冷子兴说，他这两年遍游各省，也遇到两个异样的孩子，还问冷子兴是否知道金陵城内的钦差金陵省体仁院总裁甄家。冷子兴说知道，甄府和贾府既是老亲又是世交，两家来往极其亲热，他和贾家来往也不止一天了。冷子兴这是吹牛。第七回写道，周瑞家的送宫花时，冷子兴之妻求母亲周瑞家的解救冷子兴。如果冷子兴和甄府、贾府来往不止一天，他还会通过自己的岳母、一个仆人去求贾家吗？

贾雨村对冷子兴说他到甄家坐馆。"钦差金陵省体仁院总裁"是虚构的官职。钦差由皇帝派遣，金陵是江苏，体仁院是虚构的衙门，但"体仁"意为"体现仁义"，这个官职就影射了曹雪芹的祖父曹寅访查江南民情，向康熙皇帝汇报。

贾家在京城和金陵都有府第，但金陵贾家从没派人到京城去，金陵甄家倒常派人去，这说明甄家的情况更接近于曹家。

两个宝玉都性情古怪

贾雨村说："有人推荐我到金陵甄家去坐馆，他们家是富而好礼之家，虽然只是教这个学生学龄前儿童的《三字经》《百家姓》，而不是教四书五经，但这个男孩比准备考秀才的学生还难教，还劳神。说来可笑，他说：'必须两个女孩陪我读书，我才认得字，心里也明白，不然我心里糊涂。'又跟他的小厮说：'这女儿两个字，极尊贵、极清净的，比那阿弥陀佛、元始天尊的这两个宝号还更尊荣无对的呢。你们这浊口臭舌，万不可唐突了这两个字要紧。但凡要说时，必须先用清水香茶漱了口才可。'这个男孩非常顽劣，有种种让别人不理解的行为，但一放了学，见了那些女孩就变得聪明文雅、温厚和平，像换了一个人。他老爹也狠狠揍了他几次，每次打得吃疼不过，他就喊'姐姐''妹妹'，里面的女孩嘲笑他：'打急了你叫姐妹干什么，叫姐妹去求情，你不更惭愧？'他说：'疼了时叫"姐姐""妹妹"可解疼，叫了一声果然就不疼了。'他也是祖母溺爱不明，这样的子弟不能守祖父之根基。我从他们家辞了馆出来，才到了巡盐御史林家坐馆。"

这里的两个宝玉，都性情古怪，都生活在姐妹群中，都有个溺爱他们的祖母，都有天花乱坠的荒唐之言。红学家比较一致的看法是：写甄宝玉脾性就是写贾宝玉性格，写甄宝玉是为贾宝玉传影。所以，甄宝玉关于女儿的言论，是贾宝玉"女儿是水作的骨肉"更加有趣味的拓展，可以把这段话当成贾宝玉的话。

金陵十二钗综合亮相

贾雨村说："甄家几个姐妹是少有的。"冷子兴说："贾府现有的三个姐妹也不错。政老爹长女叫贾元春，选到宫里做女史了。二小姐是赦老爹的妾生的，叫迎春；三小姐探春是政老爹的庶出；四小姐是宁府珍爷之胞妹，叫惜春。因史老夫人极爱孙女，故都跟着祖母在一块儿读书。"贾雨村当然不知道，曹雪芹给贾家四位小姐命名元春、迎春、探春、惜春，名字的头一个字连在一起，谐音叫"原应叹息"。他当然更不知道，四位小姐的侍女名字连起来，正是贵族小姐最重要的修养"琴棋书画"。这四位贾府小姐，大小姐将给贾府带来烈火烹油之势，二小姐是块"二木头"，三小姐是又红又香却有刺的玫瑰花，四小姐将来会出家。贾雨村很奇怪，贾家的女孩子的名字怎么用"春"，这么俗套。冷子兴说："因为大小姐是正月初一生的，大家都跟她用'春'字了。上一辈女孩，跟兄弟一样排，现有对证，你东家林公的夫人，就是贾赦、贾政的胞妹，在家名唤贾敏。"这么一说，贾雨村恍然大悟，拍案笑了："难怪我教的女学生读书凡是'敏'字就读'密'字，叫她写'敏'就减一笔或二笔，我很疑惑，听你这么一说，原来她是贾敏的女儿，怪不得这女学生言语举止另是一样。因为她母亲就不凡。可惜贾敏上个月去世了。"

曹雪芹通过贾雨村的口把林黛玉的早慧讲出来了。

避讳在古代对社会的影响很大。清初诗坛盟主王士禛是康熙年间人，而"禛"和雍正皇帝的名字冲突了，王士禛去世了还得把名字改成"王士祯"。林黛玉这么个五岁女孩就知道避讳长辈名字，还知道怎样避讳，对尊长的名字要改字改音。这个细节描绘出林黛玉作为大家闺秀的特点——守礼法，处事周全，细心且敏感。

有的读者认为林黛玉到贾府，就好像是无依无靠的孤儿；王夫人千方百计促成宝玉和宝钗的姻缘，是因为薛家有钱，这些都是误解。林黛玉的出身远远高于薛宝钗，一点儿不比贾宝玉差，林黛玉祖上封过列侯，父亲是三鼎甲之一。中国古代读书人的最高荣誉就是三鼎甲——状元、榜眼、探花。林如海不仅有极高贵的荣誉，又是巡盐御史，这是极阔的官，当年曹雪芹的祖父曹寅就做过巡盐御史。如果说薛家富贵，主要财产也都属于薛蟠，薛宝钗仅会得些陪嫁，而林家，不仅林如海没儿子，旁支也萧疏，没有男性继承人，林黛玉要继承林如海的全部家产。《红楼梦》前八十回透露贾琏发过几百万的财，极大可能是林如海的遗产。当然，曹雪芹不会把林黛玉写成富二代，那样林黛玉很多行为就没法解释了。林黛玉为什么经常感到自己孤苦无依？那是她的个性决定的，她的心理决定的，因为她很小就父母双亡。

冷子兴感叹，贾敏是老姊妹当中最小的，现在没了，就看将来小一辈的东床如何。这也留了一个伏笔，小一辈的元春要当皇妃。

冷子兴又说，政公有了宝玉之后，妾又生了一个，"不知其好歹"。这话太有意思了，这里的原意是"不知道是好是坏"，实际上，贾政的小儿子贾环就是个不知好歹的人。贾政二子一孙，贾赦也有两个儿子，大儿子叫贾琏，二十来岁，娶的是王夫人的内侄女，结婚两年了。贾琏捐的官是同知，并不到任，他也不肯读书，倒是于世路上好机变，在叔叔家里住着料理家务。冷子兴接着重点介绍贾琏的夫人，说贾琏自从娶了他的夫人之后，贾家上下无一人不称颂他夫人的，琏爷倒退了一射之地。说他夫人"模样又极标致，言谈又极爽利，心机又深细，竟是个男人万不及一的"。什么叫"一射"？"一射"就是一箭道，大概长一百二十步，这里形容贾琏比王熙凤差远了。王熙凤的名字还没出来，个性倒先出来了。

伴随两个次要人物的娓娓闲谈，小说主要人物贾宝玉、林黛玉、王熙凤等已大致介绍完毕，作者将其鲜明的个性呈现到读者面前，真是大师之笔！

第二回仍是小说的开头，对主要人物及其家世做系统介绍，这一点非常重要。《儒林外史》《水浒传》都没有这样系统的介绍，而人情小说《红楼梦》一开头就把故事中的主要家族做了系统介绍，使读者一开始就对小说人物有了大体了解。

《红楼梦》是长篇小说，每一回又像短篇小说，回与回之间有着有机联结。第二回结束，两个人准备走时，突然外面有人叫"雨村兄，恭喜了，特来报个喜信的"。这个来报喜信的要引出《红楼梦》的重头戏——黛玉进府。

黛玉进贾府，贾母稳坐宝塔尖

——第三回　贾雨村夤缘复旧职　林黛玉抛父进京都（上）

　　贾雨村受林如海之托，送林黛玉进贾府，靠贾政帮助复职。

　　"贾雨村夤缘复旧职"虽然在回目上，却只作了简略描写，重点是黛玉进府。

　　黛玉进府，是中国古代小说集中描写人物的名段。贾府的重要人物贾母正式露面，王熙凤闪亮登场，宝玉和黛玉似有心灵默契的初次会面。小说情节、人物描写正式开始。黛玉进府后上了国公府人事关系和如何生活的第一课，宝黛爱情的第三世情即人世情正式拉开序幕。小说通过林黛玉的观察将国公府的气势、习俗，贾府的人情，写得丝丝入扣。

阴谋家善谋

　　第二回说道，贾雨村听完冷子兴介绍荣国府，他的朋友来道喜了，这个朋友叫张如圭。"圭"是官员手里拿的玉，曹雪芹巧用谐音，"如圭"既可以是"如鬼"，也可以是"如龟"，是讽刺。张如圭告诉贾雨村，现在朝廷有令，被罢免的官员可以复职。冷子兴建议贾雨村，回去求他的东家转求贾府。贾雨村回到林府就去"面谋之如海"，又用了个"谋"字！

贾雨村请林如海给他想办法。林如海早已替他筹划好了。

林如海诚恳地说："天缘凑巧，因贱荆去世，都中家岳母念及小女无人依傍教育，前已遣了男女船只来接，因小女未曾大痊，故未及行。此刻正思向蒙训教之恩，未经酬报，遇此机会，岂有不尽心图报之理。但请放心，弟已预为筹画至此，已修下荐书一封，转托内兄务为周全协佐，方可稍尽弟之鄙诚，即有所费用之例，弟于内兄信中已注明白，亦不劳尊兄多虑矣。"

明明是林如海要动用最近的关系，还要掏不少银子做活动经费，帮贾雨村复职，林如海却说这都是你帮助了我，而不是我帮助了你。林如海周到，细致，与人为善。贾雨村又是什么表现？他接受甄士隐的资助时并不介意，只略谢几语，而林如海说了后，贾雨村一面"打恭"，一面"谢不释口"，真真前倨而后恭！因为林如海是巡盐御史，林如海托来帮助贾雨村的是国公府的人，和甄士隐的身份不一样。

贾雨村问："不知令亲大人现居何职？"冷子兴把贾赦、贾政现做什么官说得非常明确，贾雨村还要故意问，假装对贾家的事一点儿都不知道。实际上，他不想让林如海知道，他早就知道林如海的关系并想要利用，他更想听听林如海亲自描述贾家有多大权势。这个人太狡诈了。曹雪芹写林如海的笔墨不多，他官职显要，门第高贵，但心地坦荡，为人善良，待人厚道。人的善良或奸诈，不能用他到底有多高地位、有多少财富来看。由此，林如海和贾雨村形成鲜明对比。有意思的是，贾雨村是林黛玉的老师，教她一年，还要用几个月时间陪伴林黛玉进京，但是《红楼梦》前八十回，林黛玉说过一次贾雨村是她的老师吗？没有。利欲熏心、狡猾奸诈的贾雨村虽然给林黛玉启蒙，教她读《诗经》《楚辞》，但是贾雨村的为人对林黛玉没有一丝一毫影响。

贾雨村陪林黛玉到京城去找贾政，递个"宗侄"的名帖，眼睛一眨，老母鸡变鸭——不是送学生的老师来了，而是本家侄子来了。贾雨村获得贾政信任，"轻轻谋了一个复职候缺，不上两个月，金陵应天府缺出，便谋补了此缺"。

曹雪芹写贾雨村特别擅长用"谋"字，阴谋的谋，计谋的谋，他总是来回算计，来回琢磨，怎样用最小代价获得最高收益，真奸诈！金陵应天府的差事很不容易弄到手。有人等好多年都补不上，他不到两个月就补上，正因为有荣国府做靠山。第四回的情节透露，为让贾雨村复职，贾政还动用了大舅哥王子腾的势力，王子腾是京营节度使。

第三回回目是"贾雨村夤缘复旧职　林黛玉抛父进京都"，贾雨村怎样利用达官贵人的关系复职，似乎一笔带过，却通过一些旁的内容写得非常深刻，接着就开始描写第三回主要内容黛玉进府。

从黛玉进府开始，笔墨和前两回完全不同。前两回对故事和人物做总提示，从黛玉进府开始，详细描写人情世态。小说故事好找，细节难寻。从黛玉进府开始，我们将会看到一个一个非常生动、细致、有趣的细节描写。小说越来越好看了。

黛玉看到荣禧堂

黛玉弃舟登岸，就有荣国府轿子来接。林黛玉常听母亲说"外祖母家与别家不同"，贾敏嫁的是探花出身的巡盐御史，她为什么认为自己丈夫家和娘家不同？最主要的是，贾敏娘家是京城"八公"

之一，而丈夫只是外省高官，那就有些不同了。林黛玉看到的几个三等仆妇，吃穿用度已经不凡了。林黛玉虽然年纪很小，但能看得出来仆妇是几等。林府仆妇也分等级，比如一等是总管，二等管某些具体事物，三等服侍主人起居。因为有这样的想法，林黛玉一进府就"步步留心，时时在意，不肯轻易多说一句话，多行一步路，生恐被人耻笑了他去"。这是什么心态？这不是穷人见富人的心态，是失去母亲的孤女心态，林黛玉早慧，特别懂事，特别清醒。此时林黛玉的小心谨慎，和她以后的行事是不同的。

林黛玉先在宁荣街看到"敕造宁国府"，知道这儿是外祖的长房，然后看到的荣国府也是敕造。所谓敕造，就是皇帝下令建造。

林黛玉一步一步看到贾母等人居住的地方，最后来到贾政居住的荣国府正房——荣禧堂。为什么荣国公的小儿子贾政居住正房，而不是大儿子贾赦居住正房？为什么现在袭一等将军的贾赦住在东院，仅仅是普通官员的贾政住在正房？为此我写过很长的论文，简单地说就是：贾政原来跟着父亲居住，父亲去世后，他就继续住着了。

林黛玉看到的荣禧堂，从外面看是壮丽轩昂的大正房，迎面墙上挂着赤金九龙青地大匾，匾上是赤金斗大三个字"荣禧堂"，还有一行小字，"某年月日，书赐荣国公贾源"，又有"万几宸翰之宝"。这匾是皇帝赏赐的，还盖着皇帝印章。荣禧堂紫檀木大条几上，摆着价值连城的古玩和外国进口的昂贵的玻璃盒。在那个时代，玻璃是进口的，巨型玻璃盒更加稀奇，只有非常有钱、地位很高的贵族才能有。在皇帝题的匾下面有一幅画，画的是气势磅礴的雨天海潮中的墨龙，待漏随朝墨龙是王公大臣侍奉皇帝的象征。画两边的银雕对联上书："座上珠玑昭日月，堂前黼黻焕烟霞。"对联的意思是：荣禧堂客人佩戴的珠玉可与日月争辉，荣禧堂高官的礼服连成片像天上的彩霞。荣国府的正房荣禧堂的陈设——皇帝赐的匾、象征着皇帝身边重要大臣的墨龙大画，都透露出贾家不是等闲之辈，这个对联把国公府封建大官僚之家的绝顶气势、派头、地位写出来了。

林黛玉看到这个地方，想着要愈加小心行事，外祖母家是京城的大官僚，确确实实和自己家不一样。这时的林黛玉相当懂事，是说得少、想得多的好孩子。不该说的话，她一句也不说；该说的话，一句也不少；该行什么礼，一步也不缺，都行到礼数上。这个时候的林黛玉是美丽文弱、懂事明理的乖乖女。林黛玉如果按照这样子表现下去，《红楼梦》就不用看了，但她的个性后面要发生变化。

黛玉进府时多大？这是红学家讨论两百多年都没定论的话题。有的红学家说她不到七岁，从贾雨村在她五岁时教她一年，到她母亲去世后贾雨村陪伴她到京城来不过两年。有的红学家说她十一二岁，因为她到贾府后的行事像个少女，特别是贾府比她小的探春也是少女模样。公说公有理，婆说婆有理，这说明什么问题？《红楼梦》经过增删五次，很多改动互相矛盾，但都保留到小说里了。所以我们现在看起来，她既可能七岁进府，又像是十一二岁的少女。总而言之，不管是七岁还是十一二岁，都是小学生的年纪，这个年纪的人对人生不过一知半解，懵懵懂懂，但林黛玉特别清醒，特别懂事。

林黛玉进府第一天，接触到的贾府主要人物，除贾宝玉外，还有四位女性——贾母、邢夫人、王夫人、王熙凤。

"封建社会的宝塔尖"与"惟有你母"

1982年，我给上海的红学会提供论文《古今中外一祖母》。

欧洲19世纪小说中的老夫人经常是坏人。中国古代小说中，从崔莺莺的母亲、阎婆惜的母亲到给西门庆和潘金莲牵线的王婆，她们都和贾母太不一样。中国文学和世界文学中，罕见"贾母"形象——儿孙满堂，福寿齐全，慈爱善良，堪称"古今中外一祖母"。

当年，红学会的人和越剧《红楼梦》主演徐玉兰、王文娟等一起游园，路上，周汝昌先生指着我介绍给画家刘旦宅："她写的《古今中外一祖母》很好，我多少年没见过这么好的文章了。"我当时是年轻讲师，周汝昌是大红学家，他这样说我，我都找不到北了。后来，我在饭桌上向几个师兄吹嘘起来，说本人的文章得到了周先生赞扬。李希凡不以为然地说："什么'古今中外一祖母'？一点儿阶级观念都没有！贾母是'封建社会的宝塔尖'。"我一听，他的观点太犀利了。贾母确实是"封建社会的宝塔尖"，她是一品夫人，贾府权力最大的人，贾府所有的事情都得她拍板，贾府所有的人，从继承国公位的贾赦，到最小的丫鬟，都得听贾母的。后来，我把李希凡的观点吸收到我的文章里了。

贾母是怎么对待林黛玉的？黛玉进府，看到有人扶着个鬓发如银的老太太迎上来。她知道这就是外祖母。贾母一见到林黛玉就把她搂到怀里面，心肝儿肉叫着大哭。在整个《红楼梦》中，贾母搂到怀里的，只有两个人，一个是孙子贾宝玉，一个是外孙女林黛玉。贾母叫"心肝儿肉"的只有林黛玉一人。不仅叫着心肝儿肉，还要说"我这些儿女，所疼者惟有你母"。贾母说的是"惟有你母"，而不是三个儿女中"最疼你母"，意味深长。贾母当着贾赦、贾政妻子的面宣布她疼的唯有女儿。看来贾敏不仅是贾母最小的子女，也是最聪明懂事的，是妈妈的小棉袄。其实，贾母唯疼林黛玉之母，王夫人早就洞若观火。在第七十四回，王熙凤建议裁减姑娘们的丫鬟。王夫人不同意，说现在贾府的小姐很可怜。跟谁比可怜？跟姑姑贾敏比。当年贾敏在贾府娇生惯养、金尊玉贵，是真正的千金小姐。贾敏比王夫人小十岁左右。王夫人嫁到贾府，亲眼见到婆婆贾母怎样宠爱小姑子，对此印象深刻。现在贾母唯一疼爱的女儿不在了，自然会把疼爱女儿的心转移到女儿留在人世的唯一根苗林黛玉身上。贾母对林黛玉的疼爱，既使得幼年丧母的林黛玉感受到母爱的温暖，也把林黛玉推到贾府的风口浪尖。用贾府最聪明的姑娘探春的话来说，贾府的人像"乌眼鸡似的，恨不得你吃了我，我吃了你"。林黛玉这么个外来户，得到老祖宗这样爱怜，岂不成了别人眼红的对象、妒忌的对象、攻击的对象？

贾母见了心爱的外孙女后跟她介绍，这是你大舅母、二舅母、珠大哥留下的珠大嫂子，而后下令，今天有客人来了，姑娘们不要上学了。不一会儿，三个奶妈跟着五六个丫鬟，簇拥着三姐妹来了。第一个"肌肤微丰，合中身材，腮凝新荔，鼻腻鹅脂，温柔沉默，观之可亲"。这是谁？"二木头"迎春。第二个"削肩细腰，长挑身材，鸭蛋脸面，俊眼修眉，顾盼神飞，文彩精华，见之忘俗"。这是谁？"玫瑰花"探春。这里面化用了《洛神赋》的一句话"肩若削成"，这是描写少女的话。第三个"身量未足，形容尚小"，是惜春。三位小姐一样的妆饰。林黛玉急忙起来和她们见礼，叫姐姐妹妹，大家归了座，丫鬟倒上茶来。然后叙述黛玉的母亲怎么样得病，怎么样吃药，怎么样送死发丧。

贾母说："我这些儿女，所疼者惟有你母，今日一旦先舍我而去，连面也不能一见，今见了你，我怎不伤心！"说着又把林黛玉搂在怀里哭起来了。大家赶快劝慰，贾母这才止住一些。大家发现林黛玉言谈不俗，但是身体很弱，有一段"自然的风流态度"。"自然的风流态度"，这个短语用得太好了。天上仙女下凡，能没有风流态度吗？看到她的人判断她身体弱，有不足之症，就问她经常吃什么药，为什么不好好治疗。林黛玉说，我从会吃饭时就吃药，三岁那年，来个癞头和尚要化我出家，我父母不同意。癞头和尚说，既舍不得她，只怕她的病一生都不能好的了。要想好，除非以后，第一，总不见哭声；第二，除父母之外，凡有外姓亲友之人一概不见，她就平安了。但是事情的发展和和尚的建议恰好相反。林黛玉不可能总不见哭声，她是绛珠仙子，来向神瑛侍者的后身贾宝玉还眼泪，所以她每天眼泪不干。她更不可能外姓亲友一概不见，因为她从此就要住在外祖母家，每天接触的都是外姓亲友，特别是表哥贾宝玉。

王熙凤挑帘红，王夫人给挖坑

——第三回　贾雨村夤缘复旧职　林黛玉抛父进京都（中）

黛玉进府后，借助她的聪慧眼睛，荣国府的重要人物纷纷出场。贾宝玉和林黛玉是《红楼梦》的爱情主角，王熙凤却是维系贾府盛衰的核心人物，而王夫人将在宝黛爱情和"二宝"婚姻中起重要作用。王熙凤和她的姑妈兼后台王夫人在黛玉眼中是什么样的人？

如果给中国古代小说人物出场的经典描写排排座次，在我看来，《三国演义》诸葛亮的出场，不能不屈居于《红楼梦》王熙凤的出场之后，位列第二。

曹雪芹把王熙凤写得太细致、太灵动了，人物举手投足，一言一笑，如立纸上。

琏二奶奶声势夺人

贾母是贾府全盛时期家中辈分最高的长辈，是贾府至高无上的权威。贾府上上下下唯贾母之命是从，贾母跟心爱的外孙女说话，谁也不敢插嘴，甚至不敢咳嗽。这时，却听到后院有人笑着说话，林黛玉立即想，这些人"个个皆敛声屏气，恭肃严整如此，这来者系谁，这样放诞无礼"。

王熙凤出场，是大师之笔写小女子，向来被看成是描写人物出场的典范。曹雪芹把戏剧名角出场的"挑帘红"加到王熙凤身上了。王熙凤先在台后响亮地叫板："我来迟了，不曾迎接远客！"然后被一群媳妇丫鬟围绕着簇拥着，像皇后被宫娥簇拥、元帅被众将环绕般，来到台前。

林黛玉看到的王熙凤，妆饰豪华，昂贵时髦。假发髻上用金丝银线攒起多种宝石，发髻上面是凤口衔挂珠串的金钗，而且是五只凤凰。脖子上的项圈是赤金珠玉扭成飞龙形状，身上佩戴着昂贵的古玉。衣服用的是顶尖衣料，身着洋绉裙、银鼠褂，以及特别能显示身材、剪裁时髦的窄褃袄。一言以蔽之：彩绣辉煌，恍若神妃仙子。

王熙凤长什么样？林黛玉注意的是她的眼睛和眉毛："一双丹凤三角眼，两弯柳叶吊梢眉。"这眼睛这眉毛，只能放到王熙凤脸上，绝对不能放到《红楼梦》其他女性脸上。丹凤眼是细细长长的眼睛，曲线柔和美丽，柳叶眉是像柳叶般细长柔美的眉毛。但王熙凤的眼睛和眉毛加了形容词，丹凤眼是"三角"的，柳叶眉是"吊梢"的，这就和通常的丹凤眼、柳叶眉不一样了，有了狠相、奸相、悍妒相、霸王相。为什么说有霸王相呢？因为王熙凤这只凤是盘旋在荣国府上空的霸王凤。王熙凤是美的，但是三角眼和吊梢眉出现，就和贵族少妇应有的娴静、温婉绝缘了。这双炯炯有神的三角眼，会在做一切奸诈、机变事情的时候瞪起来。这两弯吊梢眉，将在她发狠、发怒、发飙的时候立起来。这样的眼睛和眉毛，给王熙凤带来"粉面含春威不露"的特点。

王熙凤还有个大家想不到的特征，不是娘胎带来的，而是后天形成的——王熙凤的太阳穴总贴着治头疼的膏药。人为什么头疼？中医有种观点是用脑过度，少阴不足。王熙凤头疼是因为机关算尽太聪明，整天琢磨着怎样抓钱抓权。

王熙凤太阳穴贴着膏药，林黛玉看到没有？当然看到了，但曹雪芹不写。他后来在别人的故事中将这一特征给带出来。晴雯感冒太阳穴疼，贾宝玉派麝月找凤姐要，"姐姐那里常有那西洋贴头疼的膏子药，叫作'依弗哪'"，拿来给晴雯贴上，麝月说晴雯"病的蓬头鬼一样，如今贴了这个，倒俏皮了。二奶奶贴惯了，倒不大显"。曹雪芹对人物外貌的描写，实在巧妙。

按人之常情，贾母已向林黛玉介绍了大舅母、二舅母、珠大嫂子，就应该同样郑重其事地介绍王熙凤。但贾母居然这样对黛玉说："你不认得他，他是我们这里有名的一个泼皮破落户儿，南省俗谓作'辣子'，你只叫他'凤辣子'就是了。"刚进府的小女孩听到这番话，还不得满头雾水？但是初进贾府的林黛玉是个乖乖女，探春姐妹们赶紧告诉她是"琏嫂子"，林黛玉"忙赔笑见礼"，开口叫"嫂子"。

这段贾母的介绍太绝了。假如贾母一本正经地告诉黛玉，这是你琏二嫂子。黛玉可能就会认为，琏二嫂子确实犯上作乱，放诞无礼。老婆婆在这儿接待贵客，你一个孙媳妇在外面大呼小叫，成何体统？但贾母这样一介绍，就说明来人的放诞无礼，正是这个老太太娇惯的。更妙的是，贾母三言两语就点出了王熙凤性格中最重要的特点：泼和辣。

人有隔代亲的现象。贾府的隔代亲表现在贾母对贾宝玉、林黛玉的爱护，也表现在对王熙凤的娇惯。王熙凤对贾母可算"隔代继承"。贾母聪明能干，善于理家，目光敏锐，洞察人情，热爱生活，诙谐风趣。她这些优点，一条也没让她那两个"死羊眼"儿媳妇继承下来，反而孙媳妇照单全收，发扬光大。这就是每当贾府一老一小——贾母和王熙凤凑到一块儿时，总能擦出智慧火花的缘故，她们是一样的人，贾母是老了的王熙凤。

王熙凤没来之前，林黛玉发现贾母周围的人都收敛着，谁也不说话。王熙凤到了，满屋子只有王熙凤一个人说话。

王熙凤携着黛玉的手，上下细细打量了一回，仍送至贾母身边坐下，笑道："天下真有这样标致的人物，我今儿才算见了！况且这通身的气派，竟不像老祖宗的外孙女儿，竟是个嫡亲的孙女，怨不得老祖宗天天口头心头一时不忘。只可怜我这妹妹这样命苦，怎么姑妈偏就去世了！"说着，便用帕拭泪。

太生动了太精彩了，什么叫"说的比唱的还好听"？王熙凤这就是了。以一当十，一石三鸟。她夸黛玉标致，并不是开口就夸，而是细细打量之后才夸，这就表示她不是客气，是观察之后的真心夸赞。而黛玉的标致是她从来没有见过的，"今儿才算见了"。但仅仅夸林黛玉标致，能算王熙凤的本事？得把小表妹和老祖宗巧妙联系起来才叫本事。王熙凤说，黛玉通身的气派像老祖宗的嫡亲孙女。这是夸谁？当然是夸林黛玉，但主要是夸贾母，还顺带恭维了几个小姑子。林黛玉长得标致，模样有几分像贾母，可能是事实，但也可能贾母上了年纪，她和林黛玉相似已不大容易看出来。但是凤姐说的是什么？"通身的气派"，是林黛玉的高贵气质像贾母。这就是更高层次的了。而林黛玉"竟是个嫡亲的孙女"，这又叫嫡亲孙女们高兴，因为旧时代小姑子是所谓"站着的婆婆"，嫂子再得宠，再飞扬跋扈，对小姑子不能不格外谨慎。王熙凤多聪明，夸奖远来的小姑子的同时，顺带恭维了朝夕相处的小姑子。贾母听了当然高兴。但她马上就制止王熙凤淌眼泪，"我才好了，你倒来招我"。这个老太太特别不简单，特别善于心理调节，特别善于尽快把不痛快的事抛到九霄云外。刚才她还把外孙女搂在怀里号啕大哭，现在就想要"开心果"王熙凤赶快驱散悲伤的阴霾。王熙凤听了马上转悲为喜说："正是呢！我一见了妹妹，一心都在他身上，又是喜欢，又是伤心，竟忘记了老祖宗。该打，该打！"这情绪从悲到喜，见风转舵，转得飞快，转得巧妙。

王熙凤真的一心都在林妹妹身上，忘了老祖宗吗？肯定不是。王熙凤正是因为一心在老祖宗身上，深知老祖宗现在一心只在她亲爱的外孙女身上，她才做出以林黛玉为中心的精彩表演。老祖宗需要什么，她就准备什么，老祖宗关心什么，她也立即关心什么。这就是孙媳妇王熙凤稳坐荣国府管家之位的诀窍。老祖宗现在最牵挂什么？刚到的外孙女，王熙凤就接着沿这条路子往下表演。她问了林黛玉好几个问题，"妹妹几岁了？""可也上过学？""现吃什么药？"她还说："在这里不要想家，想要什么吃的、什么玩的，只管告诉我；丫头老婆们不好了，也只管告诉我。"表演好表嫂关心刚来的小表妹，也表演大管家管家的能耐。贾母、邢夫人、王夫人都坐在这里，王熙凤这样大包大揽是什么意思？就是我是管家大奶奶，我说了算。

王熙凤问黛玉，妹妹几岁了，她得回答；王熙凤问，可也读过书，现吃什么药？她也得回答。王熙凤的问话，林黛玉都得回答，可曹雪芹为什么不叫她回答？因为曹雪芹要突出王熙凤。

接着王熙凤一一落实对林黛玉的安排，问婆子们，林姑娘的行李可搬进来了，带了几个人，又让婆子们赶紧打扫两间下房，让他们去歇歇。

奇怪，王熙凤周密细致地安排林黛玉带来的人住到哪里，为什么就不提林黛玉住在哪里？王熙凤是贾母肚子里的蛔虫，知道这事必须贾母亲自发话。

接着，王夫人问凤姐："月钱放过了不曾？"王熙凤说："月钱已放完了。才刚带着人到后楼上找缎子，找了这半日，也并没有见昨日太太说的那样的，想是太太记错了？"王夫人说："有没有，什么要紧。"又说："该随手拿出两个来给你这妹妹去裁衣裳的，等晚上想着叫人再去拿罢。"王熙凤说："这倒是我先料着了，知道妹妹不过这两日到的，我已预备下了。"王夫人一笑，点头不说了。

这些看似寻常的闲聊藏了很多玄机。首先是月钱。月钱是大家族成员根据身份领的零花钱。王夫人为什么问月钱放过了不曾？因为王熙凤常把月钱从前面账房领来后先不发，放高利贷。只用这个钱，一年就能赚上千两银子。王夫人问月钱，也是向贾母表演关心刚来的外甥女，如果月钱还没放完，赶快把她的月钱加进去。细看《红楼梦》我们会发现，林黛玉确实按贾府小姐的规格领月钱，但她还享受贾府小姐没有的待遇，那就是外祖母单独给她的钱。有一次贾母叫人给林黛玉送钱，被怡红院的小丫头碰到了，林黛玉抓了两把送给那个小丫头。王熙凤对王夫人说月钱放完了，其实，根本没那么回事，如果放完了，王夫人收到了月钱，怎么还会问？

王夫人刚提到给林黛玉做衣服，王熙凤就能把给林黛玉裁衣服的缎子拿出来了？是她真的拿出来了，还是王夫人提起，她灵机一动，宣布已经准备好，接着再去准备也晚不了？王夫人听后一笑，是很满意的笑，还是知道自己内侄女"花马吊嘴"？这些推测都是可能的。

林黛玉是绛珠仙子下凡，灵敏，灵秀，灵透，她当然能看出王熙凤是什么样的人——非常能干，更重要的是善于显示自己能干，善于把好钢用到刀刃上。后来林黛玉对王熙凤做了个精彩概括，"打个花胡哨，讨好老太太"。"打个花胡哨"这五个字太准确、太精彩了。林黛玉的智商肯定比王熙凤高，但情商肯定比王熙凤低很多。林黛玉能看透王熙凤的为人，但叫她学习王熙凤，还不如杀了她。因为这两个人的人生理想和目标不一样。林黛玉信奉理想主义、唯美主义。王熙凤信奉实用主义、功利主义、金钱至上、权势至上。

《红楼梦》有个特别有趣的现象，王熙凤和林黛玉这两个完全不同的人物关系却十分要好。王熙凤对丈夫表妹林黛玉的友好程度，远远超过自己的亲表妹薛宝钗，这是特别值得琢磨的现象。

《红楼梦》有两个核心人物，分别掌握着《红楼梦》两条线索，一个核心人物贾宝玉维系着宝黛爱情；一个核心人物王熙凤联系着贾府兴衰。这两条线索互相交错往前。

大舅妈道三不着两

贾母安排两个老妈妈带着黛玉去见舅舅，贾赦之妻邢夫人起来说："我带着过去很便宜。"贾母说："对，你去吧，不要再过来了。"这是老婆婆吩咐儿媳妇，意思是待会儿我吃饭你不用过来伺候了。邢夫人带了林黛玉坐上车，放下车帘，出了西角门，往东过了荣国府的正门，进入一个黑油大门，到仪门前面才停下来。小厮们退出，丫鬟们打起车帘，邢夫人搀着林黛玉的手，进入院中。邢夫人带林黛玉见大舅舅，始终携着林黛玉的手，搀着林黛玉的手，挽着林黛玉的手。邢夫人是贾赦续娶的妻子，不是贾琏的生身母亲，邢夫人和贾敏没有交往，没有姑嫂矛盾，作为舅母对林黛玉这个孤女有一定的亲情，和王夫人不一样。

进了贾赦正室，早有许多盛装丽服的姬妾丫鬟迎着。多深刻，多有意思！贾赦是荣国公官职的继承者，一等将军，但他的正室里却有一帮年轻漂亮、华贵时髦的姬妾丫鬟，暗点贾赦是老色鬼。请贾赦的人回话，说老爷"连日身上不好，见了姑娘彼此倒伤心，暂且不忍相见。劝姑娘不要伤心想家，跟着老太太和舅母，即同家里一样。姊妹们虽拙，大家一处伴着，亦可以解些烦闷。或有委屈之处，只管说得，不要外道才是"。

按贾赦的身份，这番话很得体，林黛玉站起身——听了，表现得恭敬、懂事。

接着是舅妈不懂事了。邢夫人苦留林黛玉吃饭，林黛玉笑着回答："舅母爱惜赐饭，原不应辞，只是还要过去拜见二舅舅，恐领了赐迟去不恭。"邢夫人留林黛玉吃饭是出于好心，但活化出一个顾前不顾后、心里没数的人。难道她不知道，林黛玉还得去看贾政？难道她不知道林黛玉初来乍到，应该跟外祖母一起吃第一顿饭？

二舅妈给黛玉挖陷阱

大舅妈无意中给林黛玉挖陷阱，二舅妈却可能是故意给林黛玉挖陷阱。

林黛玉到了王夫人正房，看到正面炕桌上堆着书籍茶具，靠东边有个椅垫，王夫人坐西边，见林黛玉来了就往东边让。这似乎寻常的让座，非常不寻常。炕桌上堆着书籍，上座空着，这是贾政的座位。王夫人为什么叫林黛玉坐到舅舅的位子上？是特别友好，还是想试探一下林黛玉到底懂不懂事？而林黛玉对王夫人的起居室观察得细致极了，一边细看，一边细想，判断出王夫人叫自己坐的是上座，坚决不坐，她坐到给孩子准备的椅子上。王夫人再三叫她上炕，她就挨着王夫人坐了。挨着舅妈坐，既不越轨，又显亲切，林黛玉绝不越雷池半步。如果王夫人有意考察林黛玉，这时也不得不服气了。

看到王夫人跟林黛玉打交道，我常想起西方名著《简·爱》里那个把外甥女当敌人的舅妈，那是公开迫害。王夫人更高明，她内心中，一方面对当年受婆婆宠爱的小姑子有本能的反感，另一方面对林黛玉和贾宝玉的交往有本能的抵触。这么细致的人情世故，黛玉刚进府就接触到了。可见，她受到了多大的精神压力。

一顿饭吃出国公府气派

黛玉进府的第一顿饭不是简单吃饭，而是林黛玉人生的重要课程。曹雪芹只用两百多个字写这顿饭，却蕴藏着深厚的文化底蕴和封建贵族的家族章法。

当林黛玉和王夫人在房间说话的时候，有丫鬟来报告，老太太那里传晚饭了。王夫人忙携林黛玉赶过去。王夫人念佛，平日慢慢腾腾，这会儿急急忙忙，为什么？因为她不敢急慢，她慢了就失职失礼了。在贵族家庭，不管你是地位多高的诰命夫人，婆婆吃饭，儿媳妇得伺候着，这是金科玉律。贾母已告诉邢夫人不要回来了，伺候贾母吃饭的就只有王夫人了。王夫人和林黛玉进入贾母后房门，已有很多人等着。等什么？等着王夫人来伺候贾母吃饭。贾母的人看到王夫人来才安设桌椅。然后，李纨捧饭，王熙凤安箸，王夫人进羹。奇怪，有那么多丫鬟，为什么要三个贵夫人干这些粗活？这也是规矩。孙媳妇、儿媳妇要亲手伺候老祖宗。饭摆好了，筷子摆好了，汤摆好了，吃饭的人怎么入座？贾母正面榻上独坐，两边四张空椅子，王熙凤拉着林黛玉坐左边第一张椅子。那是儿孙辈的首位。林黛玉很清楚，王夫人和二位嫂子在，自己怎么能坐？她"十分推让"。贾母给她解释，你舅妈和嫂子不在这儿吃饭，你是客人，应该这样坐，林黛玉这才道谢坐下。林黛玉坐下了，和她同辈的贾府的三位小姐是不是马上也可以坐下了？不行。得贾母叫王夫人坐下之后，三姐妹才能入座。王夫人是探春嫡母，又是迎春和惜春的婶娘，得她这个长辈坐下，她们三个才能坐，这叫长幼有序。林黛玉先于王夫人坐下是不是无礼了？不是无礼，因为是贾母下命令叫林黛玉先坐的。在贾府，贾母的话就是命令，这样一来，林黛玉和三姐妹陪着贾母吃饭时，王夫人坐在一边不吃，陪着，也监视服侍贾母的人是不是周到。李纨和王熙凤站在饭桌旁布让。"布让"就是不断地给贾母和小姐们夹菜。丫鬟执着拂尘、漱盂、巾帕。外面伺候的媳妇丫鬟虽多，却连一声咳嗽不闻。

什么叫诗书礼乐之家的礼数？什么叫宗法社会宝塔尖的气派？贾母这一顿饭，写活了。

吃过饭，小丫鬟用茶盘捧上茶来，林黛玉还以为是喝的茶，心里琢磨，自己家里，父母说惜福养身，饭后片时再喝茶。这里和家中不一样，只好把茶接过来，她一接过来便有人捧过痰盂来了，林黛玉拿这茶水漱了口，洗了手，旁边的人才端上叫她喝的茶。

林黛玉进府就上了人生重要的一课，这堂课不仅教她认识了外婆家的人，明白人和人之间的关系是怎么回事儿，还教她在贾府这样的钟鸣鼎食之家怎么样吃饭，怎么样喝茶。

宝玉黛玉人间重相会

——第三回　贾雨村夤缘复旧职　林黛玉抛父进京都（下）

黛玉进府的又一重头戏是拉开中国古代最优美爱情故事之一的序幕——林黛玉和贾宝玉见面。

宝黛人世情缘开始

林黛玉和贾宝玉有三世情缘，荣国府见面是他们人世情缘的开始。

两人见面，要互相观察。贾宝玉是出众的美男子。《红楼梦》多次写到在别人眼里贾宝玉是什么样。

北静王看到的贾宝玉"面若春花，目如点漆"，北静王说："名不虚传，果然如'宝'似'玉'。"

秦钟观察到的贾宝玉，"形容出众，举止不凡，更兼金冠绣服，骄婢侈童"。这是同龄贫寒男子看到的贾宝玉。

还有一次是父亲观察儿子，贾政本来讨厌贾宝玉。但是当贾宝玉跟贾环站到一块儿时，贾政对照一看，贾宝玉"神彩飘逸，秀色夺人"，一下子就把他平时厌恶贾宝玉的心思减了八九分。

曹雪芹很少写在薛宝钗眼里贾宝玉是什么模样。因为薛宝钗要的是"金玉良缘"，是家庭根基、地位，长什么模样并不要紧。林黛玉要的是"木石前盟"，是无条件的感情相知，所以林黛玉观察贾宝玉最细致。

看到贾宝玉之前，林黛玉想象过贾宝玉是什么样，因为已经有两个人跟她灌输过贾宝玉是什么样的人了。

一个是林黛玉的母亲，曾对她说，二舅母生的一个表兄，衔玉而诞，顽劣异常，极恶读书，最喜在内帏厮混，外祖母宠爱，无人敢管。贾敏这段话很简单，但把贾宝玉的主要个性特点交代清楚了，讲得比较客观。

另一个是王夫人，跟黛玉特别交代，自己有个孽根祸胎、混世魔王，有天无日，疯疯傻傻。王夫人最爱儿子，为什么这样说？意味深长。因为贾宝玉之前内帏厮混的对象都是姐妹。现在来个姑表妹，在古代，姑表兄妹可以成婚。王夫人嘱咐林黛玉，不要睬他，不要沾惹他，只休信他，离他远点。可能潜意识中，王夫人认为宝玉和黛玉的交往会带来麻烦。这样一来，王夫人讲贾宝玉就带有浓厚的夸张色彩，既有母亲对儿子恨铁不成钢的溺爱成分，又预先给林黛玉打"预防针"，吓唬她，不叫他们过分亲近。

有两个先入为主的介绍，当林黛玉听人报告说宝玉来了时的想法是，贾宝玉可能是个吊儿郎当、邋里邋遢的蠢物，既不懂事，又不驯服，她不想见他了。

出现在林黛玉面前的贾宝玉是个俊美的少年公子，而且很快就引起了林黛玉的好感。林黛玉除了细致观察贾宝玉穿什么衣服、什么打扮，还很仔细地看了贾宝玉两次，看出了不同的面貌。同一个人转眼的工夫，相貌就不相同了，可能吗？这就是曹雪芹的神来之笔了，因为这里林黛玉的心理产生了微妙变化。

林黛玉第一次看到的贾宝玉是："面若中秋之月，色如春晓之花，鬓若刀裁，眉如墨画，眼如桃瓣，目若秋波。"贾宝玉的脸圆圆的，亮亮堂堂的，像中秋的满月，脸上洋溢着朝气，脸色像春天早上的花朵，头发又黑又亮又浓密，鬓角好像用刀裁出来的一样，眉毛弯弯的、长长的，轮廓很美，像是画出来的，眼睛像是桃花的花瓣，眼神晶光闪闪。这是一幅俊美公子的素描图。

这是贾宝玉还没看到林黛玉时的本来面貌，也是林黛玉还没带上对贾宝玉的好感时观察到的贾宝玉。一个多少带点脂粉气的年轻小生，这描写基本没跳出才子佳人小说的框框。曹雪芹往下写，就和才子佳人小说不一样了。他写贾宝玉"虽怒时而若笑，即瞋视而有情"。林黛玉想象贾宝玉即使是生气，也好像在笑，即使是不高兴，也好像有情。为什么有这样的感觉？因为林黛玉一见贾宝玉就已经产生了好感，这跟《红楼梦》开头的神话传说有关，因此她心想："好生奇怪，倒像在那里见过一般，何等眼熟到如此！"他们在哪儿见过？在天界仙境见过，灵河岸边三生石畔的那一棵小草，每天都能见到神瑛侍者拿着甘露来浇灌自己。

贾宝玉向祖母请安，发现祖母身边多出个神仙似的姑娘，猜是林妹妹来了。他按照祖母吩咐去见母亲，急忙换好家常服装，又跑回祖母身边。林黛玉看到贾宝玉第二次出现，变了样子，"面如敷粉，唇若施脂；转盼多情，语言常笑。天然一段风骚，全在眉梢；平生万种情思，悉堆眼角"。贾宝玉脸色滋润白皙，嘴唇鲜艳丰满，像抹了口红，看起人来带着柔美的感情，说起话来带着迷人的笑容，微微一抬眉，显露出天然风骚，随意看一眼，流露出万种情思。林黛玉第二次看贾宝玉更觉美好而且带着温情了。

为什么两次看同一个人模样却不一样？因为贾宝玉看林黛玉是带着喜从天降的心理和有意识的讨好。林黛玉看贾宝玉则是带着喜出望外的心理和不由自主的脉脉温情。

这么短的时间内，在林黛玉眼里出现了两个贾宝玉，两个都是俊美公子，但是第二个比第一个更好看、更可爱、更可亲。这说明林黛玉和贾宝玉两个人一见面，立即就互相产生了惊喜和震撼，这比传统的一见钟情更深刻，是天上人间重聚首的喜悦。

贾宝玉鹤立鸡群真情至性

林黛玉观察贾宝玉之后，曹雪芹借所谓后人的语气，写了两首明白易懂的《西江月》：

> 无故寻愁觅恨，有时似傻如狂。纵然生得好皮囊，腹内原来草莽。　潦倒不通世务，愚顽怕读文章。行为偏僻性乖张，那管世人诽谤！

> 富贵不知乐业，贫穷难耐凄凉。可怜辜负好韶光，于国于家无望。　天下无能第一，古今不肖无双。寄言纨袴与膏粱：莫效此儿形状！

这是讽刺吗？这是用贬斥的语气给贾宝玉唱赞歌。《西江月》形象概括了贾宝玉的思想和个性。在贾宝玉生活的时代，四书五经是经典，但贾宝玉怕读四书五经。那时读书做官是世间最重要的事，而贾宝玉把求功名的人看成沽名钓誉之徒、国贼禄鬼之辈。封建社会最高道德"文死谏，武死战"，文官要死在给皇帝进谏之时，武官要死在为皇帝开拓疆域之时。而贾宝玉把"文死谏，武死战"贬得一文钱不值。难道不是因为这潦倒愚顽，才会受到诽谤？按照曹雪芹的构思，贾府败落主要是贾赦、贾琏、王熙凤、贾珍作恶，也和贾宝玉做了不才之事有关。所谓不才之事，就是和戏子来往，得罪权威，这成为贾府获罪被抄的缘故之一。贾宝玉衣食无忧，过惯了钟鸣鼎食的生活，不能自食其力，一旦家庭败落，最后只好出家当和尚。

"无故寻愁觅恨"，很有哲理。普通人的生活中，会有愁和恨，是从生活压力来的。贾宝玉有什么愁？衣食无忧，钟鸣鼎食。但是他偏偏就有愁有恨，都是他主动寻来、成心找来的。他找来的是违背封建伦理、违反封建宗法的愁，觅来的是追求爱情自由、追求心灵自由的恨，而这种追求达到了如傻似狂的程度。《西江月》的表面含义是世人眼中的贾宝玉，和薛宝钗对贾宝玉下的结论一样。薛宝钗说贾宝玉是"富贵闲人""无事忙"。但是和贾府浊臭熏人的贾珍、贾琏比，贾宝玉鹤立鸡群，真情至性，这些只有林黛玉能体会，能共鸣，能怜惜，这是他们感情的基础。

林黛玉姣花嫩柳胜西施

贾宝玉观察到的林黛玉是什么模样？林黛玉进府穿什么衣服，戴什么首饰？林黛玉家世那么高贵，当然得穿绫罗绸缎，戴金银首饰、翡翠玉器。但曹雪芹一概不写，因为不能写。写豪华了，和林黛玉将寄人篱下的情况不符合；写寒酸了，和探花小姐的身份不符合，所以最好不写。

林黛玉什么模样？贾宝玉印象最深的是林黛玉的眉毛和眼睛，"两弯似蹙非蹙罥烟眉，一双似泣非泣含露目"。这是中国古代小说中，独一无二仅属于林黛玉的眉目，林黛玉的眉毛细长，弯弯的，好像是挂在树梢上的青烟。眉好像皱着，又好像没皱着，含着淡淡的哀愁。眼睛好像刚哭过，又好像含着晶莹的泪珠还没掉下来。

在塑造长篇小说的爱情女主角林黛玉时，曹雪芹竟然不像写王熙凤那样系统地工笔描写林黛玉的衣妆外貌，而是大写意，就写了她的眼睛和眉毛。这就是鲁迅先生说的"画眼睛"的技巧。曹雪芹在画眼睛时连眉毛也一起画了。中国古代特别强调女人的眉毛要美。据记载，中国古代女人的眉毛有一百多种描法。曹操规定他身边的女人要参照蛾细长弯弯的触角画眉，所以叫蛾眉。林黛玉的眉毛是似蹙非蹙罥烟眉，这样的眉毛，只有和她似泣非泣含露目合在一块儿，和她整个人的气度神韵、文化修养合在一起，才更加有超凡脱俗的美。

在贾宝玉眼里，林黛玉"态生两靥之愁，娇袭一身之病。泪光点点，娇喘微微。闲静时如姣花照水，行动处似弱柳扶风。心较比干多一窍，病如西子胜三分"。林黛玉比西施美，她的美是病弱的美，又是智慧的美。她静止的时候，像娇花倒映在水中；行动的时候，像柔弱的细柳摆动。林黛玉的美，又与慧和聪明连在一块儿。比干是传说中最聪明的人，长着一颗"七窍玲珑心"，林黛玉的心比比干的还要多一窍，也就是说，林黛玉比古代最聪明的人还聪明，这就使蹙眉黛玉比捧心西施多了层智慧的美。

林黛玉的美总是和她的思考、她的愁怨联系在一起。大自然的花开花落，人世间的风霜雨晴，林黛玉敏感的心灵总能感受着，呼应着。更重要的是，林黛玉的美，还和泪联系在一起。她的眼里隐隐含着泪水，因为她是来到人间还泪的绛珠仙子。

贾宝玉一看到林黛玉，马上产生个印象——"神仙似的妹妹"。这是作者对林黛玉的定位，林黛玉身上有仙气，这仙气便能和绛珠仙子和神瑛侍者的前世情缘联系到一起。

贾宝玉见到林黛玉说的第一句话是林黛玉也想到，但没有说出来的："这个妹妹我曾见过的。"他还进一步说和林黛玉是远别重逢。多有意思！他们确实是远别重逢。多远的地方？灵河岸边，从太虚幻境来到京城，来到荣国府。

《红楼梦》有十几个脂砚斋评本，关于林黛玉的眼睛和眉毛，有九种写法。比如：两弯似蹙非蹙罥烟眉，一双似笑非笑含露目；两弯半蹙蛾眉，一双多情杏眼；两弯似蹙非蹙笼烟眉，一双似喜非喜含情目。这些描写都太不恰当、太普通、太俗套了。"多情杏眼"，杏眼太圆太大，再加上多情，能是矜持的潇湘妃子的眼睛吗？"似喜非喜含情目"，林黛玉能是皮笑肉不笑的样子吗？红学家公认：《脂砚斋重评石头记》列宁格勒藏本对林黛玉眉目的描写最恰当。20世纪80年代，周汝昌、冯其庸和李侃三位先生到苏联考察道光年间被带到俄罗斯的脂评本，红学家把它叫作列宁格勒藏本。在这个藏本中，林黛玉的眼睛和眉毛是"两弯似蹙非蹙罥烟眉，一双似泣非泣含露目"。喜从天降，两百年了，林姑娘眉毛什么样，眼睛什么样，终于有了众人满意的结果，争论了几百年的话题也终于画上了句号。

在这里，仅仅林黛玉眉毛的描写就有两个出处。一个是《庄子·天运》的"西施病心而颦"。"颦"就是蹙眉。贾宝玉马上送林黛玉妙字"颦颦"，后来薛宝钗喊林黛玉"颦儿"。"罥烟眉"来自《西京杂记·白头吟》，其中提到了著名才女卓文君眉色如望远山，故称远山眉。"罥烟眉"的意思是疏朗的眉毛像挂在树梢上的青烟，是化用远山眉。林黛玉两弯眉毛居然和古代两个大名鼎鼎的美女挂上了钩。

碧纱橱内外的情分

贾宝玉和林黛玉见面后有两件事值得注意。一件事是贾宝玉为了林黛玉摔了自己的命根子通灵宝玉。贾宝玉问林黛玉有没有玉，林黛玉知道他有玉，以为宝玉就想问别人有没有玉。林黛玉小心翼翼回答："我没有那个。想来那玉是一件罕物，岂能人人有的。"贾宝玉一听，立即发起疯病，摘下命根子通灵宝玉狠命摔在地上。"什么罕物，连人之高低不择，还说'通灵'不'通灵'呢！我也不要这劳什子了！"他认为，如果这块玉是好东西，林黛玉就该有。既然神仙似的妹妹都没有，就说明这玉不是好东西。贾母见此情形，即刻化身为非常出色的"童书作家"，现场编套说辞来哄她的孙子，她说你妹妹原来也有玉，因为妈妈去世，就把她的玉拿去陪葬了，你妹妹说她没有玉，这是她自己不便于夸张。贾宝玉听到林妹妹也有玉，他就把这个玉又戴上了。

林黛玉到了晚上，为贾宝玉摔玉而淌眼泪。脂砚斋评，这是林黛玉第一次哭，是还甘露水。林黛玉一见到外祖母就哭个不住，为什么脂砚斋说她为通灵宝玉而哭才是第一次哭？因为黛玉见宝玉的哭才是还眼泪。林黛玉是贾宝玉的知己，她对贾宝玉全是一番体贴功夫，贾宝玉为了她居然不爱惜命根子一样的通灵宝玉，她怎能不受感动？贾宝玉摔玉是一点儿都不掩饰对林黛玉的爱慕之心。林黛玉哭就是朦胧的爱意在心中发芽。

法国大作家雨果说过，人会出生两次，头一次是父母把你带到人间的那一天，第二次是真正的爱情萌发的那一天。[1]曹雪芹写了贾宝玉和林黛玉的出生与家庭背景，他们第二次出生就是他们在荣国府的诗情画意的会面。在中国古代社会，男女之间的结合各种各样，有门当户对的结合，有父母之命的结合，有依附权势和金钱的结合，很少有真正爱情的结合，而宝黛爱情就是真正爱情的结合，是美好心灵的结合。

林黛玉进贾府后，发生的另一件比较重要的事是贾母安排林黛玉的住处。贾母吩咐，把宝玉从他原来居住的碧纱橱挪出来，随她住在套间暖阁里面。贾宝玉一听就说，自己住在碧纱橱外面的床上就行，住到套间暖阁里面会闹得老祖宗不安生。贾母一听，同意了。这很有意思。林黛玉来了，在贾母的眼里，连命根子贾宝玉都得靠边站了，给林黛玉倒地方。而贾宝玉坚持要住在林黛玉的碧纱橱外面，他们就有了比青梅竹马还要强的优势了。

黛玉一进贾府就继承了母亲在贾母跟前的待遇，但是读完《红楼梦》前八十回，林黛玉对外祖母说过一句感谢的话、奉承的话、凑趣的话、捧场的话没有？半句都没有。用山东人喜欢说的话就是，林黛玉岂不是"吃了泰山不谢土"？这么聪明的林黛玉，几句现成的感谢话、客套话不会说？其实想一想，这样安排非常有哲理，因为世界上就是有这样一种感情，真正的爱不需要表白，大爱无言，至爱无声。

美国有个著名小说改编的电影名叫《爱情故事》，男主角哈佛大学的学生奥利佛不听父亲的劝阻，一定要和一个穷姑娘结婚，后来

1　出自法国作家雨果的诗《人生出生两次吗？》——编者注

穷姑娘得病死了。在姑娘得病的过程中，当年反对他们结合的父亲帮助了儿子。在电影最后，儿子对父亲说了句"谢谢"。我永远记住了父亲说的这句话，"爱就不要说谢"。林黛玉从来不讨好贾母，就是"爱就不要说谢"。这正是林黛玉天真烂漫、纯洁无瑕、拥有天上仙子秉性的表现。

但是天真纯洁的绛珠仙子能应付贾府的险恶吗？贾宝玉和林黛玉一个住在碧纱橱内，一个住在碧纱橱外，他们能不能顺利地像蜜里调油一样地和谐下去？不能。因为薛宝钗马上要带着象征"金玉良缘"的金锁到贾府来了。

贵族豪门的繁华依靠

——第四回　薄命女偏逢薄命郎　葫芦僧乱判葫芦案

《红楼梦》的另一个重要人物薛宝钗即将进入贾府。黛玉进府的前提是绛珠仙子到人世还泪。薛宝钗进府的前提却是一桩命案。第四回《薄命女偏逢薄命郎　葫芦僧乱判葫芦案》，回目暗含讽刺。宋元话本中"葫芦提"是糊里糊涂，葫芦案就是糊涂案。这一回，知府听葫芦僧意见，不按律法胡乱断案。

《红楼梦》写俊男靓女的青春梦，画世家巨族的享乐图，贵族青年男女的风月繁华依靠什么？贵族豪门的奢靡生活依靠什么？依靠官僚集团盘根错节的庞大势力、大地主与皇商的经济实力。贾雨村徇情枉法，就是依附豪门势力。

金陵一霸杀人夺婢

黛玉进府第二天和姐妹们到王夫人那儿，王夫人正在拆金陵的来信，他的哥哥王子腾派人给她传话，金陵城薛姨妈的儿子薛蟠，倚财仗势，打死了人。王子腾要唤取薛蟠进京。京营节度使王子腾是京都最高长官，他无视国法，以势凌人，想要庇护杀人犯外甥。

《红楼梦》经曹雪芹五次增删，早期文稿中，宝玉黛玉多年青梅竹马后，宝钗才进府。现在我们看到的书，黛玉进府第二天，宝钗一家就要进京，后边情节却说，宝玉和黛玉从小一起长大。小说中存在许多曹雪芹多次不同笔墨共存的现象，是非常有趣的。

　　林黛玉看到王夫人忙，就到寡嫂李氏那里去。黛玉进府，王熙凤这个嫂子大包大揽，说起话来滴水不漏。李纨也是嫂子，但和王熙凤截然相反。她青春守寡，和王熙凤有完全不同的心态和为人处世的态度。李纨也是名家出身，父亲李守中是国子监祭酒，家里男女都读书。李守中认为女子无才便是德，主要叫女儿学学《女四书》《列女传》，会认几个字，学着做针线，操持家务。李纨虽处于膏粱锦绣中，却因为做了寡妇，像槁木死灰一般，只知道伺候婆婆，照顾儿子，帮着照顾贾府一众小姐，现在还要帮着照顾贾母最心爱的外甥女林黛玉。几句简单叙述就交代了金陵十二钗之一的李纨。

　　说回贾雨村。贾雨村一到任，就接到一桩人命案，两家因争买一个女孩，金陵一霸薛公子打死小乡宦之子冯渊。"冯渊"谐音"逢冤"。薛蟠打死冯渊，抢走女孩，若无其事走了。苦主家告了一年状，没人做主。贾雨村新官上任三把火，一听，大怒道："岂有这样放屁的事！打死人命就白白的走了，再拿不来的！"他要发签拘捕薛蟠，手下一个门子向他使眼色让他不要发。奇怪！贾雨村是知府，门子是身份很低的衙役，可他竟敢向大老爷使眼色，很不正常。贾雨村生性狡猾，他马上想到这里面有事，即时退堂，把门子叫来。

　　门子在社会上很多年，自以为了不起，但真正和阴谋家打交道还是太嫩。他一到后堂就和贾雨村请安说，老爷这些年加官晋爵就不认识他了。一个门子怎么可以对知府这样讲话？贾雨村说，他看着这门子挺面善的，只是一时想不起来。门子说，老爷真是贵人多忘事，把出身之地竟忘了，不记得葫芦庙的事了？

门子这就更不会说话了。贾雨村当年住葫芦庙以卖文为生，他当了知府，绝对不想让别人知道自己当年贫寒。门子偏偏哪壶不开提哪壶，一句话戳到贾雨村的痛处。他这样说日后必定给自己招来祸害。贾雨村一听，如"雷震一惊"，方想起往事。他为什么雷震一惊？因为他突然发现，自己扬扬得意做知府大人，身边就有个揭老底儿的人——葫芦庙的小和尚。

俄国短篇小说家契诃夫有篇短篇小说名为《变色龙》，贾雨村就是变色龙，曹雪芹把他的奸诈之态写得活灵活现。他假装亲热，拉着门子的手，说"原来是故人"，又让座。门子怎么敢坐。贾雨村说："贫贱之交不可忘。你我故人也。"贾雨村要问门子为什么不让发签，这是私事，还要长谈，能不坐吗？门子就斜签着坐了，表示恭敬，不敢和知府大老爷面对面。

"护官符"石破天惊

贾雨村问门子为什么不让自己发签。门子说："老爷既荣任到这一省，难道就没抄一张本省'护官符'来不成？"贾雨村问什么是"护官符"？门子惊叹贾雨村连这个都不知道，官怎么做得长远。门子告诉贾雨村，现在的地方官都有个私单写着本省最有权势、最富最贵的大乡绅姓名，得罪这样的人家，不要说官爵，可能连性命都保不住，所以叫"护官符"。他这个官司本来很容易断，但是要考虑"护官符"才拖到现在都断不了。

太深刻了！孟子说过："为政不难，不得罪于巨室。"《红楼梦》石破天惊蹦出来一个"护官符"，写透康乾盛世的官场。

"护官符"是写金陵最有权势家族的谚俗口碑。谚俗口碑就是民间的口头议论，像立石刻碑一样。古有谚语："劝君不用镌顽石，路上行人口似碑。"

"护官符"上写：

> 贾不假，白玉为堂金作马。
>
> 阿房宫，三百里，住不下金陵一个史。
>
> 东海缺少白玉床，龙王来请金陵王。
>
> 丰年好大雪，珍珠如土金如铁。

贾府阔到白玉做堂，黄金铸马；贾母的娘家史家，秦朝阿房宫都不够住；龙宫宝物虽多，但龙王爷得找王家借白玉床；丰年好大雪，"雪"谐音"薛"，薛家挥金如土。"护官符"下面还有些小字，说宁国公荣国公家人住哪里，保龄侯尚书令史公家人住哪里，都太尉统制县伯王公家人住哪里，紫薇舍人薛公后人现领着内府帑银做皇商。这四家按照"公、侯、伯、舍人"，从高到低的顺序排列。歌谣极力夸四家豪富，他们的豪富从哪里来？靠做官的俸禄，更靠巧取豪夺，做大地主，放高利贷，靠权势获得财富。

门子告诉贾雨村，打死人的就是薛公子，而这四家，联络有亲，一损俱损，一荣俱荣。门子又说，凶犯、拐子、死鬼买主他都知道。一个小小门子怎么什么都知道？这是小说家的调度，故意安排这个人，他恰好和贾雨村打过交道，恰好把房子租给拐子，恰好是被卖女孩小时的玩伴。门子告诉贾雨村，拐子把丫头卖给两家，两家把拐子拿住，打个臭死，两家都不肯收银，只要领人。薛公子喝令手下人把冯公子打个稀烂，这冯公子抬回家三天便死了。薛公子早就要上京的，他打了冯公子，夺了丫头，没事人一般，带了家眷就走，打死了人自有兄弟奴仆料理。打死人在薛公子眼里是些些小事。四大家族飞扬跋扈到何等程度！

贾雨村徇情枉法

门子这个人是万事通，讲完薛家和"护官符"的关系之后，又卖弄起来，问贾雨村是否知道这被卖的丫头是谁。雨村笑道，我怎么知道？门子冷笑说，这人算来还是贾雨村的大恩人，她就是甄老爷的小姐英莲。当年我们天天哄着英莲玩，她现在十二三岁，长得漂亮齐整，大概相貌也没有改变。她的眉心当中原来有米粒大小的一颗胭脂记，熟人容易认出来。拐子先把她卖给冯公子，又把她卖给薛家。薛公子混名"呆霸王"，是天下第一个弄性尚气的人，把冯公子打个落花流水，把英莲拖了去。甄英莲从被拐到卖进薛家的过程，通过门子几句闲谈便交代清楚。

贾雨村太贼了，他曾跟封肃说，你的外孙女被拐，我帮你找回来。现在，他不再提找回这个女孩子给当年的恩人送回去。他只关心怎么讨好"护官符"上的人。他把一切归结为孽缘，给自己，也给黑暗的社会开脱责任。贾雨村已很清楚怎么样断案，却还要问门子怎么断。门子又揭他的老底儿了："小的闻得老爷补升此任，亦系贾府王府之力；此薛蟠即贾府之亲，老爷何不顺水行舟，作个整人情，将此案了结，日后也好去见贾府王府。"贾雨村接着表白一番假仁假义的话，你说的何尝不是。但事关人命，蒙皇上龙恩，把我起复委用，重生再造了，我应该全心全意地报答皇帝之恩，岂可以因私废法？我不忍心这么做。门子冷笑道，老爷说的何尝不是大道理，但在社会上行不通。如果真这样做，不但不能报效朝廷，连自身都保不了了。您还是好好想想吧。门子深通世故，建议贾雨村装神弄鬼、扶鸾请仙，说两家本就有宿怨，薛蟠被冯渊追魂而死，拐子依法处置，断给冯家一些银子即可了事。门子说，您扶乩写字，我暗中嘱咐拐子叫他实招。

《聊斋志异·梦狼》总结官场是"官虎吏狼"。《红楼梦》第四回就是例子。一个小小门子，居然能够上下其手，操纵审案！

贾雨村说："不妥，不妥。等我再斟酌斟酌，或可压服口声。"这老奸巨猾的家伙，第二天坐堂就胡乱断了此案。曹雪芹的高明就在于，怎么断的这个案，不写，只用四个字"徇情枉法"。

在断案过程当中，门子说过一句关键的话："薛家原系金陵一霸。"这时的薛蟠多大年纪？十五岁。但他们家是金陵一霸的名声已很响。这说明"金陵一霸"的名声是从薛宝钗父亲那儿开始的。

贾雨村断完案，迫不及待献媚讨好两个京城大官，写信给贾政、王子腾，告诉他们，您外甥的事已完了，不要过虑。贾雨村又恐怕门子说出当年他贫贱时的事来，找个不是，把门子远远充军了事。如此过河拆桥，恩将仇报！根据脂砚斋评语，葫芦案埋下千里伏线。这说明在曹雪芹丢失的后几十回中，葫芦僧还要出来，这成了贾雨村最后罢官扛枷锁的原因之一。

葫芦案放到小说开头第四回，太重要了。毛主席说第四回是《红楼梦》的总纲，有一定道理。《红楼梦》写四大家族的兴衰，作为封建社会基石的贵族、地主，他们的日常生活建筑在什么基础上？曹雪芹根据自己对社会的观察得出，他们能横行霸道、钟鸣鼎食，就是因为他们掌握权力。而封建社会的法律，对他们一点儿办法都没有。第四回通过一个案子，把这些人的丑恶本质揭个底儿掉。这样的人还配有好的结局吗？他们的命运必定要衰亡。

甄英莲进薛家，宝钗进贾府

甄英莲进薛家，薛宝钗进贾府，安排多巧妙。

薛蟠是什么人？本出自书香继世之家，幼年丧父，母亲溺爱纵容，固然家有百万之富，只是斗鸡走马，游山玩水，一切皇商事务皆交由老伙计去办。他的母亲是现任京营节度使王子腾之妹，和王夫人是姐妹，就是薛姨妈。她还有个女儿，就是薛宝钗。但薛宝钗和哥可不一样，她生得肌骨莹润，举止娴雅，读书识字，胜过哥哥十倍。她为什么要进京？因为最近皇上要从世家女孩中选公主郡主的入学陪侍。薛蟠要送妹妹参选，还要到京城去算账。其实听说京城是第一繁华之地，他主要是想去玩。薛蟠早就准备好行李，准备好送人的礼物，已经要起身之时，碰到拐子卖英莲。他看到英莲生得不俗，就打死冯渊，把她抢来，把家中事务托给家人，带了母亲和妹妹起身长行。人命官司，他视为儿戏，自认为花上几个臭钱，没有不能了的，此即豪门公子心态，钱能通神，打死人都不要紧。

薛家人在路不记其日，将要进京城之时，听到王子腾升九省统制，这是宋代武官名。《红楼梦》的官职各朝代的都有。薛蟠正愁进京有个嫡亲母舅管着，不能任意挥霍，现在舅舅升官了，天从人愿！他就跟母亲商量，赶快派人去打扫自家在京城的房子。他母亲说："干吗这么招摇，我们到京城去本该先拜望亲友，舅舅家或者姨爹家房子很多，我们先凑合着住，慢慢再去收拾自己的房子。"薛蟠很会找理由："舅舅升了官要到外省去，家里忙乱，咱们一窝一拖地跑到他家，不是没眼色吗？"薛姨妈继续说："你舅舅升官了，你姨爹家还可以住。你姨娘总捎信来，说想念我们，我们去了她还能不留我们？你忙着去收拾房屋，不是叫人家见怪？你的意思我知道，守着舅舅和姨爹管了你。各自住着，你好任意施为。你自己去住吧，我带了你妹子到姨妈家，好不好？"呆霸王还是听妈的话，一行人直接到荣国府。

王夫人知道薛蟠官司已了，听到妹妹带了儿子和女儿来很高兴，带着媳妇女儿接出大厅。老姐妹悲喜交集，叙了一会儿闲话，一行人拜见贾母，送人情土物，贾府摆席接风。薛蟠先拜见贾政，贾琏又引着拜见贾赦、贾珍。

贾政派人对王夫人说："姨太太有了年纪，外甥年轻，在外面住着恐有人生事。咱们东北角上的梨香院闲着，快打扫了，请姨太太和哥儿姐儿住了。"

如果王夫人自己让妹妹住下多不合适？贾政出面挽留，最合情理。接着，贾母也派人来说，请姨太太住下，大家亲密些。贾母发了话，薛家人住下就更名正言顺。薛姨妈正想住到贾府好好管儿子，所以赶快同意，又私下对王夫人说，一应日费供给一概免却。薛家不是来投亲靠友，为什么要由贾府供给生活费？而且由贾府供应生活费不是常法，自己拿钱才能常住。

梨香院是当年荣国公暮年养静之所，前厅后舍十来间房屋，还有个门通街。呆霸王找狐朋狗党方便了。薛姨妈要找姐姐也方便，西南角门出夹道就是王夫人正房东边。这样每日饭后、晚间，薛姨妈就过来，或者和贾母闲谈，或者和王夫人聊天。薛宝钗和林黛玉、贾迎春等看书下棋做针线。

不到一个月，薛蟠和贾府子侄认熟一半，纨绔子弟喜欢和他来往。有钱就有"兄弟"，有钱就有"朋友"。薛蟠和贾珍、贾琏、贾蓉，一路货色，今天会酒，明天观花，甚至聚赌嫖娼，无所不至。薛蟠是个打死人都不在意的地方恶少，现在比当初更坏了十倍，贾府真是个大染缸。而族长是纨绔子弟中最坏的贾珍。

薛宝钗一家在梨香院住下，渐渐把回自己家的念头打灭。说到底，薛姨妈为什么自己有那么多房屋非得住亲戚家？为了权势。皇商地位怎么能与国公府地位相比！

贾宝玉、林黛玉、薛宝钗，三角之势形成了。

贾宝玉惊世骇俗的大梦

——第五回　开生面梦演红楼梦　立新场情传幻境情（上）

此回目来自甲戌本，庚辰本回目为《游幻境指迷十二钗　饮仙醪曲演红楼梦》，程乙本回目为《贾宝玉神游太虚境　警幻仙曲演红楼梦》。

第五回借助贾宝玉梦境，预示主要人物命运。警幻仙子指出贾宝玉的性格特点"意淫"，对此，红学家争论了二百多年。

宝、黛、钗局面形成

黛玉进府后，贾母万般怜爱，宝玉黛玉亲密友爱，日则同行同坐，夜则同息同止。现在突然来个薛宝钗，其品格端方，容貌丰美，行为豁达，随分从时，不像林黛玉孤高自许，目无下尘，人多谓黛玉所不及。世俗眼中都认为薛宝钗比林黛玉强。薛宝钗会根据周围环境决定对人的态度，林黛玉只顾自己内心。这样，宝钗就比黛玉更多得到下人之心，小丫鬟也愿意和薛宝钗玩，林黛玉就有些不高兴了。

贾宝玉现在只是把表姐表妹都当成一起长大、一起玩耍的对象，因为和黛玉从小一起长大，二人更亲密。既然亲密就不免"求全之毁，不虞之隙"。"求全之毁"是因追求完美而有所责难。谁追求完美？谁责难人？林黛玉。她要求的完美，就是贾宝玉只能和她玩，不能和薛宝钗玩，否则她就不高兴。"不虞之隙"，是说二人虽然亲密，却难免有意料不到的误会，那就是贾宝玉找薛宝钗玩，林黛玉认为他疏远自己，遂产生误会。这是人物个性决定的，情节要照这个模式往前发展。

这一天不知为什么，宝黛又闹矛盾，黛玉又哭了，宝玉赶快赔不是，哄林妹妹，黛玉这才稍微缓和下来。这成了宝黛相处的常态：二人不断地产生矛盾，贾宝玉不断地赔不是。是因为林黛玉个性坏两人才不断产生矛盾吗？不，是因为她心里只有一个贾宝玉，眼里揉不进沙子，不能容忍宝玉和宝钗亲近的行为。

简单交代宝钗进府后形成的宝玉、黛玉、宝钗之间交往的情况，小说正式进入第五回。

第五回有两个主要内容：第一个内容是贾宝玉做春梦，完成从小男孩向小伙子的过渡，出现人生第一次梦遗。第二个内容是贾宝玉梦中到太虚幻境，看了金陵十二钗命运图册、判词，听了《红楼梦》曲。图、诗、曲结合在一起，对《红楼梦》主要人物的命运做出明确预示。

秦可卿香闺是贾宝玉春梦背景

贾宝玉怎么会做春梦？因为有宁国府的背景。

宁国府花园梅花盛开，贾珍妻子尤氏准备下酒席，请贾母、邢夫人、王夫人赏花。宝玉累了，贾母让众人好好哄着他，叫他去歇一会儿。贾蓉妻子秦氏说:"我们有给宝叔收拾下的房子,老祖宗放心,交给我吧。"贾母知道秦氏极妥当,生得袅娜纤巧,行事温柔和平,贾母喜欢苗条、纤巧、灵活的女孩,而且不大讲究出身是不是高贵,家境是不是富贵。秦氏家庭出身并不高,但被贾母看重。

秦氏引了贾宝玉、奶妈、丫鬟到上房。贾宝玉一看有幅画《燃藜图》,这幅画讲的是劝人苦读的故事。据说汉代刘向夜读没有灯,仙人把藜杖吹出火来给他照明。贾珍不读书,屋子里居然挂这张图,岂不是很滑稽?贾宝玉看到不太高兴,再一看,还有副对联:"世事洞明皆学问,人情练达即文章。"贾宝玉本来就厌恶读书,却看到劝读图;本来就讨厌世故,偏偏又看到讲世故的对联。他马上说:"快出去!"秦氏说不然到她屋里去。贾宝玉点头笑了。有个妈妈说:"怎么能叫叔叔到侄儿房里睡觉呢?"秦氏说:"嗳哟哟,不怕他恼,他能多大呢,就忌讳这些个!上月你没看见我那个兄弟来了,虽然与宝叔同年,两个人若站在一处,只怕那个还高些呢。"秦氏的话说明,秦氏对贾宝玉没有丝毫邪念。有的红学家认为,秦氏在有意识地勾引贾宝玉,这恐怕是牵强了。

贾宝玉一进秦氏房门,就有股甜香袭来,这个香叫什么?引梦香,暗示秦氏风流妖媚像甜香一样,对男人而言有不可抗拒的魅力。为什么这样说?因为贾宝玉平时接触的黛玉和宝钗,处于女孩逐渐成为少女的阶段,虽然对逐渐成为少男的宝玉有一定吸引力,但秦氏这个成熟、风流妖媚的少妇,对小伙子吸引力更大,他在睡梦当中会幻想这样的人和自己相爱。"好香!"贾宝玉更困了。秦氏房内墙上挂幅唐伯虎的《海棠春睡图》,画的是海棠花吗?不是,是美人睡觉。唐明皇把杨贵妃醉卧叫"海棠春睡"。两边有宋学士秦太虚的对联"嫩寒锁梦因春冷,芳气笼人是酒香"。美丽的女性想情人想得情丝绵绵不成梦，只好借酒浇愁。秦太虚即秦观，字少游。太虚取虚幻缥缈之意。这对联是虚构的，秦观并没写过。

秦氏房间的摆设，曹雪芹极尽夸张调侃之能事，每句都有原句之外的意思。秦可卿房间的摆设都不是确实存在的，都是虚构的。房间里摆了些什么呢？

"案上设着武则天当日镜室中设的宝镜"。唐高宗建造过四壁都是镜子的宫殿，后来武则天在此跟男宠张氏兄弟秽乱春宫，是历史上真实的丑事。隔这么多年，武则天的镜子早不知道哪里去了，可曹雪芹将它搬到秦氏房间，借武则天的宝镜透露秦可卿和她是一样的人。

"一边摆着飞燕立着舞过的金盘"。汉代赵飞燕跳舞的金盘，同样不可能保存在宁国府，曹雪芹把它摆到秦氏房间，因为赵飞燕也是美而艳、秽乱后宫的角色。

"盘内盛着安禄山掷过伤了太真乳的木瓜"，这句话同样是暗示房间主人多情好淫。但这句话曹雪芹弄错了。据说安禄山叛乱前受到唐明皇宠爱，和杨贵妃有私情，曾用手指甲抓伤贵妃乳。因为"指"和"掷"音似，"爪"和"瓜"形似，后来传成安禄山用木瓜伤了贵妃乳。曹雪芹沿用了这个错误，仍然是暗示房间女主人会和别人私通。

"上面设着寿昌公主于含章殿下卧的榻，悬的是同昌公主制的联珠帐"。寿昌公主应为寿阳公主，南朝宋武帝之女，传说她卧于含章殿下，梅花落在她额上，拂之不去；同昌公主是唐懿宗之女，传说她用珍珠做帐。这榻、这帐，曹雪芹信手拈来，用来调侃秦氏居处豪华、讲究。

秦氏安排贾宝玉睡午觉，"亲自展开了西子浣过的纱衾，移了红娘抱过的鸳枕"。明代戏剧《浣纱记》写西施浣纱和范蠡定情，《西厢记》里红娘抱鸳枕送崔莺莺和张生幽会。纱衾和鸳枕都是香艳故事的代称。

戏剧家小说家虚构的"私情"象征，曹雪芹都布置在秦氏房间，这是为了说明，秦氏是偷期密约的风月人物。贾宝玉睡午觉的房间，是曹雪芹用古代真实人物和传说人物、小说人物及戏剧人物身上与淫乱、风月有关的物件布置的，又甜，又香，又美，又淫，这大概是中国古代小说最有韵味的风月环境。贾宝玉在这里做起春梦并梦遗，从小男孩向小伙子转化，顺理成章。

中国爱神警幻仙子姗姗来迟

贾宝玉到这环境当中，刚合上眼，就恍惚睡去。他看见秦氏在前面，就悠悠荡荡跟着秦氏到一处所在。绿树清溪，朱栏白石，人迹稀逢，飞尘不到。他很高兴，心想，这么个好地方，我就在这里过好了，比在家里面天天被父母师傅打强得多。正想着，忽然听到有人唱歌：

> 春梦随云散，飞花逐水流，
> 寄言众儿女，何必觅闲愁。

春梦，最要紧的两个字，而在这歌曲中，梦散了，花飞了，水流了。人生像一场春梦，一切都是空的。

贾宝玉听唱歌的是女子声音，接着走出来一个人，漂亮非凡，曹雪芹写了首赋形容此女。赋是汉代文人喜欢的文体，擅长穷形尽相地形容事物。曹雪芹在赋里写美丽的女子仪态万方，气度非凡，像凤凰展翅，像蛟龙翔翔，像春梅绽雪，像秋菊被霜，像霞映澄塘，像月射寒江，使得西施王嫱自愧不如。贾宝玉一看是个仙姑，就作揖问："神仙姐姐，你从哪里来的，到哪里去？希望你能携带携带我。"贾宝玉内帏厮混，见到神仙叫姐姐，真千古未闻之奇称。

仙姑笑了，说："吾居离恨天之上，灌愁海之中，乃放春山遣香洞太虚幻境警幻仙姑是也。司人间之风情月债，掌尘世之女怨男痴。"离恨、惯愁、春情、相思，都是爱情的要素，而警幻仙子专门布散相思，专管痴情男女。"因近来风流冤孽，缠绵于此处，是以前来访察机会，布散相思。"

警幻仙子是什么人？中国姗姗来迟的爱神。中国古代只有婚姻之神如月下老，没有爱神维纳斯，没有丘比特的神箭。警幻仙子来，中国就有爱神了，无怪乎《红楼梦》成了中国古代爱情描写巅峰之作。警幻仙子对贾宝玉说："我那里有酒、有茶，排练了《红楼梦》仙曲十二支，跟我去看看吧！"贾宝玉一听，很高兴，就忘了在前面带路的秦氏。这个地方写得很好玩，像是在做梦，稀里糊涂有个人带着，一会儿她又不见了。

贾宝玉跟着警幻仙子进了一个所在，石牌坊上写着"太虚幻境"，对联"假作真时真亦假，无为有处有还无"。转过牌坊，是一座宫门，上书四个大字"孽海情天"，对联"厚地高天，堪叹古今情不尽；痴男怨女，可怜风月债难偿"。通俗的语言概括出人生规律：天地广阔，痴情者找不到情尽的地方；岁月流逝，什么时候追求爱情不再付出痛苦代价？贾宝玉看了，不知道古今之情、风月之债是什么，想着以后要领略领略。至此，宝玉的爱情被启蒙了。

仙姑带贾宝玉进入二层门内，两边配殿都有匾额、对联，两边配殿有几处写着"痴情司""结怨司""朝啼司""夜怨司""春感司""秋悲司"。贾宝玉问仙姑能不能领他到各个司里去，警幻仙子说，各个司储藏普天之下女子簿册，你凡眼肉胎，不可先知。贾宝玉苦苦哀求，仙姑只好让他在这里随便看看。贾宝玉很高兴，抬头一看，是"薄命司"，对联写着："春恨秋悲皆自惹，花容月貌为谁妍。"脂砚斋评"总摄女儿之不幸"。贾宝玉感叹。

当贾宝玉看完册子，警幻仙子领他到了更漂亮的地方，画栋雕檐，雪照琼窗，仙花馥郁，异草芬芳。警幻仙子叫大家出来迎接贵客！几个仙子一看到贾宝玉就不高兴，说："警幻你今天不是接绛珠妹子的生魂？怎么引这么个浊物污染清净女儿之境？"贾宝玉怕了，想退不能退，觉得自己确实污秽不堪。警幻仙子说："我本来要到荣府去接绛珠，从宁府经过，遇到了宁荣二公的灵魂，他们嘱咐我：'吾家自国朝定鼎以来，功名奕世，富贵传流，虽历百年，奈运终数尽，不可挽回者。故遗之子孙虽多，竟无可以继业。其中惟嫡孙宝玉一人，禀性乖张，生情怪谲，虽聪明灵慧，略可望成。'"这句话的意思是，我们这个家族风光了百年，现在快要到头了，能继承并发扬光大家族传统的只有贾宝玉，但没人引导他，请你把他引来，叫他看看情欲声色没什么了不起，警醒他好好读书。

贾宝玉"意淫"

警幻仙子接受宁国公和荣国公嘱托，把贾宝玉带来教育一番。警幻仙子怎么教育他？给他美酒、香茶、仙宴，叫他看家中女子的命运图册，把具备十二钗之美的仙女许配给贾宝玉，让二人恩爱缠绵分不开，让贾宝玉体味和仙女的性爱是怎么回事儿。警幻仙子想让贾宝玉知道，谁都敌不过命运捉弄，人生到头一梦，一切皆空，就是把世间的美女全给了你，不过如此。喝仙茗，饮仙酒，听仙乐，吃美食，所有比凡间好一百倍的东西，不过如此。所以千万不要沉湎声色，要把精力放到仕途精进上。

警幻仙子的目的达到没有？没有。

警幻仙子叫贾宝玉听《红楼梦》曲时，看到他懵懵懂懂，说"痴儿竟尚未悟"。

贾宝玉能不能觉悟？他如果现在就觉悟，《红楼梦》就不用往下写了，贾宝玉就变成贾政了。实际上，警幻仙子接受宁国公、荣国公灵魂的委托，却带着贾宝玉神游太虚境，本身就南辕北辙，不可能完成宁国公、荣国公拜托的任务。为什么？这是由警幻仙子的身份决定的，她住在离恨天、灌愁海、放春山、遣香洞，这天、这海、这山、这洞，哪一个不是和爱情和青春联系在一起的？警幻仙子是爱神，不是《聊斋志异》里教人读书做官的司文郎，更不是传说中帮人金榜题名的魁星。警幻仙子司人间之风情月债，掌尘世之女怨男痴，她到人世是来布散相思的，不是来倡导读圣贤书、走功名路的。她手下的仙女叫什么？痴梦，钟情，引愁，度恨。她们只关注爱情的方方面面，和读书做官没有任何关系。《红楼梦》十二支曲，唱的是青春的挽歌、爱情的挽歌，不是宋真宗劝学文说的"书中自有黄金屋""书中自有千钟粟""书中自有颜如玉"。

但警幻仙子对贾宝玉的性情概括得很到位，警幻仙子说贾宝玉是"天下古今第一淫人"，把贾宝玉吓坏了。他说自己因为不好好读书，已经叫父亲很不高兴，更不敢沾"淫"这个字，而且自己年纪还小，不知道这个是怎么回事。警幻仙子说，你和皮肤滥淫的人不一样，你是"意淫"。

"意淫"被红学家研究了不知道多少遍，照我看来，"意淫"就是对女性一味体贴，不仅对心爱的林黛玉，对十二金钗，甚至对贾琏侍妾平儿、薛蟠侍妾香菱、梨香院小戏子龄官，他都充分尊重、以香花供养。"意淫"是说贾宝玉对女性有博爱之心、大爱之心。

　　贾宝玉还是个不解人事的男孩，得由警幻仙子给他做性启蒙，向他秘授云雨之事，然后把他推入帐中，和兼美亲热。贾宝玉在梦中和兼美结婚，兼美的小名叫可卿。第二天两人软语温存，难解难分。两人出去游玩，到了一个所在，荆榛遍地，狼虎同群，迎面黑溪阻路，并无桥梁可通。正在犹豫之时，警幻仙子赶来让他们赶快回头。贾宝玉问这是什么地方，警幻仙子说是迷津，深有万丈，中间只有一个木筏，由木居士掌舵，灰侍者撑篙，不受金银谢礼，只有遇到有缘者才渡。

　　第五回写贾宝玉做春梦，秦可卿的香闺是贾宝玉做春梦的背景。弗洛伊德说，梦是愿望的达成，秦可卿兼具宝钗、黛玉之美，是贾宝玉艳羡的对象。为什么贾宝玉和林黛玉隔着碧纱橱睡觉，从来不做春梦？因为他们是精神相恋。而青春发育期的贾宝玉，进了为风流人物特制的情境就会做春梦。贾宝玉梦中情人，也即警幻仙子的妹子兼美，其实就是秦可卿的化身。贾宝玉和她出去游玩，到了迷津，要被夜叉、海鬼拖下迷津的时候，吓得汗下如雨，直喊"可卿救我！"旁边伺候他的丫鬟袭人等，赶快上来搂住，直唤"宝玉别怕，我们在这里"。这时秦氏还在廊下嘱咐小丫头们看着猫儿狗儿打架，突然听到贾宝玉梦里喊自己小名，她纳闷："我的小名这里从没人知道，他怎么能在梦里叫出来？"

　　这梦多么奇妙！贾宝玉在梦中看到那么多事物，现实当中的秦可卿还没走出她房间的廊下。曹雪芹写得太好了，迷离恍惚是梦境，梦境又变幻逼真。贾宝玉的梦境就像《聊斋志异·续黄粱》中，在梦中从富贵跌入灾难。贾宝玉在梦中先体会了仙境、仙乐、仙酒、仙茗、仙女，后遇到了荆棘、虎狼、夜叉、海鬼、迷津，从繁华到败落，都是世事的隐喻。这个梦，未必不是贾府从盛到衰的预演。

金陵群钗的命运预示

——第五回　开生面梦演红楼梦　立新场情传幻境情（下）

贾宝玉神游太虚境看了金陵十二钗命运的图册，听了《红楼梦》曲，在小说构思上，这些内容有全书纲领性意义。

谶图、谶诗、谶曲预示人物命运

第五回的另一个重要内容，是贾宝玉看到太虚幻境的图、诗，听到《红楼梦》曲子，这些都预示了《红楼梦》主要人物的命运。这些图、诗、曲是谶图、谶诗、谶曲。所谓谶图、谶诗、谶曲，就是用图、诗、曲预示人物的命运，中国古代史书、小说，特别是《三国演义》和《水浒传》，非常喜欢用这种手法，《红楼梦》更是用到极致。

贾宝玉在薄命司看到"金陵十二钗正册"，就问警幻仙子：金陵很大，怎么只有十二个女子？他们家上上下下就有几百个女孩。贾宝玉一句话带出荣国府的规模。警幻仙子冷笑道："金陵女子很多，这里不过选择最重要的记下来，下面两个橱子里的次要一点儿，其他庸常之辈就没册子录了。"贾宝玉听完，伸手先把"又副册"打开。

又副册第一幅画暗喻晴雯。首页画了满纸乌云浊雾。什么意思？预示晴雯所处的环境污浊险恶。判词："霁月难逢，彩云易散。心比天高，身为下贱。风流灵巧招人怨。寿夭多因毁谤生，多情公子空牵念。"前两句藏晴雯的名字，雨过天晴的月叫霁月，暗藏"晴"字，"彩云"暗藏"雯"字，后几句写晴雯的个性和命运。晴雯是奴才的奴才，从小在贾府的奴仆赖大家为奴，后被送给贾母。晴雯模样标致，心灵手巧，口才爽利，心高气傲，不肯低三下四讨好主子，被人嫉恨，遭迫害而死。"多情公子"指贾宝玉。

贾宝玉再往下看，又副册第二幅画暗喻袭人。画上画着一簇鲜花，一床破席，暗藏花袭人的名字。判词是："枉自温柔和顺，空云似桂如兰，堪羡优伶有福，谁知公子无缘。"袭人姓花，所以似桂如兰。她性情温柔，照顾贾宝玉无微不至，最后却嫁给戏子蒋玉菡。优伶是旧时对演员的蔑视性称呼。此时贾宝玉身边的丫鬟中已有晴雯和袭人，但他不知道这是预示她们的命运。

又副册前两幅画收录了贾府重要的两个丫鬟，估计鸳鸯、紫鹃、金钏儿、司棋等，都在此册内。

贾宝玉扔下又副册开了副册橱门，拿出一本册子揭开一看，上面有一幅画，画上有株桂花，有个池沼水涸泥干，莲枯藕败。这幅画预示着香菱的名字和命运。判词是："根并荷花一茎香，平生遭际实堪伤。自从两地生孤木，致使香魂返故乡。""两地生孤木"拆字拆出"桂"，夏金桂进薛家，香菱的末日就到了。香菱原名甄英莲，莲、菱连在一块儿。香菱五岁时被拐卖，长到十二三岁，成为薛蟠侍妾。夏金桂嫁给薛蟠后，百般折磨香菱，香菱病入膏肓。通行本续书写她因生了儿子扶正，不符合曹雪芹关于香菱被折磨死的构思。

副册收录了香菱这类人物，估计平儿也会在其中。

宝玉看了副册还是不理解，便扔下副册去看正册。正册把《红楼梦》主要女性的命运预示了。

前两个人物林黛玉和薛宝钗合着写。这幅画上画了两株枯木，暗寓"林"，木上悬着一围玉带，暗寓"黛玉"。下面有堆雪，谐音"薛"，雪下有股金簪，金簪即"宝钗"。四句判词是："可叹停机德，堪怜咏絮才。玉带林中挂，金簪雪里埋。"后两句写两人名字，前两句写两人特点。薛宝钗有品德，什么品德？停机德，指妇德，此处用《列女传》典故。东汉乐羊子外出求学，半途而废，回到家后，正在织布的妻子拿刀把绢割断，意在告诫他此时中断了学业就会前功尽弃！林黛玉有什么特点？才思敏捷。咏絮才，此处典故来自《世说新语》。有一天下雪，谢安让家里子女形容一下"白雪纷纷何所似"，谢朗说"撒盐空中差可拟"。空中撒盐也能形容下雪，但不生动。谢道韫说"未若柳絮因风起"。从此，人们把女子能诗善文的才华叫"咏絮才"。

贾宝玉后边听了《红楼梦》十二支曲。第一支曲《终身误》也把黛玉和宝钗两人合在一起吟唱："都道是金玉良姻，俺只念木石前盟。空对着，山中高士晶莹雪；终不忘，世外仙姝寂寞林。叹人间，美中不足今方信。纵然是齐眉举案，到底意难平。"这是用贾宝玉的语气咏叹这段婚姻对宝钗和宝玉都是终身误。"晶莹雪"指薛宝钗，她和贾宝玉成就了"金玉良姻"。"寂寞林"指林黛玉，她和贾宝玉是"木石前盟"。贾宝玉和薛宝钗结婚后曾有一段齐眉举案的日子，这是用梁鸿与孟光夫妻和美的典故。但是宝玉宝钗内心距离遥远。因为薛宝钗总惦记着叫贾宝玉立身扬名，贾宝玉始终忘不了林黛玉。薛宝钗得不到贾宝玉的真情，最后贾宝玉为林黛玉出家，薛宝钗终身寂寞。

下一支曲《枉凝眉》吟唱林黛玉和贾宝玉："一个是阆苑仙葩，一个是美玉无瑕。若说没奇缘，今生偏又遇着他；若说有奇缘，如何心事终虚化？一个枉自嗟呀，一个空劳牵挂。一个是水中月，一个是镜中花。想眼中能有多少泪珠儿，怎经得秋流到冬尽，春流到夏！"林黛玉到人世间还泪，最终为贾宝玉泪尽而逝。"阆苑仙葩"指林黛玉的前身灵河岸边三生石畔的绛珠草，"美玉无瑕"指通灵宝玉晶莹剔透。通灵宝玉原是仙境无材补天的大石头，这里是贾宝玉的人格象征、作者曹雪芹的精神代表。其实贾宝玉的前身也是石头，神瑛侍者，瑛，美玉也。绛珠仙子到人间向神瑛侍者还泪，林黛玉的眼泪始终为贾宝玉而流，万苦不辞，无怨无悔。在曹雪芹丢失的后三十回中，贾府败落，宝玉逃亡，林黛玉为了外出逃亡的贾宝玉，日夜悲啼，眼泪流尽，飘然而逝。

脂砚斋评语提示，曹雪芹写黛玉之死的章回叫"证前缘"，黛玉用泪尽而逝证明她是到人世间还泪的。《枉凝眉》是电视剧《红楼梦》中的一首著名的曲目。1987年版电视剧《红楼梦》的创作过程中，演员还一个没到时，作曲家王立平就毛遂自荐到剧组，反复琢磨，为《枉凝眉》谱曲。王扶林导演请红学家听《枉凝眉》。红学家说很有韵味，像《红楼梦》的主题曲。王立平按照《枉凝眉》的曲韵，谱写了电视剧《红楼梦》中的其他曲子，广为流传。

贾宝玉看到金陵十二钗正册的第三个人物是他的大姐贾元春。她的画上画着一张弓，谐音"宫"，弓上挂个香橼，谐音"元"，点出元春的名字和身份。弓弦在古代宫廷有个特殊功能：用来处死犯罪的妃嫔。判词："二十年来辨是非，榴花开处照宫闱。三春争及初春景，虎兕相逢大梦归。"贾元春二十岁封了贤德妃，像火红的榴花在宫闱大放光辉，三个妹妹都没她风光，但她命不长，很快"大梦归", 死了。怎么死的? 最后一句有两个版本, 一个"虎兕相逢", 虎和兕都是凶恶的动物, 暗示贾元春死于两派政治势力斗争。另一个版本"虎兔相逢", 意指贾元春死在虎年和兔年之交。有的红学家说这是暗示康熙去世和雍正上台的干支, 康熙虎年去世, 雍正兔年上台, 隐写曹家败落。贾元春的《红楼梦》曲是《恨无常》: "喜荣华正好, 恨无常又到。眼睁睁, 把万事全抛。荡悠悠, 把芳魂消耗。望家乡, 路远山高。故向爹娘梦里相寻告: 儿命已入黄泉, 天伦呵, 须要退步抽身早!"这支曲子吟唱贾元春死后她的鬼魂劝父亲赶快从官场抽身, 保全家庭。贾元春到底是不是因虎兕相逢、两派势力搏斗, 被皇帝赐死? 会不会像杨贵妃被唐明皇赐死那样, 是吊死的, 或是被弓弦勒死的? 都有可能。脂砚斋说贾元春的曲子"悲险之至", 说明贾元春非善终, 绝不是现在看到的通行本后四十回所写的, 皇帝宠爱太重, 她发福得痰疾而死。

第四个人物贾探春。她的画上画着两人放风筝, 一片大海, 一只大船, 船里一女子掩面啼哭, 这画的是探春远嫁, 判词也写她最后远嫁。贾探春虽然聪明、有才干, 但是遇到末世, 只能远嫁千里再不能回家。"才自精明志自高, 生于末世运偏消。清明涕送江边望, 千里东风一梦遥。"《红楼梦》十二支曲《分骨肉》吟唱探春远嫁时候的心情: "一帆风雨路三千, 把骨肉家园齐来抛闪。恐哭损残年, 告爹娘, 休把儿悬念。自古穷通皆有定, 离合岂无缘? 从今分两地, 各自保平安。奴去也, 莫牵连。"探春远嫁不归, 怕爹娘哭坏, 就告诉爹娘, 自古以来家族的兴旺和衰败都有定数, 悲欢离合也都根据缘分决定。人生缘分决定我会离开你们, 请你们不要牵挂我。贾探春眼中的爹娘是谁? 读者可能想象不出, 她是赵姨娘生的, 但她心中的爹娘始终指贾政和王夫人, 不包括赵姨娘。贾探春早就宣布她虽然是姨娘所生，但只认得老爷太太，别人一概不管。这个聪明、有才干的姑娘知道在大家族中，庶出的小姐要想不受侵害，怎么办？坚决站到嫡母王夫人一边。

第五个人物史湘云。她的画上画几缕飞云、一湾逝水，名字就在里面了。史湘云自幼父母双亡，后来嫁了个有才有貌的丈夫，可惜结婚没多久二人就分离了，幸福像彩云飘散。她的判词："富贵又何为，襁褓之间父母违。展眼吊斜晖，湘江水逝楚云飞。"史湘云是曹雪芹也是读者特别喜欢的女性，但她的命运同样不幸。《红楼梦》曲《乐中悲》唱的就是她的命运："襁褓中，父母叹双亡。纵居那绮罗丛，谁知娇养？幸生来，英豪阔大宽宏量，从未将儿女私情略萦心上。好一似，霁月光风耀玉堂。厮配得才貌仙郎，博得个地久天长，准折得幼年时坎坷形状。终久是云散高唐，水涸湘江。这是尘寰中消长数应当，何必枉悲伤！"曲子咏叹史湘云美满婚姻不长久。史湘云光明磊落，襟怀坦荡。她本来配了个才貌仙郎，如果白头到老多美满，这样就把幼年父母双亡、没人疼爱的难都抵消掉了。没想到两个人最后分手了。这里用了"云散高唐""水涸湘江"的典故。"高唐"比喻巫山云雨、夫妻恩爱，"云散"了，就表示夫妻不恩爱了。"湘江"的传说是讲舜南巡路中死亡，舜的二妃溺于湘江，暗示史湘云和丈夫分离。史湘云为什么和丈夫分离？《红楼梦》多次暗示，史湘云不是有个金麒麟？张道士送贾宝玉个金麒麟，贾宝玉射覆把金麒麟输给卫若兰。卫若兰和史湘云结婚之后，发现史湘云也有个金麒麟，就怀疑史湘云和贾宝玉有私。史湘云眼里揉不得沙子，两个人便分离了。这是红学家根据脂砚斋评语做的推测。

贾宝玉看到的第六位的判词和曲子，是外来户妙玉。她的画上画了块美玉掉到泥垢当中。妙玉是寄居贾府的尼姑，出身高贵，家里比贾府还有钱。妙玉有洁癖，虽然入了空门，她对贾宝玉却有种说不出来的涓涓温情。最终贾府败落，她流落江湖。按照曹雪芹的构思，她会掉到污浊的泥坑里。她的判词："欲洁何曾洁，云空未必空。可怜金玉质，终陷淖泥中。"《红楼梦》曲《世难容》："气质美如兰，才华馥比仙。天生成孤癖人皆罕。你道是啖肉食腥膻，视绮罗俗厌；却不知太高人愈妒，过洁世同嫌。可叹这，青灯古殿人将老，辜负了，红粉朱楼春色阑。到头来，依旧是风尘肮脏违心愿。好一似，无瑕白玉遭泥陷；又何须，王孙公子叹无缘。"这支曲子咏叹妙玉有才华，像兰花一样美丽，天生孤僻，不肯吃肉，不肯穿绫罗绸缎。她品性高洁，但世人嫌她，念佛念得人快老了，辜负了应找个美貌才郎的命运，到头来还是风尘肮脏违心愿。"肮脏"有时候也念kǎng zǎng，是不屈服的意思。妙玉在贾府败落后，在风尘污浊中挣扎。有学者考证，妙玉后来流落到瓜洲，不得不红颜随枯骨，给年老士绅做妾。

金陵十二钗的第七位是贾府二小姐迎春。她的画上画着一头恶狼在追捕美女，要吃她。她的判词："子系中山狼，得志便猖狂。金闺花柳质，一载赴黄粱。""子"和"系"合起来是繁体的"孙（孙）"，指贾迎春的丈夫孙绍祖。"中山狼"指恩将仇报的人，孙绍祖曾受过贾府恩惠，但娇弱无能的迎春嫁给他一年就被他折磨死了。贾迎春的《红楼梦》曲《喜冤家》："中山狼，无情兽，全不念当日根由。一味的骄奢淫荡贪欢媾。觑着那，侯门艳质同蒲柳；作践的，公府千金似下流。叹芳魂艳魄，一载荡悠悠。"咏叹贾迎春出嫁一年就死了，因为嫁的是中山狼，不念贾府恩惠，一味骄奢淫荡，把陪嫁丫鬟都侮辱了，把迎春看作破蒲柳百般作践。

金陵十二钗第八位是贾府四小姐惜春，她的画是一座古庙内有一个美人在看经。惜春看透了三个姐姐的不幸,大姐死在宫廷,二姐被折磨死,三姐远嫁,惜春觉得人生没了指望,出家为尼。她的判词:"勘破三春景不长,缁衣顿改昔年妆。可怜绣户侯门女,独卧青灯古佛旁。""缁衣"是尼姑的衣服,"绣户侯门女",指国公府千金。关于贾惜春的曲子叫《虚花悟》:"将那三春看破,桃红柳绿待如何?把这韶华打灭,觅那清淡天和。说什么,天上夭桃盛,云中杏蕊多。到头来,谁把秋捱过?则看那,白杨村里人呜咽,青枫林下鬼吟哦。更兼着,连天衰草遮坟墓。这的是,昨贫今富人劳碌,春荣秋谢花折磨。似这般,生关死劫谁能躲?闻说道,西方宝树唤婆娑,上结着长生果。"这支曲子吟唱贾惜春叹息三个姐姐的不幸命运,叹息自己家从盛到衰的命运,看透人生出家了。当初的繁华富贵、青春风流散尽,贾府那么多人死了,什么是拯救我的法宝?信佛,佛教把人的生死说成是生关死劫。惜春看透了,出家做尼姑。

金陵十二钗第九位是《红楼梦》的核心人物王熙凤。她的画上画的是一片冰山,上面有只雌凤,判词:"凡鸟偏从末世来,都知爱慕此生才。一从二令三人木,哭向金陵事更哀。""凡鸟"合起来是繁体的"鳳(凤)"字,"冰山"比喻王熙凤独揽大权,不能长久。《资治通鉴》曾经用"冰山"形容杨国忠的权势。王熙凤大权独揽,但是结局是被休回金陵。"一从二令三人木"这句话,红学家不知道写了多少篇文章。我认为,"一从"说王熙凤遵从父母之命嫁入贾府,"二令"说王熙凤在贾府发号施令,"三人木"说王熙凤劣迹败露被贾琏休回金陵。王熙凤的曲子《聪明累》非常有名,是对王熙凤更精确的概括:"机关算尽太聪明,反算了卿卿性命。生前心已碎,死后性空灵。家富人宁,终有个家亡人散各奔腾。枉费了,意悬悬半世心;好一似,荡悠悠三更梦。忽喇喇似大厦倾,昏惨惨似灯将尽。

呀！一场欢喜忽悲辛。叹人世，终难定！"这支曲子点明了王熙凤的悲惨结局——聪明反被聪明误，为金钱用尽心血，耍够计谋，最后劣迹败露，不仅丢了钱财，还丢了自己的性命。"卿卿"原来是夫妻间的爱称，作者用来调侃凤姐。贾府后来怎样家亡人散，怎样"忽喇喇似大厦倾"？因为《红楼梦》后三十回丢失，我们看不到曹雪芹笔下的惨状了。

金陵十二钗第十位是巧姐，她的画是荒村野店有个美人纺绩。她的判词："势败休云贵，家亡莫论亲。偶因济刘氏，巧得遇恩人。"贾府败落，王熙凤被扣狱神庙，巧姐被狠舅奸兄卖进烟花巷，是刘姥姥把巧姐从妓院救了回来。巧姐的《红楼梦》曲《留余庆》："留余庆，留余庆，忽遇恩人；幸娘亲，幸娘亲，积得阴功。劝人生，济困扶穷，休似俺那爱银钱忘骨肉的狠舅奸兄！正是乘除加减，上有苍穹。"点明王熙凤接济过刘姥姥。贾府败落，巧姐被卖进妓院后，是刘姥姥把她救出火坑。狠舅是王仁，奸兄是谁？通行本续书写的是巧姐被贾芸和贾环卖掉的，贾环是叔叔不是兄，贾芸也不可能卖巧姐，贾芸还帮助了贾府败落后的贾宝玉。"奸兄"我认为应是王熙凤喜爱的侄子贾蓉。通行本续书写巧姐进了妓院没接客，就被刘姥姥救了出来，刘姥姥做媒将巧姐嫁给家财巨万的财主，不符合曹雪芹的构思原意。

金陵十二钗第十一位是李纨。她的画画了一盆茂兰，旁边有一个凤冠霞帔的美人。画隐藏了贾兰的名字和李纨被皇帝封诰命夫人的命运。判词："桃李春风结子完，到头谁似一盆兰。如冰水好空相妒，枉与他人作笑谈。"《红楼梦》曲《晚韶华》——所谓晚韶华，就是晚年过得不错："镜里恩情，更那堪梦里功名！那美韶华去之何迅！再休提绣帐鸳衾。只这戴珠冠，披凤袄，也抵不了无常性命。虽说是，人生莫受老来贫，也须要阴骘积儿孙。气昂昂头戴簪缨，气昂昂头戴簪缨，光灿灿胸悬金印，威赫赫爵禄高登，威赫赫爵禄高登，昏惨惨黄泉路近。问古来将相可还存？也只是虚名儿与后人钦敬。"歌词中有几句故意重复："气昂昂头戴簪缨，气昂昂头戴簪缨"，连续两句，强调做了大官；"威赫赫爵禄高登，威赫赫爵禄高登"，强调高官厚禄，扬眉吐气。李纨青春守寡，夫妻恩爱成了镜里恩情；晚年丧子，儿子和功名像梦幻散失。通行的一百二十回本没写李纨的结局。曹雪芹写的后三十回丢了，我们只能根据歌词来推测李纨早年丧夫，晚年丧子。这个歌词里不大容易理解的是"虽说是，人生莫受老来贫，也须要阴骘积儿孙"，说明李纨虽没受到老来贫，儿子却死了。儿子为何英年早逝？因为上辈子或本人缺了德。究竟哪一个缺了德、怎么缺了德呢？很多人在讨论。其中，贾兰是不是卖掉巧姐的"奸兄"是重要猜测。

金陵十二钗最后一位是秦可卿。画中的高楼大厦里面有个美人悬梁自缢。判词："情天情海幻情身，情既相逢必主淫。漫言不肖皆荣出，造衅开端实在宁。"这首判词预示秦可卿和公爹爬灰，被丫鬟撞破，秦可卿悬梁自尽。秦可卿不是病死，是淫乱上吊而死。后面两句是说，荣国府有很多不肖子弟，但是贾府败落却从宁国府开始。关于秦可卿的《红楼梦》曲子叫《好事终》："画梁春尽落香尘。擅风情，秉月貌，便是败家的根本。箕裘颓堕皆从敬，家事消亡首罪宁。宿孽总因情。"其他人的曲子都长而具体，秦可卿的曲子特别概括，特别需要琢磨。曲子暗藏着什么内容？"擅风情，秉月貌"的秦可卿是败家根本，她和贾珍私通被发现了，在天香楼自尽，就是"画梁春尽落香尘"。贾府儿孙不能继承家业，不是从贾珍而是从贾敬开始的。贾敬不理家事，放任贾珍造孽，最大的罪恶是违背伦理的公爹儿媳爬灰之事。"箕裘颓堕皆从敬"怎么讲？"箕裘"指簸箕和皮袍，比喻祖上事业。《礼记·学记》："良冶之子，必学为裘，良弓之子，必学为箕。"学习冶炼的人得先学习修补，比如补皮袍；学习做弓的人，要先学怎么弯竹子做簸箕。祖业衰败都从贾敬开始。贾敬不接受宁国公的官衔，去和道士胡羼，所以宁国府的颓堕就是从他开始的。有的评论家、作家将判词解释成贾敬和秦可卿有私情，恐怕是这句话没读对。

第五回明确预示秦可卿因为淫乱上吊而死，但是这和通行本一百二十回中秦可卿之死的描写不一样。因为曹雪芹写作过程中受到家人干预，修改了秦可卿天香楼自尽的情节，写成秦可卿病死。这样一来，秦可卿的图、判词、《好事终》曲，对理解曹雪芹原来的构思就有了特殊价值。

飞鸟各投林，树倒猢狲散

贾宝玉最后还听了支《红楼梦》十二支曲收尾《飞鸟各投林》。这是新版电视剧《红楼梦》的主题曲：

> 为官的，家业凋零；富贵的，金银散尽；有恩的，死里逃生；无情的，分明报应。欠命的，命已还；欠泪的，泪已尽。冤冤相报实非轻，分离聚合皆前定。欲知命短问前生，老来富贵也真侥幸。看破的，遁入空门；痴迷的，枉送了性命。好一似食尽鸟投林，落了片白茫茫大地真干净！

这支曲总写金陵十二钗，也总写贾府的命运。贾府最后一败涂地，家破人亡，悲惨之极。飞鸟各投林，家亡人散各奔腾，总括全书，和曹雪芹祖父曹寅喜欢说的"树倒猢狲散"一个意思。

在《红楼梦》十二支曲之前，《红楼梦引子》，已定下悲剧曲调："开辟鸿蒙，谁为情种？都只为风月情浓。趁着这奈何天，伤怀日，寂寥时，试遣愚衷。因此上，演出这怀金悼玉的《红楼梦》。""情种"是谁？脂砚斋认为是作者，是石头。从语气上看，又像是贾宝玉。"怀金"，薛宝钗还在，做了和尚的贾宝玉还在怀念她；"悼玉"，林黛玉已去世，做了和尚的贾宝玉永远悼念她。"怀金"和"悼玉"用情程度不同，"悼"更加凝重深沉。

第五回，贾宝玉梦中看到的图册、判词，听到的曲子，写的是香菱、晴雯、袭人及金陵十二钗，但概括的不仅是这十五个人的命运，而是整部《红楼梦》中女性的悲剧命运，是整个贾府的命运，整个社会的命运。

在演唱《红楼梦》曲之前，警幻仙子带着贾宝玉入室，贾宝玉闻到香味，接着喝茶，喝酒，这香味，这茶，这酒，都被赋予了特殊含义。贾宝玉闻到一缕幽香，便问是什么香，警幻仙子告诉他，这个香，尘世没有，他当然不曾闻过，这是"诸名山胜境内初生异卉之精，合各种宝林珠树之油所制"，叫"群芳髓"，暗含"群芳碎"之意。

丫鬟捧茶，贾宝玉觉得茶清香异味，纯美异常，便问是什么茶。警幻仙子说，这个茶"出在放春山遣香洞，以仙花灵叶上所带之宿露而烹"，叫"千红一窟"，谐音"千红一哭"，所有女性都在哭。贾宝玉还看到一副对联："幽微灵秀地，无可奈何天。"意思是：所有聪明俊秀的人都对这个世道无可奈何。接着警幻仙子叫他喝酒，端来琥珀杯、玻璃盏。贾宝玉闻到那酒清香甘冽，异乎寻常，问是什么酒。警幻仙子说，此酒乃以百花之蕊、万木之汁，加以麟髓凤乳酿成，叫"万艳同杯"，谐音"万艳同悲"，所有女性一起悲痛。

有这样一些铺垫，贾宝玉看到的图册，听到的《红楼梦》曲子就不仅仅是贾府女性的命运，而是整个社会的悲剧命运。贾宝玉看到的金陵十二钗正册的十二个人，我们分成三类：第一类是贾府外来人，占据了最重要的笔墨——林黛玉、薛宝钗、史湘云、妙玉。第二类是贾府五位小姐——"元迎探惜"四姐妹和巧姐。第三类是贾府媳妇——王熙凤、李纨、秦可卿。不管是外来户，还是贾府小姐或者贾府媳妇，无一例外，全部是悲剧的结局。不管是忠实信奉封建礼法像薛宝钗，还是有颗自由心灵像林黛玉；不管是妇德严格遵守者如李纨，还是风流放荡如秦可卿；不管是才能突出如王熙凤、探春，还是无能如迎春、惜春；不管是为家族利益积极入世如元春，还是为个人心灵宁静拜佛如妙玉……总而言之，不管她们的个性是什么，信仰是什么，都没有好下场，都是悲剧的结局。整个贾府的女性，似乎最后只有巧姐在刘姥姥的帮助下，否极泰来，但巧姐在这之前也先成了青楼女子。为什么所有人都不幸？因为覆巢之下，焉有完卵？这个家族没落，这个社会衰颓，"忽喇喇似大厦倾"，哪根木头也支撑不住，这是整体的悲剧，不可挽回的悲剧。这就是《红楼梦》第五回贾宝玉看到的太虚幻境，预示着《红楼梦》主要人物的命运。

第五回结尾，贾宝玉梦醒，小说要进入第六回，梦中体验过性爱的贾宝玉要初试云雨情了。

天才的"陌生化"描写手法

——第六回 贾宝玉初试云雨情 刘姥姥一进荣国府（上）

贾宝玉初试云雨情叙述得非常简略，只是把梦游太虚境了结了一下，重点写刘姥姥一进荣国府。

这一回使用的天才的"陌生化"描写手法，表现在两处：

第一个，《红楼梦》是描写宝黛爱情的名作，令人做梦也想不到的是，当林黛玉和贾宝玉还处于两小无猜的阶段时，贾宝玉已经跟袭人有了云雨情，这是其他任何爱情小说都没写过的。曹雪芹为什么会这么写？

第二个，《红楼梦》写贵族家庭的盛衰，令人意想不到的是，贵族家庭的生活面还没展开，乡村老太太刘姥姥先来了。这也是其他小说不曾采用过的手法。曹雪芹又为什么会这么写？

等把前八十回都读下来，我们就会为第六回出现的这两个"陌生化"描写拍案叫绝。

原来，贾宝玉跟袭人早有云雨情，这界定了贾宝玉的爱情是贵族公子哥儿的爱情，相应地，林黛玉的爱情，也是贵族深闺小姐的爱情。他们的爱情特别曲折，而且袭人会一直介入"木石前盟"和"金玉良缘"。

除曹雪芹给《红楼梦》安排的这两条线索之外，还有一条隐线：刘姥姥三进荣国府，这是一个描写贾府盛衰的巧妙角度。

我在《红楼故事及文本写作》中提出：袭人参与宝玉感情和婚姻的选择，跟刘姥姥三进荣国府一样，是《红楼梦》的重要隐线。

贾宝玉初试云雨情

贾宝玉梦游太虚境的时候，警幻仙子把自己的妹妹兼美许配给了他。贾宝玉醒来，袭人给他换衣服时发现他梦遗了。等到没人时，贾宝玉悄悄把梦中事说给袭人听，说到警幻仙子所授云雨情时，羞得袭人掩面伏身而笑。宝玉也素喜袭人柔媚娇俏，遂强袭人同领警幻仙子所训云雨之事。

贾宝玉既然是《红楼梦》爱情男主角，怎么和爱情女主角还没有任何实质性交往时，就已和袭人上床？须知，《红楼梦》描写的是18世纪的贵族家庭，那时少爷和丫鬟有这样的事，如脂砚斋所说是"大家常事"。贾府规矩，少爷婚前房内都要放通房大丫头。袭人认为自己是贾母预定的宝玉的"房中人"，做这事不算越礼。其实贾母看中的是晴雯。袭人在众人面前诚实本分、一本正经。查抄大观园前，袭人向王夫人建议，叫贾宝玉搬出大观园，王夫人问，难道宝玉和什么人作怪？王夫人压根儿没想到作怪的正是她信任的袭人。贾宝玉和袭人的"云雨情"，和贾宝玉选择哪个姑娘做终身伴侣是两回事。有可能成为宝二奶奶的林黛玉、薛宝钗，都不在乎袭人和贾宝玉关系亲密。林黛玉还当面开玩笑叫袭人"嫂子"。当王夫人把袭人的待遇提到和赵姨娘同样时，林黛玉和薛宝钗都来给袭人道喜。在今天来看，这种现象非常奇怪，这说明在封建社会，即便是追求爱情自由的宝黛爱情，根深蒂固的男女不平等观念，以及贵族少爷身份给贾宝玉带来的特权仍然存在。

贾宝玉和袭人的关系从此不同，给怡红院带来一系列小的变化，比如晴雯几次挖苦袭人，而袭人成了王夫人的眼线，为个人利益支持"金玉良缘"，阻挠"木石前盟"。

《红楼梦》构思隐线刘姥姥

《红楼梦》前五回对全书做鸟瞰式整体布局，第六回进入日常生活描写。按说作者可以围绕宝玉、黛玉、宝钗交织着写小说，但曹雪芹偏偏另辟蹊径："按荣府中一宅人合算起来，人口虽不多，从上至下也有三四百丁；虽事不多，一天也有一二十件，竟如乱麻一般，并无个头绪可作纲领。正寻思从那一件事自那一个人写起方妙，恰好忽从千里之外，芥荳之微，小小一个人家，因与荣府略有些瓜葛，这日正往荣府中来，因此便就此一家说来，倒还是头绪。"

这来人就是乡村寡妇刘姥姥。她要靠女婿养活，女婿王狗儿没钱过冬，在家里找事，刘姥姥看不过去，就劝姑爷，你别嗔着我多嘴，现在长安城里遍地都是钱，只可惜没人去拿罢了，你在家里跳蹋管什么用？刘姥姥替狗儿想出个办法，王狗儿的爹曾和金陵王家连过宗，她说王狗儿"拉硬屎"，不肯和他们亲近，才疏远起来，何不去走动走动？"要是他发一点好心，拔一根寒毛比咱们的腰还粗呢。"

刘姥姥一出场就叫人眼前一亮，她说的话土得掉渣。她不说，你端着架子不和人来往，她说"拉硬屎""拔的汗毛比腰还要粗"。王狗儿名利心很重，马上接话，您老人家替我们去吧。您去找太太陪房周瑞家的，我们以前关系很好。

刘姥姥果真独闯国公府了。老太太光脚的不怕穿鞋的，自己这么穷，什么都丢不了，到那里要不来银子，也去逛了逛呢。

贫穷老太太怎么进国公府？先得过荣国府仆人这一关。她和外孙子板儿来到荣国府大门的石狮子前，只见簇簇轿马，刘姥姥便不敢过去了。她掸了掸衣服，教了板儿几句话，然后蹭到角门前，只见几个挺胸叠肚指手画脚的人，坐在大板凳上正说东谈西。刘姥姥只得蹭上来问："太爷们纳福。"不到两百个字，把人情世态写绝了，把侯门似海、穷人的胆怯写得活灵活现。刘姥姥还把老百姓对官老爷的称呼"太爷"拿出来叫这些奴仆。

势利眼的家奴却不理她，想找周瑞？在那里等着吧！其实周瑞早就出差了。幸亏有个年老的人告诉刘姥姥到后街找周瑞家的。刘姥姥绕到后门找到了周瑞家的。当年周瑞争地得到王狗儿的帮助，周瑞家的也想卖弄自己很有面子，她告诉刘姥姥，原来王府的二小姐现在不管事了，当家的是她娘家侄女凤姑娘。刘姥姥问凤姑娘是什么样的人。"我的姥姥，告诉不得你呢。这位凤姑娘年纪虽小，行事却比世人都大呢。如今出挑的美人一样的模样儿，少说些有一万个心眼子。再要赌口齿，十个会说话的男人也说他不过。回来你见了就信了。就只一件，待下人未免太严了些。"

冷子兴演说荣国府时说王熙凤那番话是哪儿来的？就是这儿来的。周瑞家的是冷子兴的岳母。周瑞家的知道，凤姐只有吃饭时才有空，而找她先得找她的心腹——通房大丫头平儿。刘姥姥一见遍身绫罗、插金带银、花容玉貌的平儿，就把她当成凤姐，差点儿下跪。听到周瑞家的叫她"平姑娘"，才知道，穿得这么阔绰，不过是个有些体面的丫头。

乡村老妪观察豪门"爱物儿"

小丫头打起猩红毡帘，刘姥姥一进堂屋，一阵香气扑来，竟分辨不出是什么香味，身子像在云端一般，满屋子的东西都耀眼争光，看得刘姥姥头晕目眩。只能"阿弥陀佛"念个不停。这段描写太形象了。刘姥姥进了王熙凤的房间，嗅觉、视觉、听觉都在发挥作用，又都很难发挥作用，因为眼前的一切对于乡村老太太来说都是见所未见、闻所未闻、嗅所未嗅的。一个对贵族生活没有任何经验的乡村老太太突然闯进贵族少奶奶的房间。她看到猩红毡，这又保暖又贵重的门帘是这个房间给刘姥姥的第一印象，也是刘姥姥唯一能判断的物品。接下来见到的所有东西，她都不认得，也说不出名字，更辨别不出嗅到的香气是什么。王熙凤的娘家是干什么的？做的是对外的贸易，什么进口高档的物品都有。在等王熙凤的过程中，刘姥姥就见识了一个高档进口物品。刘姥姥先听到"咯当咯当"像打箩柜筛面的声音，到处看，看到中间柱子上挂个匣子，底下坠个"秤砣"，不住乱晃。刘姥姥正琢磨这是什么"爱物儿"，忽听"当"的一声，金钟铜磬声响一般，吓得她一展眼，紧接着又是"当当当"八九声。

刘姥姥看西洋挂钟，先听到钟表走动，再看到钟表的样子，又看到钟摆在摆动，最后听到钟表报时。西洋挂钟很可能是凤姐的嫁妆。

王熙凤是荣国府的大忙人，做事按几点几刻划定，分秒必争。"当当当"挂钟连续打十来下，暗示到午饭时间了，此时的刘姥姥还没吃早饭。刘姥姥屏声侧耳默候，听到远处有笑声。有一群女人衣裙窸窣，进了堂屋。然后是两三个妇人捧着大盒子，里面装着王熙凤的午饭。接着听到声"摆饭"，留下几个人伺候王熙凤吃饭，半日鸦雀不闻。接着刘姥姥看见两个人把王熙凤吃过的饭用短几桌抬到刘姥姥等待的房间，桌上碗盆森列。凤姑娘的饭相当丰富，满满的鱼肉不过略动了几样。这时连早饭都还没吃的板儿吵着要吃肉，刘姥姥啪地给了他一巴掌。

我看到这个地方很伤心，青州有句俗话："姥姥疼外孙，累死不哼哼。"刘姥姥面对满桌子的鱼肉，却必须一巴掌打下去，不让外孙吃，哪怕是剩下的！因为这是"人家的饭"。曹雪芹用一个姥姥打外孙的动作，将穷苦百姓贫穷且胆小的情态写到了骨髓里。

两个侄儿身上的诡异笔墨

——第六回　贾宝玉初试云雨情　刘姥姥一进荣国府（下）

刘姥姥想跟王熙凤套近乎，指着板儿一口一个"你侄儿"，可王熙凤真心喜欢的却是华服金带的"我侄儿"贾蓉，她当然想不到板儿和贾蓉这两个"侄儿"关乎她宝贝女儿的未来。

刘姥姥终于见到王熙凤

经过长时间的等待，刘姥姥终于被带到了王熙凤跟前。她看到王熙凤房间的大红软帘，看到金银线织着图案的靠背和金心绿闪缎的大坐褥，还看到雕漆的痰盒。这时候才看到王熙凤本人："端端正正坐在那里，手内拿着小铜火箸儿拨手炉内的灰。平儿站在炕沿边，捧着小小的一个填漆茶盘，盘内一个小盖钟。凤姐也不接茶，也不抬头，只管拨手炉内的灰，慢慢的问道：'怎么还不请进来？'"

多娇贵的贵族少奶奶派头！贵族少妇该对穷婆子盛气凌人吧？王熙凤一点儿都不。凤姐很热情，"忙欲起身犹未起身时，满面春风的问好，又嗔着周瑞家的怎么不早说"。王熙凤的礼数很周到，但如果说她对刘姥姥是真的热情周到，又未必。因为王熙凤是天才"演员"，她在表演她的热情和周到。

这时候刘姥姥已在地下拜了几拜，问姑奶奶安。这么大年纪的老人拜这么年纪轻的人，多尴尬！而凤姐，一边大模大样地接受刘姥姥的参拜，一边忙说："周姐姐，快搀起来，别拜罢，请坐。我年轻，不大认得，可也不知是什么辈数，不敢称呼。"周瑞家的说："这就是我才回的那姥姥了。"这句话很妙，说明凤姐早就知道拜自己的人辈分高，但她刚才却说不知道什么辈数。她不是不知道，而是明明知道，却不想按辈分称呼对方。

凤姐跟刘姥姥寒暄更有意思。荣国府是豪门贵族，刘姥姥贫无立锥之地，凤姐说："亲戚们不大走动，都疏远了。知道的呢，说你们弃厌我们，不肯常来；不知道的那起小人，还只当我们眼里没人似的。"这是真话吗？当然不是，但凤姐说得多真诚！刘姥姥赶快念佛："我们家道艰难，走不起，来了这里，没的给姑奶奶打嘴，就是管家爷们看着也不像。"刘姥姥实话实说。凤姐又来一番话："这话没的叫人恶心。不过借赖着祖父虚名，作个穷官儿罢了，谁家有什么，不过是个旧日的空架子。俗语说，'朝廷还有三门子穷亲戚'呢，何况你我。"你说奇怪不奇怪？贵族少奶奶跟贫苦老太太倒成了平等的你我了，谁说凤姐不随和、不平易近人？王熙凤是个天才外交家，她虽然面对的是八竿子打不着、来打秋风的穷亲戚，但是绝对不伤害对方。山东俗话："会做人，不要没钱赊仇家。"凤姐很知道这样的道理，"朝廷还有三门子穷亲戚"这样的话，她能顺口聊出来。这样的话，肯定不可能从林黛玉、薛宝钗这些千金小姐的嘴里说出来，只能从每天和上下人等打交道、什么话都能听到的管家奶奶嘴里说出来。可见，王熙凤口才好生了得！

从刘姥姥开口求帮，到王熙凤给钱之间插进了两件事：贾蓉借炕屏和安排刘姥姥吃饭。这两件事虽然都是小事，但特别有意思。

贾蓉借炕屏

刘姥姥刚想向王熙凤开口求帮，就听到二门小厮说，东府小大爷来了。凤姐忙止住刘姥姥的话，问："你蓉大爷在那里呢？"只听到一路靴子的响声，进来个十七八岁的少年，刘姥姥坐也不是，站也不是，藏都没地方藏。凤姐笑了："你只管坐着，这是我侄儿。"刘姥姥扭扭捏捏地在炕沿上坐了。

贾蓉奉贾珍之命向凤姐借玻璃炕屏。炕屏是王子腾夫人送凤姐的，是一件时髦的、进口的华丽摆设。喜欢摆谱的贾珍惦记上了，借口要请要紧的客，"借"来摆摆。不怕贼偷，就怕贼惦记。贾珍跟凤姐从小论哥哥妹妹，凤姐知道贾珍来借高档进口的奢侈品，定会只借不还。凤姐不想借给他，便耍个心眼说，迟了，昨天已经给别人了。贾蓉软磨硬泡，嘻嘻笑着，在炕沿上半跪道："婶子若不借，又说我不会说话了，又挨一顿好打呢。婶子只当可怜侄儿罢。"贾蓉死缠烂打，果然把玻璃炕屏借到手，欢天喜地地走了。

刘姥姥一进荣国府，贾蓉来插一杠子，为什么？有红学家认为，王熙凤迫不及待见贾蓉，且借给他玻璃炕屏，是因为她和贾蓉关系暧昧。这些人恐怕想歪了，他们应该受了程高本一百二十回对前八十回给王熙凤加的污秽笔墨的影响。其实他们二人没有暧昧关系，王熙凤想见贾蓉更可以理解：跟一个讨人喜欢的漂亮公子哥儿贾蓉相比，凤姐难道更愿意跟个上门求帮的穷婆子啰唆？王熙凤是机关算尽、英风俊骨的巾帼人物，不是秦可卿那样风流妩媚、专注私情的风月人物。她和贾蓉不讲婶侄上下，不论男女有别，随意说说笑笑，像是拉帮结伙，共同干坏事的"哥们儿"，曹雪芹从没写到他们之间有实质性越轨。

这个真正的侄儿贾蓉，和刘姥姥硬要攀上关系说成侄儿的板儿，出现在同一情节，是两个事关王熙凤女儿命运的重要人物的巧遇。

王熙凤叫"我侄儿"的贾蓉走了，刘姥姥指着另一个"侄儿"求救助："今日我带了你侄儿来，也不为别的，只因他老子娘在家里，连吃的都没有。如今天又冷了，越想没个派头儿，只得带了你侄儿奔了你老来。"这个"侄儿"是谁？是和王熙凤任何关系都没有的穷孩子板儿。刘姥姥为了求王熙凤开恩资助，尽量把两家关系拉近，可越想套近乎，越拙嘴笨腮，越像是强词夺理。等到刘姥姥捧着银子出来，周瑞家的埋怨："我的娘啊！你见了他怎么倒不会说了？开口就是'你侄儿'。我说句不怕你恼的话，便是亲侄儿，也要说和柔些。那蓉大爷才是他的正经侄儿呢，他怎么又跑出这么个侄儿来了。"

旁观者清，曹雪芹通过周瑞家的把王熙凤对这个所谓侄儿的莫名其妙的感受说出来了。

大有大的艰难去处

王熙凤在资助刘姥姥之前先安排她吃饭。王熙凤真关心穷婆子有没有吃饭？不是。她借刘姥姥吃饭的空当，去调查这个"侄儿"是怎么回事。王熙凤问周瑞家的，王夫人怎么说。周瑞家的告诉凤姐，王夫人说，刘姥姥女婿家跟太老爷同姓，当年偶尔连了宗。王熙凤恍然大悟："我说呢，既是一家子，我如何连影儿也不知道？"周瑞家的又说，王夫人嘱咐，当时他们来一遭，也没空了他们，不可简慢了他们。怎么办？叫二奶奶看着办。是王夫人真有此话，还是周瑞家的添油加醋？可能都有。但是有了王夫人的话，王熙凤怎么也得意思意思，不能让刘姥姥空手回去。

王熙凤把刘姥姥叫来，说出那段红学家翻来覆去研究个没完的话："且请坐下，听我告诉你老人家。方才的意思，我已知道了。若论亲戚之间，原该不等上门来就该有照应才是。但如今家内杂事太烦，太太渐上了年纪，一时想不到也是有的。况是我近来接着管些事，都不大知道这些亲戚们。二则外头看着虽是烈烈轰轰的，殊不知大有大的艰难去处，说与人也未必信罢了。今儿你既老远的来了，又是头一次见我张口，怎好叫你空回去呢。可巧昨儿太太给我的丫头们做衣裳的二十两银子，我还没动呢，你若不嫌少，就暂且拿了去罢。"

说得多么巧妙！王熙凤承认刘姥姥是亲戚，应该资助她，但她也不给刘姥姥留下荣国府银子多得没地方放、可以随便要的印象。她得强调困难，"大有大的艰难去处"，还得说这是太太给我的丫头做衣服的钱，暗含的意思就是，为了帮你，我也做了牺牲。特别妙的是"暂且"，好像她打算给刘姥姥安排个长期提款机似的。王熙凤交代银子的时候说："这是二十两银子，暂且给这孩子做件冬衣罢。"板儿仍不是"侄儿"，仍是"这孩子"。

打秋风的刘姥姥将是王熙凤的恩人

王熙凤说"我侄儿"是贾蓉，刘姥姥说"你侄儿"是板儿。两个侄儿，一个天上，一个地下：贾蓉面目清秀，轻裘宝带，美服华冠；板儿饥饿，穷困，没见过世面，是见了别人吃剩下的肉都要伸手的穷苦小男孩。周瑞家的埋怨，琏二奶奶从哪儿跑出板儿这么一个侄儿来了。周瑞家的当时想不到，这个从穷乡僻壤跑来要钱的侄儿太重要了，将来贾府败落，这个侄儿才是王熙凤命中的福星——是这个侄儿的姥姥救了王熙凤唯一的女儿。

王熙凤向刘姥姥施恩，这二十两银子对刘姥姥很重要，这是刘姥姥一家全年的生活费。王熙凤格外送她的一吊钱，我认为更重要。王熙凤说："这钱雇车坐罢。"贫困惯了的刘姥姥可能舍不得从二十两银子里拿出一小块碎银子雇车，她会带着板儿一步一挪地回家。如果王熙凤不拿这一吊钱，刘姥姥同样感激她。但王熙凤想到，这么大年纪，路途也远，还是应该要个车。这是女强人王熙凤心中最柔软的角落，这个角落使得贵族少奶奶和贫苦老太太结下了一辈子的缘分。如果讲宿命的话，冥冥之中，王熙凤这吊钱表达了岳母对未来女婿板儿的慈爱。不错，将来穷小子板儿就是王熙凤的女婿。王熙凤现在给了板儿度过饥寒的钱，板儿将来会照顾王熙凤的女儿一辈子。这就是王熙凤和这个"侄儿"命中注定的缘分。贾宝玉神游太虚幻境看到巧姐的判词"势败休云贵，家亡莫论亲。偶因济刘氏，巧得遇恩人"非常明确，王熙凤此时积了阴功，将来她的女儿被刘姥姥救下，嫁了板儿为妻。

是哪个在贾府败落、王熙凤自顾不暇的时候，把巧姐卖了？谁是"狠舅奸兄"？狠舅没有争论，是王熙凤的哥哥王仁；奸兄，现在通行本后四十回续书写的是贾环和贾芸，这是说不通的。贾环虽然坏，但他是叔叔不是兄。贾芸在贾府败落时还帮了贾府一把。奸兄最合适的人选，就是王熙凤的"我侄儿"贾蓉。贾蓉是纨绔子弟，一事无成，只会吃喝嫖赌。国公府被抄了家，生活来源没了，这时有人出钱，撺掇他把侄女卖了，他肯定会答应。而且贾蓉本就是尤二姐的情人，尤二姐被王熙凤害死后，贾蓉定对王熙凤怀恨在心。

饥寒交迫的刘姥姥，突然拿到了全家一年的生活费。她做梦都想不到，喜得全身发痒起来，平时说惯的粗话冲口而出。王熙凤不是说"大有大的艰难去处"？刘姥姥说："嗳，我也是知道艰难的。但俗语说的，'瘦死的骆驼比马还大'，凭他怎样，你老拔根寒毛比我们的腰还粗呢！"这是刘姥姥一进荣国府在凤姐跟前说的最后一段话，大实话，粗俗且不得体。堂堂国公府怎么成了"瘦死的骆驼"？多不吉利。但刘姥姥情商不低，懂得与时俱进，等她二进荣国府再说话时，都说到了对方的心坎上。

刘姥姥有枣无枣地打一竿子，打下来一颗大甜枣，太不简单了。

有多少《红楼梦》的语言成了现代汉语的习惯用语？比如，"大有大的难处"。现在用得最多的，是"刘姥姥进大观园"。刘姥姥二进荣国府成了大观园的"狂欢节"。刘姥姥三进荣国府是贾府败落之后。刘姥姥是《红楼梦》中重要的小人物，她三次进入荣国府是《红楼梦》的一条构思上的隐线，可惜刘姥姥第三次进荣国府的文字看不到了。

第六回结尾有两句诗："得意浓时易接济，受恩深处胜亲朋。"这是什么意思？王熙凤掌管荣国府，令行禁止，宁国府当家人贾珍向她借时髦摆设，贾蓉去了都要给她下跪，在春风得意的情况下，她出手给钱很容易。而穷困的刘姥姥受到了她的资助，刘姥姥永远也忘不了。将来刘姥姥对王熙凤的救助，远远胜过贾蓉这样的亲朋。

冷香丸配方，焦大醉骂，周瑞家的送宫花

——第七回 送宫花贾琏戏熙凤 宴宁府宝玉会秦钟

　　第七回回目《送宫花贾琏戏熙凤　宴宁府宝玉会秦钟》中包含两个巧遇：一个是周瑞家的替薛姨妈给贾府姑娘送宫花，巧遇贾琏夫妇白日房中戏；另一个是贾宝玉到宁国府参加宴会，巧遇秦可卿的弟弟秦钟。周瑞家的送宫花成为小说家借微不足道的小事描绘众多人物的绝妙笔墨，贾宝玉会秦钟则埋下此后闹学堂的伏笔。这一回对整部小说特别重要的两件事，偏偏都不在回目上：一件是借周瑞家的写薛宝钗性格的象征——冷香丸，这是对《红楼梦》重要人物薛宝钗性格的纲领性刻画；一件是贾宝玉参加宁国府宴会后回荣国府时遇到焦大醉骂，揭开钟鸣鼎食国公府最丑恶的内幕。《红楼梦》一闪而过的焦大也因此被鲁迅先生谐称为"贾府的屈原"。

　　刘姥姥求得资助，千恩万谢地走了，给刘姥姥牵线搭桥的周瑞家的是王夫人陪房，她找王夫人汇报接待刘姥姥的情况。王夫人在梨香院和薛姨妈聊天，周瑞家的不敢惊动，到里间看薛宝钗，说："这有两三天也没见姑娘到那边逛逛去，只怕是你宝兄弟冲撞了你不成？"宝钗说，是她那种病发了两天。周瑞家的就问是什么病，年轻轻的为什么不早点治好？宝钗说，不过是咳嗽气喘，凭你什么名医

仙药，从不见一点儿效果，后来一个专治无名之症的和尚说，这是从胎里带来的热毒，给了包异香异气的药引子，告诉个海上方，配了冷香丸来治疗。

哲理深邃冷香丸

冷香丸到底是什么药丸？著名红学家宋淇与名医陈存仁合写的《红楼梦人物医事考》提出，冷香丸采用治疗花粉热的传统方法，药丸的主要成分是四季花蕊，用此方法可以提前给身体注入微量花粉，让躯体产生抵抗花粉过敏的抗体，就不容易因为对花粉过敏而咳嗽气喘。

冷香丸的制作过程：要春天开的白牡丹花蕊十二两，夏天开的白荷花蕊十二两，秋天开的白芙蓉蕊十二两，冬天开的白梅花蕊十二两，于次年春分这天晒好，和药末子一起研好；用雨水那天的雨水十二钱，白露那天的露水十二钱，霜降那天的霜十二钱，小雪那天的雪十二钱，把这四样水调匀，和了药，配蜂蜜十二钱、白糖十二钱，团成龙眼大的丸子，盛在旧瓷坛内，埋在花根下；发病时拿出来吃一丸，用十二分黄柏煎汤送下。

我们先站到家庭主妇的立场上，看看这丸子能不能做出来？我们包饺子和面时一斤面至少加三四两水。冷香丸用四十八钱水和四十八两药粉，水粉比例为1：10，怎么能和得成？是曹雪芹不会和面，还是他根本不想让大家照他的方子做药丸？有喜欢抬杠的朋友告诉我：曹雪芹还加十二钱蜂蜜、十二钱白糖呢。再仔细算算：仍然团不成丸！

我们再从冷香丸的配料，冲服冷香丸的黄柏，以及冷香丸治疗的热毒来看，曹雪芹藏了什么玄机？

冷香丸的配料要春夏秋冬白色花蕊，象征大自然的纯洁和本真。用的水是大自然节气当日的雨露霜雪，日期不能错，时辰也不能错。这意味着一就是一，二就是二，不能含糊不清，更不能指鹿为马。如果有个人必须经常补充大自然最纯洁的东西，是不是说明这个人身上可能有不够纯洁的因素，不用纯洁的精华纠正就不正常？那么这是个什么样的人？一个有时不很正派的人。薛宝钗只是偶尔有正派人认为出格的表现，但她是个复杂的形象。

从冲服冷香丸的煎汤黄柏，可以推测出薛宝钗的命运和心灵是苦的。一方面，她虽然得到了贾宝玉的婚姻，但始终得不到贾宝玉的爱情，命运是苦的。另一方面，薛宝钗一直用封建淑女的标准束缚自己，压抑自己，总要迎合别人，内心可能也是痛苦的。

治疗热毒，曹雪芹为什么不用人们最熟悉的黄连而用黄柏？这其中又有讲究。按照中医理论，人体热毒分上焦、中焦、下焦。治疗上焦热毒用黄芩，用黄芩做牙膏就是这道理。治疗中焦热毒用黄连，黄连上清丸就可以清胃火。治疗下焦热毒用黄柏。薛宝钗的气喘咳嗽是肺热。中医认为肺与大肠相表里，所以要用黄柏汤送下。热毒在下焦，暗示薛宝钗这大家闺秀有时行事不够磊落。热毒是什么？中医观点认为毒素会侵蚀正常人体。《红楼梦》说的"热毒"是违反人的真情至性，为个人利益，不说真话，在涉及个人安危的情况下，损人利己，甚至嫁祸于人。这个解读是不是看似有些离谱？后面我将剖析薛宝钗热毒发作的例子：宝钗扑蝶嫁祸林黛玉，金钏儿之死为王夫人开脱。

冷香丸，是小说家巧妙塑造人物的药丸，是薛宝钗个性的有机组成部分。

1986年，在哈尔滨国际红学会上，我曾和周汝昌先生聊到《红楼梦》的药方，周先生说，曹雪芹是小说家，不是医师，他写药方是为文学化地描写人物服务，谁如果按方吃药，治死人自己负责。这话对我很有启发。读者千万不要把冷香丸看成是真正治病的秘方，也不要照着做，更不要把这药丸看成是曹雪芹的游戏之笔，这是曹雪芹小说构思的大章法，是对人物性格点题性、哲理性的影射。

林黛玉从其长在灵河岸边的前身绛珠草开始，就跟"灵"有不解之缘；薛宝钗还没正式在贾府活动，带有她性格显著特点的冷香丸就巧妙亮相。

薛宝钗淑女性格的馨香始终伴随着一个"冷"字：需要冷静就冷静，必须冷峻则冷峻，偶有不该冷漠时的冷漠。

周瑞家的送宫花的特殊功能

周瑞家的还没来得及向王夫人汇报刘姥姥的事，薛姨妈就派她送宫花。这是个很有意思又非常琐碎的故事。周瑞家的是个很不重要的人物，但她经常出现在关键场合，听到关键话语。冷子兴是周瑞家的女婿，从冷子兴演说荣国府开始，周瑞家的在贾府不断穿针引线，比如她在贾府的分工是陪太太出门，不管接待，但第六回她又在接待工作上插了一杠子，把刘姥姥带到了王熙凤跟前。第七回送宫花的又是周瑞家的，这一次，小人物办小事居然具备了八个功能。

周瑞家的送宫花的第一个功能是侧面描写薛姨妈会做人。薛家是皇商，供应宫廷用品。看来客居贾府的薛姨妈常给贾府的人送贵重新巧物品，比如宫花。这个老太太懂事，识趣，做人大方，会说话，这也是薛宝钗性格形成的原因。

周瑞家的送宫花的第二个功能是写薛宝钗的个性。王夫人说，这花留着宝丫头戴吧。薛姨妈说，宝丫头古怪，她从来不爱这些花儿粉儿的。周瑞家的听薛宝钗说冷香丸，暗示薛宝钗性格的"冷"，现在她母亲又说她性格的"淡"，这就是"淡极始知花更艳"。

周瑞家的送宫花的第三个功能是写香菱。给周瑞家的拿宫花的是香菱，这是葫芦僧乱判葫芦案后甄英莲在贾府的登场，她现在已改名香菱。周瑞家的说她："倒好个模样儿，竟有些像咱们东府里蓉大奶奶的品格儿。"苦命女孩香菱很美，和最美的红楼人物秦可卿有一比。

周瑞家的送宫花的第四个功能是写探春、迎春姐妹。周瑞家的来送宫花，两姐妹正在下棋，她们的丫鬟司棋和侍书登场。描写给两姐妹送宫花的同时顺便交代了贾母的新安排：把本来跟她住的三个孙女挪到王夫人房后面的三间小抱厦住，由李纨照管。她只留贾宝玉、林黛玉在身边解闷。这说明黛玉从进府就夺了贾府小姐的宠，成了和宝玉并列的最受贾母宠爱的孙辈。此时，黛玉和宝玉已经不在碧纱橱内外居住，贾母可能已给他们重新安排了房间，但仍在贾母院里，估计是东西厢房。这很容易理解，贾宝玉初试云雨情不可能发生在和林黛玉只隔着碧纱橱的环境中。

周瑞家的送宫花的第五个功能是预伏惜春的命运。听说薛姨妈送来了宫花，惜春说："我这里正和智能儿说，我明儿也剃了头同他作姑子去呢，可巧又送了花儿来；若剃了头，可把这花儿戴那里？"这是小孩子开玩笑，也预示了她的命运。

周瑞家的送宫花的第六个功能是写王熙凤夫妻恩爱。周瑞家的进了王熙凤的院中，夫妻俩正在房间恩爱。贾琏房里的下人都知道，不能让外人打扰琏二爷和凤奶奶的房中戏，于是层层设防。第一道防线是丰儿，她坐在凤姐的房门槛上。第二道防线，周瑞家的看不到，是待在外间的平儿，随时听王熙凤的召唤。丰儿一见周瑞家的，忙摆手让她先到东屋等着。周瑞家的立即会意，她走路就像怕踩了蚂蚁，但又多嘴多舌地问奶妈，琏二奶奶是不是还在睡中觉。奶妈不敢回答，摇头。接着出现了贾琏的笑声，平儿出来叫丰儿舀水，这些是漏泄凤姐春情的狡黠描写。

　　《红楼梦》写男女房事和《金瓶梅》不一样。《金瓶梅》经常穷形尽相写性爱过程，《红楼梦》则分若干层次，有明写有暗写，有正写有侧写。凤姐和贾琏的房事是暗写又是侧写。贾琏这坏小子有很多相好的，而王熙凤是正妻，又是曹雪芹喜爱的英风俊骨人物，所以曹雪芹写他们两个人的情事就不能像写贾琏和鲍二家的、多姑娘那样带点儿淫秽的笔墨，必须要"柳藏鹦鹉语方知"[1]。有的研究者说，贾琏戏熙凤的情节说明王熙凤相当放荡，不仅和贾琏白日宣淫，还有情人。其实这是中了程高本滥改的毒。程高本不仅续了后四十回，还滥改了前八十回，改变了王熙凤的形象。其实王熙凤心中的情人只有一个，就是她的丈夫，她和贾琏一直是恩爱夫妻。送宫花贾琏戏熙凤，说明他们夫妻十分恩爱，有时也不顾忌时间。王熙凤很可怜，她在一夫一妻多妾的制度下，追求一对一的真挚爱情，一再和贾琏的外遇斗。而贾琏总是趁着凤姐不在与他人厮混，这样他们的关系才出现裂痕，出现凤姐泼醋、害死尤二姐的情节。

　　周瑞家的送宫花的第七个功能是写王熙凤和秦可卿的友谊。平

1　这句话的意思是：鹦鹉藏在柳枝深处，人们看不到它，是它的叫声让人知道它在什么地方。——编者注

儿拿了宫花，向王熙凤汇报，片刻工夫拿着两枝花出来，派彩明送到那边给小蓉大奶奶戴。薛姨妈给贾府的人送宫花，其他人两枝，王熙凤四枝，薛姨妈并没料到王熙凤会送给秦可卿，但这说明薛姨妈对王熙凤最亲。薛与迎春、探春、惜春带点儿亲戚关系，与林黛玉没有任何关系，而王熙凤是薛姨妈的亲侄女。薛姨妈送宫花，不经意间就把人物关系分出了远近。

周瑞家的送宫花的第八个功能是写林黛玉敏感多疑，不会处理人际关系。这一段特别好玩，周瑞家的说："林姑娘，姨太太着我送花儿与姑娘戴来了。"宝玉听说先问："什么花儿？拿来给我。"伸手接过来打开匣子看，里面是两枝宫制的堆纱新巧假花。黛玉只就宝玉手中看了看，问："还是单送我一人的，还是别的姑娘们都有呢？"周瑞家的说："各位都有了，这两枝是姑娘的了。"黛玉再看了看，冷笑："我就知道，别人不挑剩下的也不给我。"周瑞家的听了，一声儿不言语。按照贾府布局，周瑞家的送宫花是按照离梨香院的远近先后送达的，没有故意绕个圈。按照缙绅家小姐的德容言功，林黛玉应该先谢姨妈送宫花，再向周姐姐道辛苦，就像薛宝钗和迎春、探春对周瑞家的态度那样。薛宝钗见周瑞家的来了，满脸堆笑，"周姐姐坐"。迎春、探春见周瑞家的来了，赶快停住棋，欠身道谢。林黛玉还不如无事忙的贾宝玉热情，姨妈送的宫花，她只在贾宝玉手里看了看，还说"别人不挑剩下的也不给我"，一句话得罪五个人，既得罪了迎春、探春、惜春、凤姐，好像是她们挑肥拣瘦，又得罪了周瑞家的，好像是她看人下菜碟。周瑞家的是个下人，林姑娘这样说，她当然不敢言语，也不便言语，但是当面不言语不等于背后不言语，当时不言语不等于以后不言语。周瑞家的会向王夫人汇报些什么，向下人们说些什么，都是林黛玉想不到的。贾府的人说林黛玉孤高自许、目无下尘，未必没有周瑞家的这类人飞流短长。周瑞家的是王夫人的陪房、王熙凤的亲信，聪明的林黛玉偏偏无意中做出了赊仇家的蠢事。

周瑞家的给林黛玉送宫花时，黛玉正在宝玉房里解九连环玩。九连环是古代智力玩具，金属丝弯成的方圈上套九个圆环，圆环可以解下套上，所有圆环全被解下来才算完成。清代红学家说可以用解九连环解释宝黛关系。

贾宝玉听说薛宝钗生病了，对丫头说："谁去瞧瞧，只说我与林姑娘打发了来请姨太太姐姐安，问姐姐是什么病，现吃什么药。论理我该亲自来的，就说才从学里来，也着了些凉，异日再亲自来看罢。"贾宝玉这点儿小心思写得好，他既关心宝姐姐，又怕林妹妹多心，便故意向林妹妹示好，表示看宝姐姐也是我和林妹妹一起。

周瑞家的送宫花还插进她自己家的一件事。她的女儿惊慌失措地找到她，说女婿被人告了，要递解回乡。周瑞家的女婿是哪一个？冷子兴。女儿害怕，周瑞家的说："小人儿家没经过什么事，就急得你这样了！"在周瑞家的看来，这事晚上求求凤姐，一句话就解决了。荣国府的仆人对官府都有恃无恐，荣国府的权势有多大？深闺少妇凤姐包揽词讼，可窥见一二。

周瑞家的送宫花是多小的事，却把那么多重要线索都提拉了一下，写了若干人物个性。送宫花像影视剧的拍摄手法摇镜头，读者跟着周瑞家的一步一步观察将在《红楼梦》舞台上演出悲欢离合的主角。对大作家来说，没有小故事，没有小人物，只有对人生的深刻观察，巧妙体现。

"贾府的屈原"揭内幕

第七回另一个重要内容是"宴宁府宝玉会秦钟"。贾珍的妻子尤氏请王熙凤去宁国府玩，贾宝玉也跟着去了。尤氏、秦氏和一干姬妾接出仪门，尤氏和王熙凤见面，总要互相嘲笑一下。秦氏说他的兄弟来了，宝玉要见，凤姐也要见。尤氏对凤姐说："罢，罢！可以不必见……人家的孩子都是斯斯文文的惯了，乍见了你这破落户，还被人笑话死了呢。"贾蓉也说秦钟生得腼腆，没见过大阵仗，"婶子见了，没的生气"。凤姐说："凭他什么样儿的，我也要见一见！别放你娘的屁了。再不带我看看，给你一顿好嘴巴。"贵族少妇，竟然连"放你娘的屁"都说出来了。凤姐在贾蓉面前像只横着走的大螃蟹。

秦钟来了，眉目清秀，粉面朱唇，身材俊俏，举止风流，有女儿之态。凤姐先推宝玉，说"比下去了"。秦钟露面，一件小事，就把人和人之间的关系写出来了。平儿最理解王熙凤和秦可卿关系好，马上派人送来一匹衣料、两个金锞子，王熙凤还说少了。宝玉心中起了呆意，想："天下竟有这等人物！如今看来，我竟成了泥猪癞狗了。可恨我为什么生在这侯门公府之家，若也生在寒儒薄宦之家，早得与他交结，也不枉生了一世。我虽如此比他尊贵，可知绫锦纱罗，也不过裹了我这根死木头；美酒羊羔，也不过填了我这粪窟泥沟。'富贵'二字，不料遭我荼毒了！"贾宝玉喜欢秦钟，秦钟也喜欢贾宝玉。看到贾宝玉形容出众，举止不凡，更兼金冠绣服，骄婢侈童，也在那琢磨："可恨我偏生于清寒之家，不能与他耳鬓交接。"宝玉先问秦钟读什么书，两个人你言我语，越来越亲密。

宴宁府宝玉会秦钟很重要，更重要的是引出著名的焦大醉骂。

尤氏派人送秦钟回家，派的是焦大，谁知焦大喝醉又骂起来，先骂管家半夜三更派他送人："没良心的王八羔子！瞎充管家！你也不想想，焦大太爷跷跷脚，比你的头还高呢。二十年头里的焦大太爷眼里有谁？别说你们这一起杂种王八羔子们！"焦大是有功劳的老家人。曾跟着宁国公出生入死，把宁国公从死人堆里背出来，自己喝马尿，得了点儿水就给宁国公喝。贾蓉拿出主子身份训斥焦大，焦大赶着贾蓉叫起来："蓉哥儿，你别在焦大跟前使主子性儿。别说你这样儿的，就是你爹、你爷爷，也不敢和焦大挺腰子！不是焦大一个人，你们就做官儿享荣华受富贵？你祖宗九死一生挣下这家业，到如今了，不报我的恩，反和我充起主子来了。不和我说别的还可，若再说别的，咱们红刀子进去白刀子出来！"

焦大说"红刀子进去白刀子出来"，在多数《红楼梦》的版本中，都是"白刀子进去红刀子出来"，我采取己卯、梦稿本版本，因为这样更能表现出醉汉的口吻。而"白刀子进去红刀子出来"，是直接把《金瓶梅》中旺儿骂西门庆的话抄过来了。

凤姐说，叫他这样犯上作乱，亲友们知道了岂不是要笑话我们太没规矩了！于是焦大被揪翻，捆倒，拖往马厩。焦大越发连贾珍都说出来了："我要往祠堂里哭太爷去。那里承望到如今生下这些畜牲来！每日家偷狗戏鸡，爬灰的爬灰，养小叔子的养小叔子，我什么不知道？"

焦大，《红楼梦》里的小人物，前八十回就出来一次，但鲁迅先生称焦大为"贾府的屈原"。焦大醉骂，揭开了宁国府血淋淋的脓疮。

焦大骂"爬灰的爬灰，养小叔子的养小叔子"，这些指的都是谁？"爬灰"的结果是污染膝盖，"污膝"谐音"污媳"。焦大骂的

"爬灰"指的是秦可卿和贾珍，毫无疑问。养小叔子的是哪个？这也是骂秦可卿，养的小叔子就是比贾蓉还风流俊俏的贾蔷。这一看法，清代红学家就提出了。贾蔷出现在第九回顽童闹学堂。他本是宁国公正枝玄孙，父母双亡，从小跟着贾珍过活，和贾蓉最是亲密。贾府奴仆说了很多闲话，贾珍为避嫌，给贾蔷分了房子，让他自立门户。宁国府下人说了什么闲话？曹雪芹不点破。有人说，贾蔷是贾珍父子的同性恋伙伴。我认为贾蔷住宁国府时和嫂子秦可卿有私情，被仆人发现后嚷嚷出来，贾珍不得不把贾蔷请出去。贾珍是不是借这个由头和秦可卿有了关系，我们不得而知。

如果养小叔子的不是秦可卿，贾府中哪个最有嫌疑？有红学家认为是王熙凤养着贾蓉和贾蔷。其实这样的说法连辈分都没搞对，贾蓉和贾蔷是王熙凤的侄儿。王熙凤的亲小叔子是贾琮，还很小。堂小叔子是贾宝玉，凤姐对宝玉完全是大嫂对小弟的慈爱态度。所以焦大骂的爬灰和养小叔子两桩不体面的事都有清晰所指，就是秦可卿。贾蓉和凤姐，一个是秦可卿的丈夫，一个是秦可卿的好朋友，他们听到焦大骂，都假装没听到。贾宝玉年纪小，偏偏去问凤姐，什么叫爬灰？王熙凤吓唬他几句话，叫他闭嘴，贾宝玉赶快叫好姐姐，再也不敢说了。

焦大醉骂，不过几百字，却是这一回的高潮，也是《红楼梦》全书的第一次奇峰突起。

宝玉、宝钗、黛玉初次"交锋"

——第八回　比通灵金莺微露意　探宝钗黛玉半含酸

在梨香院中，作者第一次写贾宝玉、薛宝钗、林黛玉相聚的情节，宝钗侍女莺儿微微露出"金玉良缘"的信息，黛玉看到宝玉和宝钗交往多少有点儿吃醋。"金玉良缘"还没正式在贾府登场，黛玉也还没把"金玉良缘"当成威胁。这时三个人还小，絮絮话语娓娓道来，小儿女情态如画，宝玉天真，黛玉娇痴，宝钗稳重，跃然纸上。

信笔描画众生相

我读小说，既愿意看到情节人物有趣，又特别喜欢小说家的幽默情绪。曹雪芹是个好小说家，又是无处不在的幽默大师。宝玉去看宝钗，路上遇到两拨人，曹雪芹信笔一描，把我们的肚子快笑破了。

第一拨人是贾政的清客詹光和单聘仁，两个人名谐音"沾光""擅骗人"。这两块料一见宝玉，上来就抱住腰，拉着手，说："我的菩萨哥儿，我说作了好梦呢，好容易得遇见了你。"多有趣的称呼，贵族公子成了菩萨。宝玉故意绕开他爹的书房，清客告诉他：

"老爷在梦坡斋小书房里歇中觉呢，不妨事的。"可见宝玉怕他爹像怕老虎，清客们都知道。

另一拨人是荣国府的男仆，一个叫吴新登，管银库的，名字谐音"无星戥"。"戥"是称银子的小秤，秤上没星怎么量银子？这说明荣国府的银子没法管。另外两人，一个叫戴良（谐音"大量"），一个叫钱华（谐音"钱花"），曹雪芹用谐音调侃荣国府钱财大量流失，钱都被花掉了。

这帮人见了宝玉，就找他要字，笑说，我们看到二爷写的斗方儿越来越好，什么时候赏我们几张。十二三岁男孩练字，竟给这些人当成了书法家，还有人来要字，为什么？因为他是未来的荣国公。老仆人忽悠少爷，宝玉信以为真，他说你们要字，找我的小厮就成。

这些地方太有趣了！这些情节都是闲白。长篇小说不能像一支射出去的箭，一箭射到最后，得不断有些闲白，像曹雪芹说的，写成"适趣闲文"，才好看。宝玉去看宝钗途中，遇到父亲的清客和管库房的仆人，像这类闲白，《红楼梦》俯拾皆是。读者看《红楼梦》，既有趣又悠闲，就是这个道理。

薛宝钗的"贵妃色"

《红楼梦》第一次描写宝玉宝钗聚首，在宝玉眼中，宝钗什么样儿？"唇不点而红，眉不画而翠，脸若银盆，眼如水杏。"这和宝玉眼中神仙似的林妹妹一样吗？绝对不一样。宝玉看丰满亲切的表姐姐，没有任何心灵感应。接着曹雪芹写了四句对宝钗的评价："罕言寡语，人谓藏愚；安分随时，自云守拙。"其实宝钗不需要藏愚，她大智若愚；她安分随时，也不是为守拙，因为她根本不拙，她是为了搞好和周围人的关系。宝玉没看到黛玉穿戴什么，却看到宝钗穿的是"蜜合色棉袄，玫瑰紫二色金银鼠比肩褂，葱黄绫棉裙，一色半新不旧，看去不觉奢华"。半新不旧，是不是挺朴素的？其实宝钗的衣服相当贵。比如，玫瑰紫二色金银鼠比肩褂，表面是玫瑰紫绸缎面用银丝银线织了花纹，里面是轻暖贵重的银鼠皮。宝玉为什么能看出是银鼠皮？因为皮毛从领口和袖口露出来，这叫"风毛"。这样一件七分袖外套够刘姥姥家生活好几年。宝钗日常就穿这么贵的衣服，半新不旧更舒适。

我看《红楼梦》与好多红学家不一样，因为我也写小说，特别喜欢琢磨细节。我琢磨宝钗的衣服不仅贵，颜色还大有文章。她穿的蜜合色棉袄是淡黄色，蜂蜜色的棉袄；葱黄绫棉裙，是黄绿色带花纹的丝制棉裙，上浅下深，很美观。这几句描写宝钗衣着的文字，初看，像普通的服饰描写，但是曹雪芹似乎有意识叫宝钗穿黄，我把它叫"贵妃色"，因为杨贵妃平生最喜欢的就是黄裙子。后来宝玉不就当面说宝钗像杨贵妃吗？第二十七回回目前半部分就是"滴翠亭杨妃戏彩蝶"，宝钗和杨贵妃有联系，这是曹雪芹暗暗设定的。

通灵宝玉和金锁是一对吗？

宝玉看了宝钗，宝钗该看宝玉了。宝钗看宝玉不像黛玉看宝玉，黛玉注意宝玉的脸是什么样，眉是什么样，眼是什么样，宝钗却注意宝玉的穿戴。黛玉后来讽刺宝姐姐对人身上的穿戴最留心。黛玉想说的是，宝姐姐最留心宝玉戴的通灵宝玉。

果然，宝钗第一次和宝玉接触，马上就要求看通灵宝玉。"成日家说你的这玉，究竟未曾细细的赏鉴，我今儿倒要瞧瞧。"宝钗把玉托在掌上，拿过来看了正面看反面，看了反面重新翻过来看正面，还念了两遍："莫失莫忘，仙寿恒昌。"念给谁听？宝玉整天戴着，不必念给他听，宝钗也不用自念自听，她应该是念给不认字的莺儿听。

宝钗这一念，就把莺儿的话引出来了："我听这两句话，倒像和姑娘的项圈上的两句话是一对儿。"宝玉一听，当然要求看项圈，宝钗猫逗耗子似的不给他看。宝钗越不给他看，宝玉越要看，宝钗好像不太情愿让他看似的。宝玉托了锁一看，金锁上八个字："不离不弃，芳龄永继。"宝玉很天真，马上承认："真与我的是一对。"可惜黛玉来晚一步，没听到这番话。

金锁和通灵宝玉是不是一对儿？不是，通灵宝玉是天生的，是宝玉落草时衔来的，其实质是顽石。宝钗的金锁是富贵之家给小姐定做的。一块无材补天的顽石怎么可能和金光灿灿的金锁是一对儿！薛家人说金锁是癞头和尚送的。我认为这金锁是薛家打造的，是为了造成舆论，促成宝玉和宝钗的婚姻。

宝玉嗅到一阵阵凉森森甜丝丝的幽香，便问姐姐熏什么香。宝钗说是早上吃了药丸的香气。宝玉说："好姐姐，给我一丸尝尝。"宝钗笑了："又混闹了，一个药也是混吃的？"

通灵宝玉、金锁都看过了，冷香丸的香气宝玉也嗅到了，该换角色了，黛玉来了。

兰心玉骨莲舌冰神林黛玉

黛玉看到宝玉说："我来的不巧""早知他来，我就不来了"。这话说得没道理，但却是黛玉情绪的自然流露。实际上，黛玉很可能循着宝玉而来。他们住得近，黛玉总找宝玉玩。宝玉不在房里，她问问丫鬟，知道他去找宝姐姐，可能就跟来了。她说"早知他来，我就不来了"，实际的意思是"知道他来我才来"。宝钗问，你这话怎么说？我不知道怎么回事？黛玉就是不愿意看到宝玉和宝钗在一块儿，但她不能说，她说："要来一群都来，要不来一个也不来；今儿他来了，明儿我再来，如此间错开了来着，岂不天天有人来了？也不至于太冷落，也不至于太热闹。姐姐如何反不解这意思？"

下凡的绛珠仙子太聪明了，她不过把他们之间的关系看成表姐、表弟和表妹之间玩耍，不涉及谁跟谁好。宝钗想埋怨黛玉，都没处下嘴，因为黛玉的话无懈可击。黛玉不喜欢宝玉和宝钗一起玩，这情绪始终存在，一定要表现出来。黛玉为人率直，不会掩饰。

这时宝玉要喝冷酒，薛姨妈告诉他不要喝，他没听。宝钗给他说了一番不能喝冷酒的道理，他马上说烫了来我再喝。这不就是听宝姐姐的话？黛玉嗑着瓜子，抿着嘴笑，琢磨怎么嘲笑挖苦敲打宝玉。恰好雪雁来送手炉，说是紫鹃叫送的。黛玉念头一闪，指桑骂槐："也亏你倒听他的话。我平日和你说的，全当耳旁风；怎么他说了你就依，比圣旨还快些！"这话表面上说的是雪雁，实际上说的是宝玉，你不能听宝钗的，你得听我的，怎么平时我说的当了耳旁风，她说的你就当圣旨？不喝冷酒这种微不足道的小事，宝玉听了宝钗的，黛玉就不舒服，就挖苦宝玉。指桑骂槐很多人都会，关键在灵机一动，借题发挥，才能神乎其神。黛玉真是冰雪聪明。

宝玉听懂了，却假装不懂；宝钗也听懂了，不过不去睬她。宝钗宽宏大度，知道黛玉的脾气，不理就是。但薛姨妈不懂，问黛玉，你身子弱，又怕冷，他们记挂你不好吗？黛玉又回答一番话："幸亏是姨妈这里，倘或在别人家，人家岂不恼？好说就看的人家连个手炉也没有，巴巴的从家里送个来。不说丫头们太小心过余，还只当我素日是这等轻狂惯了呢。"编得天衣无缝，黛玉确实像前辈评论家脂砚斋所说："以兰为心，以玉为骨，以莲为舌，以冰为神，真真绝倒天下之群钗矣。"太聪明了。

这喝酒，缘起于正好有下酒好菜。我们不是常说，贾府钟鸣鼎食，骄奢淫逸？这次随便吃个零嘴，便有鹅掌、鸭信提供。宝玉说宁国府的鹅掌、鸭信很好，薛姨妈说，我这儿也糟了，拿来让宝玉尝。这鹅掌鸭信，想必也是家常备着的稀松平常小吃，当时的一般人家可没有这么阔绰。

宝玉吃着鹅掌、鸭信喝酒，奶妈上来劝阻。宝玉说："好妈妈，我再吃两盅就不吃了。"李嬷嬷四十岁左右，这个年纪在那时就很老了，宝玉的丫鬟说她老背晦[1]了。李嬷嬷说："你可仔细老爷今儿在家，提防问你的书。"真是哪壶不开提哪壶，宝玉最怕他爹，偏偏喝着酒这么高兴的时候提他爹！宝玉一听，慢慢放下酒，垂下头。

宝玉不好反抗奶妈，但黛玉是什么人？黛玉一切为宝玉着想，宝玉想干什么，黛玉就帮着他干什么，宝玉想喝酒，黛玉就要维护他，忙说："别扫大家的兴！舅舅若叫你，只说姨妈留着呢。这个妈妈，他吃了酒，又拿我们来醒脾了！"给宝玉争取喝酒的权利。黛玉已这样说了，还悄悄推着宝玉，叫他赌气，又悄悄和宝玉咕哝，我们只管乐我们的。李嬷嬷还要跟黛玉辩论，她说："林姐儿，你不要助着他了。你倒劝劝他，只怕他还听些。"黛玉又来了一段话："我为什么助他？我也不犯着劝他。你这妈妈太小心了，往常老太太又给他酒吃，如今在姨妈这里多吃一口，料也不妨事。必定姨妈这里

1　这里指年老的人神志糊涂，不清醒。——编者注

是外人，不当在这里的也未可定。"

这就把李嬷嬷的嘴堵得死死的了——你认为在姨妈这里就不能吃吗？但是黛玉没有想想，她这一番话，得罪了两个老太太，一个是把姨妈说成外人，一个是把李嬷嬷得罪狠了。李嬷嬷又是急又是笑："真真这林姑娘，说出一句话来，比刀子还尖，你这算了什么呢？"宝钗特别会做人，她在黛玉的脸上拧了一把："真真这个颦丫头的一张嘴，叫人恨又不是，喜欢又不是。"薛姨妈说："别怕，别怕，我的儿！来这里没好的你吃，别把这点子东西唬的存在心里，倒叫我不安。只管放心吃，都有我呢。越发吃了晚饭去，便醉了，就跟着我睡罢。"

这时恐怕心里最难过的还是黛玉。薛姨妈不仅疼女儿，也疼外甥。宝钗有亲妈疼着，宝玉不仅有亲妈疼着，还有亲姨妈疼着。而黛玉有谁疼？这些细节都写得非常好。

黛玉晴雯的深情蜜意

吃完饭又喝了茶，要回去了，黛玉问宝玉走不走。宝玉醉得眼都眯成一条缝了，说："你要走，我和你一同走。"黛玉起身说："咱们来了这一日，也该回去了。还不知那边怎么找咱们呢。"

两个人关系何等亲密！黛玉要走，得叫着宝玉走；宝玉说，你要走，我就跟你一块儿走。而黛玉说话也是一口一个"咱们"。有意思的是，宝玉那么多大丫鬟，一个也没跟来，偏偏跟了个小丫鬟过来，她把大红斗篷一抖就往他头上戴，上面还带个斗笠。宝玉生气了："罢！罢！好蠢东西，你也轻些儿！难道没见过别人戴过的？让我自己戴罢。"黛玉说："罗唆什么，过来，我瞧瞧罢。"黛玉轻轻地用手整理，把宝玉的斗笠和斗篷都给他戴好了。

这一段特别温馨。黛玉对宝玉事事关心，事事用心，连宝玉外出怎么样戴斗笠、披斗篷，黛玉都知道要怎么做。黛玉肯定能成为好妻子，因为她对宝玉充满柔情和蜜意。我每次看到这一段，都会想到我母亲说的话。我母亲说过，有人说宝玉应该娶为人周到的宝钗做妻子，不能娶只会写诗的黛玉。其实黛玉肯定能做个好妻子，为什么？因为只有心中有爱，才能对你所爱的人有无微不至的关怀。

宝玉和黛玉回去，贾母知道他们从薛姨妈那儿来，更欢喜，让宝玉赶快歇着去，不要再出来了。宝玉回到自己的卧室，却有个人等着他，谁？晴雯。晴雯说，你早上让我磨那么多墨，就写了三个字，丢下笔就走了，我们等了一天，你给我把这些墨都写完了！宝玉这才想起早上磨了墨要写字，便问晴雯，我写的那三个字在哪里？晴雯说，我亲自登高爬梯给你贴上了，现在还冻得我的手僵冷呢。宝玉一听便说，"我替你渥着"。

晴雯对宝玉也事事上心，但晴雯和袭人不一样。袭人以宝玉的一切愿望为愿望，而晴雯还有自己的愿望，她觉得，我既然给你磨了墨，你就得给我写完。小丫鬟有个性，两人关系也亲密。宝玉给她暖着手，同时仰头看门上那三个字。曹雪芹的高明之处就在于，到这时宝玉写的是哪三个字也没写出来。得谁出来才带出来这三个字？林黛玉。此时黛玉来了，宝玉说，好妹妹，你看看我这三个字写得好不好？黛玉一看，门斗上贴了三个字"绛云轩"。注意这三个字，"绛"是红的意思。《红楼梦》写红楼儿女梦，始终要出现红色，通灵宝玉是红色，怡红院是红色，搬到怡红院之前宝玉住的房间叫绛云轩。黛玉看这三个字，笑着说："个个都好，怎么写的这么好了？明儿也与我写一个匾。"她这是夸奖，还是调侃？黛玉在这些问题上，总是给宝玉捧场。所以宝玉笑着说："又哄我呢。"

这时宝玉身边又出现些鸡毛蒜皮的小事。宝玉问晴雯："今儿我在那府里吃早饭，有一碟子豆腐皮的包子，我想着你爱吃，和珍大奶奶说了，只说我留着晚上吃，叫人送过来的，你可吃了？"晴雯说，给李奶奶拿走了。宝玉喝了碗茶，想起早上泡的茶，问茜雪，那个枫露茶，泡三四回才好喝，为什么沏了别的来？茜雪说，李奶奶喝了。贾宝玉气得把茶杯往地下一扔，"喤啷"一声，摔个粉碎，宝玉说："他是你那一门子的奶奶，你们这么孝敬他？"他有点儿喝醉了，说着便要去回贾母，撵他的奶妈。到这时袭人一直没露面，晴雯、茜雪跟宝玉说话，她都听见了还装睡，就是希望宝玉主动来看自己。袭人一听宝玉生气了，连忙起来解释劝阻，贾母那里也遣人来问怎么了。袭人说："我才倒茶来，被雪滑倒了，失手砸了钟子。"她又安慰宝玉，你要撵李奶奶，连我们一块儿撵出去算了，你再找好的服侍。因为宝玉和丫鬟们关系好，和袭人关系更好，"连我们一齐撵了"是"威胁"宝玉，宝玉没话可讲。袭人把他的玉拿下来，用自己的手帕包好，塞在褥子底下，叫宝玉睡觉。

像这一回的描写，如果现在看到这样的小说，读者大概会说，这不是满地鸡毛？这内容鸡毛蒜皮、鸡零狗碎，没有任何重要的事，但《红楼梦》就能写到这个程度，写的是满地鸡毛，但是红鸡毛有红鸡毛的色彩，绿鸡毛有绿鸡毛的特点，黄鸡毛有黄鸡毛的好看。每个细节都对塑造人物起了作用。

贾蓉带着秦钟拜了贾母，贾母很喜欢，送了礼物，同意叫秦钟陪宝玉读书。这时作者才交代秦钟家是什么情况。秦家所有人的名字的谐音都有暗含之意。父亲秦业，"业"谐音"孽"，"秦可卿"谐音"情可轻"，"秦钟"谐音"情种"。秦业乃营缮郎，因为没孩子，便从养生堂抱养一儿一女，后来儿子死了，女儿长大嫁到贾府；五十多岁时，得了秦钟，爱如珍宝。现在秦钟要和宝玉一块儿读书。秦业知道，贾府上下都是富贵眼睛，但读书却是儿子的终身大事，就恭恭敬敬凑了二十四两银子，作为给贾府家塾掌管贾代儒的礼物，亲自带了秦钟到贾代儒家拜见。

第八回最后有两句诗："早知日后闲争气，岂肯今朝错读书。"怎么读书还读错了？因为宝玉读书非但无助于追求功名，反而闹出一场闲气。

如此学堂，如此儒师，如此学子

——第九回　恋风流情友入家塾　起嫌疑顽童闹学堂

不爱读书的贾宝玉为什么乐意进学堂？为了跟倾慕的秦钟亲近，所以才去学堂，结果在学的顽童怀疑秦钟有同性恋的行为，一群人吵闹起来，贾氏私塾乱成一锅粥。

秦钟等贾宝玉挑个好日子，二人一起上学，宝玉急于跟秦钟一起上学，更确切地说是一起玩，不管什么黄道吉日，说后天一早请秦钟到他这里会齐了一同上学。贾宝玉想得周到，秦家贫寒，而他有车有马，可以带秦钟一块儿去。

贾宝玉去上学，袭人一再嘱咐他，念书时想着书，不念书时想着家。袭人已把自己和宝玉看成个小家庭。她嘱咐宝玉，不要和他们玩闹，功课少做点儿不要紧，身体要保重。学堂里冷，想着添换大毛衣服，还提醒他要那一起子懒贼添脚炉手炉里面的炭。这多么像大姐姐关心小弟弟，甚至像母亲关心儿子。宝玉见过贾母和王夫人，她们都嘱咐了几句话，但曹雪芹一字不写，而是重点写贾政。

贾政训子的庄严滑稽

贾政正在书房里和清客闲谈，见宝玉进来请安说要上学去，气儿就不打一处来，冷笑道："你如果再提'上学'两个字，连我也羞死了。依我的话，你竟顽你的去是正理。仔细站脏了我这地，靠脏了我的门！"贾政就这么烦儿子吗？实际上他是恨铁不成钢。清客们都劝，世兄这一去，三二年就显身成名了，快到吃饭的时候了，世兄快请吧。几个年老的把宝玉携了出去。贾政问："跟宝玉的是谁？"外边答应了两声，进来三四个大汉打千儿请安。宝玉一个人上学，几个人跟着？至少八个——四条汉子，四个书童。贾政一看，带头的是李贵，是宝玉奶妈的儿子，说道："你们成日家跟他上学，他到底念了些什么书？倒念了些流言混语在肚子里，学了些精致的淘气。等我闲一闲，先揭了你的皮，再和那不长进的算帐！"

贾政望子成龙，这一番话像极了青州俗话"跑了老婆怨四邻"。你儿子不好好念书，你和他的下人算什么账？李贵听了吓得双膝跪下，摘了帽子碰头有声，连连答应"是"，又汇报："哥儿已念到第三本《诗经》，什么'呦呦鹿鸣，荷叶浮萍'，小的不敢撒谎。"他一说这话，满座大笑。为什么？李贵的话太好玩了，《诗经》是"呦呦鹿鸣，食野之苹"。李贵不懂，记成了"呦呦鹿鸣，荷叶浮萍"。清客们都有学问，听了哄然大笑，贾政也撑不住笑了，说："那怕再念三十本《诗经》，也都是掩耳偷铃，哄人而已。你去请学里太爷的安，就说我说了：什么《诗经》、古文，一概不用虚应故事，只是先把四书一气讲明背熟，是最要紧的。"

这一段非常好玩，贾政板着脸教训儿子，教训儿子的跟班，李贵一打岔，贾政的庄严就变成了庄严的滑稽。我过去读贾政训宝玉、训李贵，我的想法是，贾政这个死硬派一点儿都不可爱。随着年事增长，我渐渐理解了这个父亲，他希望儿子能继承家业。因为贾赦继承了荣国公的一等将军，贾政已不能继承祖父的官职，他的官是皇帝赐的。到第四代，皇帝赐官不大可能了，必须考科举。而科举考试的题目大都出自四书，所以贾政说不要让先生讲《诗经》、古文等虚应故事，把"四书"一气讲明背熟才最要紧。父亲这么做是为儿子的前途着想。

贾宝玉告别了父亲来到贾母这边，贾母正和秦钟说话，宝玉和贾母告辞，忽然想起还得和林妹妹告辞！此时，黛玉正在窗下对镜梳妆，听说宝玉上学去就说："好，这一去，可定是要'蟾宫折桂'去了，我不能送你了。"林黛玉真的希望贾宝玉去读书做官？不是，这是在调侃他。宝玉说："好妹妹，等我下了学再吃饭。和胭脂膏子也等我来再制。"这公子哥儿上学还惦记着怎么给林妹妹做化妆品！唠叨了半天才出去。黛玉又问："你怎么不去辞辞你宝姐姐呢？"宝玉笑而不答，他很高明，我就不去辞，因为我去辞，你就不高兴了。

龙蛇混杂的贾家学堂

宝玉、秦钟在贾家义学读了一个多月，有时候宝玉还把秦钟留在荣国府，赞助他一些衣服，两人感情越来越好。宝玉发了邪性，对秦钟说，咱两个一样年纪，又是同窗同学，以后不要叫我宝叔，咱们算兄弟。秦钟不敢，但是贾宝玉就要与他以兄弟相称，而且叫秦钟的表字"鲸卿"，秦钟只好也混着乱叫。义学里本是本族和亲戚的子弟。人多了，龙蛇混杂，不乏下流人物在内。现在宝玉和秦钟来了，两人都如花朵一样，秦钟还特别腼腆温柔，像个小女儿。贾宝玉天生的能做小伏低，性情体贴，话语缠绵。两人非常亲密，这帮人就起了疑心。

清代时行男风，男性同性恋流行，这种风也吹到了私塾里。义学的孩子你一言我一语，谣言布满书房内外。义学里头一个下流人物就是薛蟠，薛蟠假装来上学，不过白送金银财物给贾代儒，一点儿东西都学不到，只是交结了一些契弟，有几个年纪小的学生图薛蟠的银钱吃穿，被他哄上手。其中有两个学生特别风流妩媚，学里给他们分别起外号"香怜""玉爱"。这帮学生因为怕薛蟠，都不敢沾惹这两个小男孩。

宝玉和秦钟见了他两个，不免"绻缱羡慕"，他们也留情宝玉和秦钟。这四个人心中虽有情意，但因惧怕薛蟠，不敢有什么动作。四人坐在四个地方，或"八目勾留"，即你看我我看你，"或设言托意，或咏桑寓柳"，即借读诗表达对对方的好感。四个男孩私下里的小动作被几个滑贼看出来，他们在背后挤眉弄眼，这样的情形持续了不止一日。

可巧这一天贾代儒有事回家了，只留下一句七言对联让学生对。贾代儒不在，由助教贾瑞管学堂。贾瑞是什么玩意儿？后面王熙凤毒设相思局写得很清楚。闹学堂时，他的表现已经可见其下作了。

金荣挑起纠纷，茗烟仗势欺人

薛蟠又在外面找到了更好玩的伙伴，不大上学堂来。秦钟趁机和香怜挤眉弄眼，递暗号，两人假装上厕所，出来说体己话。但是被同窗金荣发现。秦钟刚问香怜一句："家里的大人可管你交朋友不管？"还没说完，后面就传来一声咳嗽。两人吓了一跳，忙回头看，见是金荣假装咳嗽。香怜羞怒相激，问道："你咳嗽什么，难道不许我两个说话不成？"金荣反驳，许你们说话，难道不许我咳嗽？你们两个干的什么事，我拿住了，先得叫我抽个头儿。之后，金荣又说了一番污秽的话。秦钟和香怜又气又急，向贾瑞告状，说金荣无故欺负他们。而贾瑞是个图便宜没行止的人，他以公报私，勒索子弟们请他喝酒，帮着薛蟠图些银钱酒肉，任凭薛蟠横行霸道，不但不管，还助纣为虐。现在薛蟠不来了，贾瑞没法再勒索子弟酒肉金钱。他不怨薛蟠，却只怨香怜、玉爱不在薛蟠跟前提携他。秦钟和香怜一告状，贾瑞心里更不自在了，因秦钟是贾蓉的小舅子，他不好训秦钟，就抢白香怜几句，香怜讨了没趣，秦钟也很不高兴地回座位上去。金荣见此情景越发得意，说了很多不堪入耳的话。

金荣在那里乱说，气坏了一个人，就是焦大口中被养的"小叔子"贾蔷。贾蔷是宁国府的正枝玄孙，从小父母双亡，跟贾珍过活，已十六岁，比贾蓉还风流俊俏。曹雪芹皮里阳秋地写道："宁府人多口杂，那些不得志的奴仆们，专能造言诽谤主人，因此不知又有什么小人诟谇谣诼之词。"这话实际上是指宁国府下人把贾蔷和秦可卿的丑事说出来了，贾珍只好叫贾蔷搬出去。贾蔷很聪明，上学也不过是虚掩眼目，仍然斗鸡走狗、赏花玩柳。他和贾蓉最好，见有人欺负秦钟，他得打抱不平，又一想，金荣和薛大叔相好，我也和薛大叔相好，我如果出头，他们告诉薛大叔，又伤了和气。可是这事不管又不行，得想办法，既替秦钟出了气，又伤不了脸面。这小子很狡猾，假装出去上厕所，悄悄把宝玉的书童茗烟叫来，如此这般挑拨了几句。这里曹雪芹写得有趣，怎么样如此这般，没写，但茗烟马上就跳出来了。茗烟是宝玉跟前第一个得用的仆人，且年轻不懂世事，他一听金荣欺负秦钟，连宝二爷都牵连在内，不给他个厉害那可还行。茗烟平时无事就要欺负人，现在见有人欺负宝二爷，又有贾蔷帮助，他一进来就找金荣大骂："姓金的，你是什么东西！"贾蔷小滑贼一看，跺跺靴子，整整衣服，说是时候了，就请假回家了，他们爱怎么打怎么打。这里茗烟揪住金荣骂了一番很难听的话。

《红楼梦》的这段话，不管是金荣说的还是茗烟说的，都是当时的市井脏话、色情话。不知曹雪芹这个大作家是从哪儿寻觅来的。茗烟骂金荣，满屋子子弟都没听到过这样的混话，全都呆呆地望着。贾瑞吆喝："茗烟不得撒野！"金荣气黄了脸，说："奴才小子都敢如此，我和你主子说。"说着就要打宝玉和秦钟。他还没打，脑后"嗖"的一声，一方砚台打来，不知是谁打的，打到了贾菌和贾兰的桌子上。贾菌是荣国府近派的重孙。贾兰是荣国府正枝嫡孙。将来这两个人是要袭官的。他两人同桌，贾菌年纪小，志气大，最不怕人。他看到金荣的朋友飞砚台打茗烟，没打到茗烟，没打到贾宝玉，却打到他和贾兰桌子上，把磨墨的水壶打个粉碎，溅了一书黑水！这怎能允许？他也开骂，抓起砚台就要打回去。贾兰是个懂事的孩子，赶紧按住砚台说："好兄弟，不与咱们相干。"贾菌不听，拿起书匣子就扔过去了。但他力气太小，书匣飞到宝玉桌上方就落了下来，"哗啷啷"一声砸在桌上，把宝玉的一碗茶也砸得粉碎。贾菌一看，自己扔的没打中，却打到叔叔那儿了，跳出来就要打那个飞砚台的。金荣抓了个毛竹大板舞动，先打了茗烟一下，茗烟说："你们还不来动手！"宝玉的另外三个小厮蜂拥而上，打了起来。

这是我小时候最爱看的《红楼梦》的场面。顽童斗殴，用的什么武器？砚台、书匣子、毛竹大板、门闩、马鞭子，都是就地取材。贾菌用书匣子，金荣顺手抄起根毛竹大板，宝玉小厮墨雨掇起一根门闩。宝玉的另外两个小厮扫红和锄药拿的都是马鞭子，还有什么工具也不拿，纯是打太平拳[1]的。这场面太好看了。谁说《红楼

---

[1] 别人打架时，在旁边趁机打几下冷拳，因不易被人发觉，所以叫"太平拳"。——编者注

梦》没有战争场面？和《三国演义》《水浒传》一样，《红楼梦》也有"战争"场面，不过用的武器不一样罢了。顽童闹书房打得多热闹、多好玩！

几个年纪大的仆人在外面听到里面的动静，赶快进来制止，问了缘故，这个这样说，那个那样说。李贵先把茗烟等四个小厮撵了出去。秦钟的头撞上了金荣的板子，打起一层油皮，宝玉心疼地替他揉，吩咐李贵："收书！拉马来，我回去回太爷去！我们被人欺负了，不敢说别的，守礼来告诉瑞大爷，瑞大爷反倒派我们不是，听人家骂我们，还调唆他们打我们。茗烟见人欺鱼我，他岂有不为我的？他们反伙儿打了茗烟，连秦钟的头也打破了。这还在这里念什么书！"李贵劝宝玉：太爷有事回家了，不要为这点事去找他老人家了；这都是瑞大爷的不是，太爷不在这儿，瑞大爷就是这学里的头脑了，闹到这个地步瑞大爷居然还不管。贾瑞说自己吆喝也没人听。李贵知道学堂内幕，揭贾瑞的老底说："不怕你老人家恼我，素日你老人家到底有些不正经，所以这些兄弟才不听……还不快作主竟撕罗开了罢。"宝玉说："我必是回去的。"秦钟也哭道："有金荣，我是不在这里念书的。"宝玉要撵了金荣去，问李贵金荣是哪一房亲戚。李贵想了想说，别问了，问出是哪一房亲戚，伤了兄弟们的和气。

茗烟在窗外说："他是东胡同子里璜大奶奶的侄儿。那是什么硬正仗腰子的，也来唬我们。璜大奶奶是他姑娘。你那姑妈只会打旋磨子，给我们琏二奶奶跪着借当头。我眼里就看不起他那样的主子奶奶！"茗烟几句话，就把金荣姑妈族中贫寒者的身份揭了出来。李贵赶快喝住，制止茗烟揭老底。宝玉冷笑道："我只当是谁的亲戚，原来是璜嫂子的侄儿，我就去问问他来！"说着就叫茗烟进来包书，茗烟一边包书一边得意扬扬地说："爷也不用自己去见，等我到他家，就说老太太有说的话问他呢，雇上一辆车拉进去，当着老太太问他，岂不省事。"

茗烟不仅倚仗宝二爷的高贵地位讽刺金荣的靠山姑妈——宁国府旁支贾璜之妻，还要变本加厉地利用贾母对宝玉的溺爱来唬人，这不是欺人太甚？金荣肯定很生气，这也引起了李贵的愤怒，他赶快喝住茗烟："你要死！仔细回去我好不好先捶了你，然后再回老爷太太，就说宝玉全是你调唆的。我这里好容易劝哄好了一半了，你又来生个新法子。你闹了学堂，不说变法儿压息了才是，倒要往大里闹！"茗烟这才不敢作声了。

闹学堂时出场的宝玉身边的两个男性分别是李贵和茗烟。李贵是宝玉的奶哥，宝玉四个奶妈带来的四个孩子都跟着宝玉，李贵是他们的头儿。李贵既像警卫班长，又像同一个娘奶的大哥哥，特别爱护宝玉。他总是注意不让宝玉在贾府留下闹事的印象，总是在息事宁人。而茗烟淘气，顽皮，唯恐天下不乱，还有点儿狗仗人势，总在里面挑事。一场闹学堂，宝玉身边两个男仆仿佛活生生站在了读者面前。

贾瑞也怕事闹大了，只好再三央求秦钟、宝玉。宝玉说："不回去也罢了，只叫金荣赔不是便罢！"金荣先是不肯，贾瑞就逼着他赔不是，李贵也在一旁劝说："原是你起的端，你不这样，怎得了局？"金荣只好给秦钟作揖，宝玉还不干，偏要让金荣磕头。贾瑞只好悄悄劝金荣，磕个头算了，金荣只好进来给秦钟磕头。

有红学家对此上纲上线，说顽童闹书房，说明了封建教育的失败，贾政教育方针的破产。

闹学堂是《红楼梦》第九回的大文章、大场面，是前十回的小高潮。在数回如同风和日丽的家常生活描写后，出现了一段暴风骤雨般热闹的文字，令读者眼前一亮。贾政想让贾宝玉为官僚家庭继世，通过科举途径做官，而科举考试，要求"代圣贤立言"，考试题目皆出自四书。所以贾政连五经之一的《诗经》都不想让宝玉学，只要求宝玉把四书一气儿讲明背熟。贾宝玉却对四书有抵触情绪，不乐意与为官做宰者来往。而作为"儒"代表——贾氏宗族代表儒家的人物——贾代儒有"天、地、君、亲、师"中的高贵身份，贾宝玉这次上学，他却缺席了。当然，这是曹雪芹故意让他缺席的。他如果在场，这伙学子如何敢造反？贾代儒不仅缺席，还只留下了对对子的"作业"。贾政要求背熟的四书哪里去了？代替贾代儒管理学生的贾瑞，更不是什么好人。出现在第九回的贾瑞贪财，再出现时他就要贪色了。贾政要求背四书，儒师只要求对对子，助教只想混酒喝，学子频频吹"男风"，曹雪芹写如此学堂，如此儒师，如此学子，是巧妙反讽程朱理学。

顽童闹书房，引出金荣姑妈想到宁国府问罪，结果是跟其寡嫂一样，贪利权受辱。

穷亲戚忍气吞声，老公公呵护儿媳

——第十回　金寡妇贪利权受辱　张太医论病细穷源

"金寡妇"指金荣母亲胡氏，她明知儿子在学堂吃亏，因自家穷困，不得不要儿子息事宁人。跟她同样忍气吞声的还有宁国府旁支贾璜的媳妇，璜大奶奶。璜大奶奶开头拉硬弓去向秦可卿"问罪"，却发现尤氏正在为儿媳的病焦心，而病因就跟闹学有关。在豪门"覆蔽"下的璜大奶奶，不敢得罪自己的"财神"，不得不偃旗息鼓，由此顺势引出贾珍千方百计为秦可卿求医问药的情节。两件事衔接自然，结合紧密。行文如潺潺细流，曲折蜿蜒，叙事从容不迫，人物宛然如画，"足见雪芹如椽之笔，洞察幽微也"（冯其庸语）。

金寡妇在人屋檐下

闹学堂，金荣给秦钟磕了头，贾宝玉才不闹了。金荣回到家越想越气，秦钟不过是贾蓉的小舅子，大家都是附学读书，怎他就可以因为宝玉目中无人？如果这样，他就该干点儿正经事，他秦钟素日鬼鬼祟祟，又去勾搭别人，叫我看见，才打起来。金荣在那里嘟嘟囔囔，他的母亲胡氏听见问他："你又要争什么闲气，好容易我望你姑妈说了，你姑妈千方百计的才向他们西府里的琏二奶奶跟前说了，你才得了这个念书的地方。若不是仗着人家，咱们家里还有力量请的起先生？"金荣现在在贾府上学，有现成的茶饭供应着，在那里念两年书，家里能省很多费用。他念书还认识了薛蟠，薛蟠这两年帮了他家七八十两银子。若是出了这个学房，再找这么个地方，比登天还难！胡氏把金荣结结实实地训了一顿，告诉他，老老实实玩一会儿睡你的觉去。

胡氏这番话透露出什么信息？胡氏说的姑妈嫁给了宁国府旁支的贾璜。贾璜是贾家玉字辈的嫡派，因为宁国公官衔、家业被贾敬这一支继承，所以贾璜夫妻只能守着些小产业，勉强度日。他们比较会见风使舵，常到贾府请安，问候凤姐、尤氏。第九回茗烟不以为意地说璜大奶奶只会在凤奶奶跟前"打旋磨"，就是讥讽她只会绕着王熙凤转圈巴结，王熙凤和尤氏也就常资助她。贾璜家要靠宁国府和荣国府的资助过活，靠王熙凤的面子把金荣送去念书。现在金荣在义学里闹，他妈妈当然要制止。

这一天金荣姑妈来瞧寡嫂和侄儿。胡氏是寡妇，也没收入，要靠小姑子资助。两人聊起来，金荣母亲把闹学堂的事一五一十地给小姑子说了。璜大奶奶一听，怒从心上起，说："这秦钟小崽子是贾门的亲戚，难道荣儿不是贾门的亲戚？人都别忒势利了，况且都作的是什么有脸的好事！就是宝玉，也犯不上向着他到这个样。等我去到东府瞧瞧我们珍大奶奶，再向秦钟他姐姐说说，叫他评评这个理。"

璜大奶奶盛气而胥之，你们是贾门亲戚，荣儿难道不是贾门亲戚？但她不想想，亲戚和亲戚不一样，秦钟是宁国府正宗嫡系贾蓉的小舅子，金荣是你璜大奶奶的娘家侄儿。同样是贾门亲戚，已差远了。金荣母亲心里有数，急得不得了，赶忙求姑奶奶别去，金荣现在能在那儿站得住，就不错了。璜大奶奶不听，一定要去问问！看来她很想找尤氏讲个道理，自家孩子被别家孩子欺负，总得要个说法，这是人之常情，有这样的想法本就无可厚非。

璜大奶奶前倨后恭

璜大奶奶到了宁国府，只能走角门。她走进去，见了尤氏也不敢气高，殷殷勤勤嘘寒问暖。尤氏观察得很仔细，看她进来时脸带怒色，大概是有什么事。但璜大奶奶不说有什么事，只说些闲话，还问怎么今日没见蓉大奶奶。尤氏说，病了，经期两个多月没来，人很懒，眼神也发眩，已经告诉她好生养着，亲戚来了有我呢。尤氏还对贾蓉说了，倘若秦氏有个好歹，要再想娶这么一个媳妇，这个模样儿，这个性情，打着灯笼都没地方找去。儿媳妇生病，婆婆如此心焦。璜大奶奶知道，贾蓉之妻地位尊贵，自己算个老几！接着尤氏又说，偏偏她兄弟来找她，这孩子不知道好歹，说了昨天学房打架的事，不知是哪里附学来的人欺负他，还说了些不干不净的话。

秦氏听说弟弟在学堂打架，秦钟肯定会仔细告诉姐姐，秦氏也可能会告诉婆婆。但尤氏没对贾璜之妻表示出来。尤氏又说秦可卿心细，心重，不管听到什么话，都要度量个三日五夜才罢。她现在生病，就是从思虑上出来的。

尤氏的话说明，秦氏的心思很重，她听到焦大醉骂，没准也得好好琢磨个十天半个月的。她气病了，没准是担心自己的丑事露出来。尤氏不知道这些内情，继续说，现在有人欺负了她兄弟，她又恼又气，我劝了她半天，又劝了她兄弟半天，叫她兄弟找宝玉去了，看她吃了半盏燕窝汤才过来。尤氏想到她的病，心像针扎似的，还问贾璜妻有没有什么好大夫。

没等到贾璜妻问罪，尤氏不管明里还是暗里就先问上罪了，学里有人欺负秦钟，把秦氏气病了，这就严严实实堵住了贾璜妻的嘴。贾璜妻心里清楚，不能和自己家的财神作对。她听了尤氏的话，早吓得把方才在嫂子家要向秦氏理论的盛气，都丢在爪哇国[1]去了。

贾璜妻听到尤氏问她有什么好大夫，就顺着这话说下去，说她也没听到有什么好大夫，是不是蓉大奶奶怀孕了。不要叫人混治，治错了可了不得。尤氏也附和。正说着，贾珍进来，说，这不是璜大奶奶吗？贾璜妻殷勤地给贾珍请了安。贾珍很客气，说："让这大妹妹吃了饭去。"说着话就到里面去了。贾璜妻一看，秦钟的姐姐又因为秦钟气病了，她再也不敢提学堂的事。她见尤氏待自己很好，反而转怒为喜，说了一会儿话，就回家去了。

这一段把人情世故写得像画一样。这一回回目前面部分叫"金寡妇贪利权受辱"，金寡妇贪图让儿子去上学得来的那些小利益，甘心让儿子受侮辱。金寡妇不知道他儿子受的更大的侮辱，是做了薛蟠的同性恋伙伴。金荣姑妈也得"贪利权受辱"。人在屋檐下，不能不低头，如果要接受宁国府贾珍和尤氏的资助，才能过日子，怎么还能去问罪？只能灰溜溜地回家。强权社会就是这样，一笔写不出两个贾字，但同样姓贾，同样是第一代宁国公嫡派子孙，贾珍继承官位，有钱有势，贾璜没继承官位，就只能守着薄产过日子，还得常来求宁国公的继承人贾珍资助。有了资助，自己才能过日子，才

1　爪哇国是古代南洋的国名，现在属于印度尼西亚。——编者注

能再拿点儿钱资助更穷的亲戚。

尤氏不管是有意的还是无意的，说到了学里的人和秦钟打架，说明秦氏的病是气出来的，所以打架的人和打架的家长，就得负责。尤氏说的每一句话都是在担心儿媳妇，每一句话又都是对璜大奶奶的当头棒喝，最后还问她是否知道什么好大夫。意思就是，既然你常来求我们帮助你，你也得想法子帮着秦氏治病。在这样的情况下，金荣的姑妈哪里还敢再说一个字？

贾珍疼儿媳无微不至

贾璜妻走后，贾珍问尤氏，她来有什么要说的事？贾珍财大气粗，凡有人来，总得求他帮忙，或是求他办事，或是找他要钱。尤氏说倒也没求什么事，刚进来时好像脸上有点儿气恼，说了半天话，又说起儿媳妇这病，她倒平静了，说了几句话就回去了。尤氏接着和贾珍商量儿媳妇的病，得找好大夫来瞧瞧。现在这么多大夫，轮流看病，也不管事，倒害得儿媳妇一天换四五遍衣服，坐起来见大夫，对病人也不好。贾珍说，这孩子也糊涂，脱脱换换的，着了凉更添病，那还了得。孩子的身子要紧，一天穿一套新的，也不值什么。

听听这话！这个公公疼儿媳到何等地步，一天穿一套新衣服也不算什么。儿媳病了，公公贾珍急得像热锅上的蚂蚁到处求医，做丈夫的贾蓉似乎地通了。贾珍告诉尤氏，刚才冯紫英来看他，看到他面露些抑郁之色，便问怎么了。他告诉冯紫英儿媳妇病了。冯紫英说，有位张友士，学问渊博，医理很深，能断人生死，不是专门的大夫，是来给儿子捐官的，在他家里住着。看来媳妇的病该在张友士手里治好。贾珍拿名帖去请。冯紫英马上跑回家亲自去求张友士，还说等明天张先生看了再说吧。

接着两人商量一番，后天是贾敬寿日，诞辰怎么办。这是段伏笔，贾敬过生日，荣国府的人都过来了，王熙凤会在会芳园遇到贾瑞。尤氏叫了贾蓉来，告诉他，你爹找个好大夫，打发人请去了，明天大夫来了，你把你媳妇的病好好告诉他。

名医瞧病话病源

业余中医大夫张友士很高明。冯紫英亲自回来请，还带着贾府仆人，拿了宁国府三等将军贾珍的名帖。张友士怎么回答？我今天拜了一天客，精神不能支持，到府上也不能看脉，得好好调息一夜，明天一定去。

看到这里，我想起自家先辈。先祖和先父都是青州名医。祖父有个原则"医不登门"，意思是病人看病必须到医生家。如果病人走不了，得拿着名帖，派轿子或人力车来接，他才去看。张友士是业余中医，也很有身份。他说自己医学浅薄，本不敢当此重荐，大人的名帖不敢当，把贾珍的名帖退回去了。他做人很讲谦和之道。

第二天张友士来看病。曹雪芹把看病过程写得特别仔细也合乎常理。贾蓉领他进去见秦氏。张友士问这是尊夫人？贾蓉就说，这是，您先坐，我把她的病情说给您，您再看脉怎么样。张友士说，我还是先看脉，因为我是第一次到您府里来，也不知道是些什么事，我先看了脉，再讲讲她有什么病，斟酌一个方，你看行不行？贾蓉说先生高明，您先看脉吧。

张友士诊完脉出来后说了一番脉相如何如何，症状应该是肋下疼胀，月信过期，心中发热，头目眩晕，精神倦怠，四肢酸软。他很肯定地说，别的大夫认为她怀孕，但我"不敢从其教也"。讲完这番话，一个贴身服侍的婆子说，先生真神，倒不用我们告诉了。张友士下面的一段话特别重要："据我看这脉息：大奶奶是个心性高强聪明不过的人；聪明忒过，则不如意事常有；不如意事常有，则思虑太过。此病是忧虑伤脾，肝木忒旺，经血所以不能按时而至。"分析得太准确了！秦氏怎么病的？愁病的。张友士说愁就是病源。他开个方子叫"益气养荣补脾和肝汤"，有人参、白术、云苓、熟地、归身、白芍、川芎、黄芪、香附米、醋柴胡、怀山药、真阿胶、延胡索、炙甘草，用莲子七粒去芯、红枣两枚做引子。

我上大学的时候，《红楼梦》永远是我的枕边书，我好奇地把这个方抄下来，回去问父亲，这个方子能不能治病？老爹看了说，这个方子是治妇科虚症的经方。我问什么叫经方？父亲说，就是前辈医学大师常用的方子。人参、白术、云苓、甘草，是一般开汤药都要放进去的首选。熟地、当归、白芍、川芎是妇科常用药"四物"，归身是当归药力最强的部位。这八种药放在一块儿叫"八珍"，是针对妇科疾病的方子，还要加上黄芪补气，阿胶滋阴，香附和柴胡理气。再用去芯莲子（因为那芯特别凉）和红枣做引子。起什么作用？平肝气，补心脾。父亲说，看来这个人常睡不着觉，月经不正常。我听完他的话就乐了，问：普通人能不能拿这个方照用？父亲说，那不行，得望、闻、问、切后再加调节。他说这已经不完全是经方，是做了调节之后的药方。我听了父亲的分析后感叹，曹雪芹确实懂医学，他这个方子既有来历，又针对秦可卿的病情有所变动。

贾蓉看了方子，说高明得很，便请教先生，这病与性命有妨无妨？张友士善于辞令，他说大爷是最高明的人，人病到这个地步，非一朝一夕的症候，吃了这药也要看医缘了。依他看来，今年冬天是不要紧的，过了春分就可望痊愈了。什么意思？这个病不好治，如果能熬过了春分，可能治好；如果春分熬不过去，人就完了。贾蓉也很聪明，不再细问。把方子和医案叫贾珍看了。贾珍说，我们好容易求了他来，可能媳妇的病就能治好了。那方子上有人参，用前日买的一斤好的吧。贾珍疼爱秦可卿，连人参要用刚买的最好的都嘱咐上了，真是无微不至。

张友士论病穷源，是个好医生，诊脉处方也符合中医的观点，关键是张友士还点出来了秦可卿的病因——思虑过度。这一点很高明，思虑过度就和焦大醉骂联系到一起了。至于秦氏吃了这个药到底怎么样，在王熙凤看来，病越来越厉害了，她身上都瘦干了。

王熙凤金钩钓淫鱼

——第十一回　庆寿辰宁府排家宴　见熙凤贾瑞起淫心

贾敬在道观和道士胡羼，贾珍在家里为王，把宁国府搞得一团糟。秦可卿病重的笔墨，是畸笏叟劝说曹雪芹删除秦可卿淫丧天香楼、上吊而死的情节，改成病死。

贾敬的寿辰到了，因为贾敬早就住在道观里，不参与红尘中事，所以贾敬庆寿辰，成了贾府其他人的热闹事。贾珍并不去道观看父亲，而是装些上等的稀奇果品，让贾蓉去，他说，你看他喜欢不喜欢，行了礼就来，说我爹遵照您的指示不敢来，就在家里率领全家朝上给您行礼了。贾珍求安宁，不想叫爹训一顿，他也知道隔代亲，孙子去，爷爷会高兴。

贾敬不回家过生日，但是他的生日带来了一系列情节。荣国府的人要参加寿宴，凤姐和宝玉要看秦可卿，凤姐会遇到贾瑞。这一回的中心人物是王熙凤。参加宴会说话最多的是她，看秦可卿的是她，遇到贾瑞的还是她。王熙凤是《红楼梦》的核心人物。既然是核心人物，就常在情节上产生轴心作用。

《红楼梦》的奇特之处在于，小说进行到第十一回，男女主角的爱情故事还没有全面展开，倒先用了两个重磅故事描写王熙凤——

一个是王熙凤毒设相思局，一个是王熙凤协理宁国府。国外有大学曾对学生做问卷调查：最喜欢《红楼梦》的哪个人物？多数人的答案是王熙凤。王昆仑先生就曾说："恨凤姐，骂凤姐，不见凤姐想凤姐。"

贾敬寿宴，赴宴者陆续赶来，贾琏和贾蔷先到，既参加寿宴，也来帮忙，看了各处座位后问，有什么玩意儿没有？贾府子弟金玉其外，败絮其中，只知吃喝玩乐。家人回答，原打算太爷回来，没敢准备玩意儿，听说他不来，才找了一班小戏和打十番的，在园子戏台上预备着。所谓打十番的，就是用笛、管、箫、弦等弹拨乐器合奏套曲。一听无"花酒"可喝，两个花花公子肯定失望。

秦可卿病入膏肓

邢夫人、王夫人、凤姐和宝玉来了。宝玉内帏厮混，外出不随哥哥随女眷。贾珍和尤氏接进去亲自递茶说，想叫老祖宗过来散散闷，热闹热闹，谁知老祖宗不肯赏脸！这时该回答的邢夫人、王夫人还没开口，凤姐已说："老太太昨日还说要来着呢，因为晚上看着宝兄弟他们吃桃儿，老人家又嘴馋，吃了有大半个，五更天的时候就一连起来了两次，今日早晨略觉身子倦些。因叫我回大爷，今日断不能来了，说有好吃的要几样，还要很烂的。"有贾母嘱咐的话，凤姐"抢话"有理，邢夫人、王夫人无话可说。

其实宁国府的宴会，贾母不来最好，她来就成了宴会的中心。王熙凤得围着她转，既不能看秦可卿，也不会遇贾瑞。小说家安排情节，某个场面哪个人到、哪个人不到，非常讲究。

王夫人问，前日听说蓉哥媳妇儿不太好，怎么样了？尤氏介绍了一番病情，凤姐说："我说他不是十分支持不住，今日这样的日子，再也不肯不扎挣着上来。"凤姐了解秦可卿非常要面子，只要身体稍有可能，一定极力支撑着来见长辈。尤氏对凤姐说："你是初三日在这里见他的，他强扎挣了半天，也是因为你们娘儿两个好的上头，他才恋恋的舍不得去。"凤姐一听，眼圈红了半天，说："真是'天有不测风云，人有旦夕祸福'。这个年纪，倘或就因这个病上怎么样了，人还活着有甚么趣儿！"凤姐很少这样动感情，眼圈红了，想掉泪了，说明她很心疼秦氏。贾蓉进来给长辈请安，告诉尤氏，刚才给太爷送吃的，太爷嘱咐父亲母亲好好伺候太爷太太们，叫我好好伺候叔叔婶子哥哥们。凤姐问贾蓉他媳妇的病情，贾蓉皱皱眉说："不好么！婶子回来瞧瞧去就知道了。"有贾蓉这句话，王熙凤必须去看秦可卿。摆上饭后，王夫人说："我们来原为给大老爷拜寿，这不竟是我们来过生日来了么？"王夫人要客气，凤姐说了番有趣的话："大老爷原是好养静的，已经修炼成了，也算得是神仙了。太太们这么一说，这就叫作'心到神知'了。"王熙凤口吐莲花，满屋子人都笑了起来。

王熙凤好像预言贾敬有朝一日炼丹会得道升天，提前去见道教天神。

贾蓉报告，那边老爷们吃完饭了，大老爷说家里有事，二老爷不愿听戏，都走了。琏二叔和蔷兄弟把本家爷们带过去听戏了。四家王爷、镇国公等六家、忠靖侯等八家，都送了寿礼。我汇报了父亲，礼物收到账房，礼单上了档子。贾敬生日，四家王爷、六家国公府、八家侯府送礼，多大的排场！而宁国府得记下来，礼尚往来，将来还需给他们回礼。这是国公府的日常开销，也是大开销。

贾蓉请太太婶子看戏。凤姐说，我去看看蓉哥媳妇。

宝玉也要跟着去，王夫人说："你看看就过去罢，那是侄儿媳妇。"王夫人讲究礼教，叔叔怎么能去看侄媳妇，但她又纵容儿子，听任宝玉跟着去。

凤姐和宝玉到了贾蓉的房间。秦氏想站起来，凤姐忙说："快别起来，看起猛了头晕。"凤姐英风俊骨，但对她的闺密温柔体贴。她紧走几步，拉住了秦氏的手说道："我的奶奶！怎么几日不见，就瘦的这么着了。"宝玉也问了好，坐在对面椅子上，贾蓉命人倒茶。

秦氏拉着凤姐的手强笑道："这都是我没福。这样人家，公公、婆婆当自己的女孩儿似的待。婶娘的侄儿虽说年轻，却也是他敬我，我敬他，从来没有红过脸儿。就是一家子的长辈同辈之中，除了婶子倒不用说了，别人也从无不疼我的，也无不和我好的。这如今得了这个病，把我那要强的心一分也没了。公婆跟前未得孝顺一天；就是婶娘这样疼我，我就有十分孝顺的心，如今也不能够了。我自想着，未必熬得过年去呢。"秦可卿知道自己活不久了。虽然曹雪芹不得不按照畸笏叟的要求修改，把秦可卿上吊而死改为病死，但写她的病，也很像那么回事。

宝玉正坐在那里瞅着《海棠春睡图》及秦太虚写的"嫩寒锁梦因春冷，芳气笼人是酒香"对联，不由得想起在这儿睡午觉时梦到的太虚幻境。宝玉坐在椅子上正进行从人间到仙境的穿越，他会不会想起，眼前病恹恹的秦氏就是他的梦中情人兼美？宝玉在那里出神，听了秦氏的话，万箭攒心一样，不禁流下眼泪来了。凤姐怕病人辛酸，嫌宝玉婆婆妈妈，她说，这话不过是病人这么说，她多大年纪的人，略病一病就想这个？凤姐赶紧叫贾蓉把宝玉带走了。

为什么凤姐把宝玉和贾蓉都差走？因为她要和闺密说知心话。"这里凤姐儿又劝解了秦氏一番，又低低的说了许多衷肠话儿。"她们说的话关系到秦可卿的命运。凤姐和秦可卿是密友，凤姐听到过焦大醉骂，对秦可卿和贾珍的关系洞若观火。堂堂国公府最肮脏的事情，因老仆人的醉骂摆到公众面前。凤姐多焦虑，她深知自尊心强的秦可卿，没准会自杀，所以才要劝她，而且要在贾蓉和宝玉离开后劝她，不能让他们两个听到，还要低声说悄悄话，不能让周围伺候的人听到。如果劝解的只是"你这病不要紧，好好养着吧！"大声说就是，不必藏着掖着。凤姐知道，秦可卿的病是心病。焦大骂街是病根。她们到底说了什么衷肠话儿？估计凤姐什么具体的事都不会提，只是囫囵吞枣地劝秦可卿，善待自己，凡事想得开。不过，这衷肠话儿不管说得多么天花乱坠，可能都不恰当。所以，曹雪芹十分聪明地没有写衷肠话儿具体是什么。

两个人在这里聊时，尤氏打发人请了好几遍。凤姐对秦氏说，好生养着吧。秦氏说，我这病神仙也治不了，只不过是挨日子。凤姐仍劝她想开点儿，大夫也说，这病怕的是春天不好，现在才九月半，还有四五个月的工夫，什么病治不好？咱们家又不是不能吃人参的人家，你公婆听说治得好你，别说一天二钱人参，就是二斤人参也吃得起。秦氏说："婶子，恕我不能跟过去了。闲了时候还求婶子常过来瞧瞧我，咱们娘儿们坐坐，多说几遭话儿。"说一遭儿少一遭儿！凤姐听了，眼圈又一红，说："我得了闲儿必常来看你。"

《红楼梦》人情世故写得很棒！小说就要把平平淡淡的事写得有情趣、有意蕴。世界上哪有那么多惊天动地的大事件？能整天像谍战片、历史片那样惊险刺激，跌宕起伏？两个少妇聊天，多平淡，但大作家就能写出完全不一样的场面，创造出完全不一样的气氛。

贾瑞欲令智昏，凤姐金钩钓鱼

凤姐告别秦氏，带领丫鬟婆子进会芳园便门。王熙凤一手抓钱，一手抓权，很少注意大自然的美景，不过这次她注意到了。曹雪芹用一篇赋描写会芳园，有些词很美："黄花满地，白柳横坡""红叶翻翻，疏林如画"。这是如实描写秋景，赋里还出现两句想象性的句子："小桥通若耶之溪，曲径接天台之路。"很有讽刺意味。"若耶"是西施浣纱的地方，"天台"是六朝小说刘晨和阮肇与仙女幽会的地方。曹雪芹用这两个典故，暗示会芳园是男女偷情的地方。小说写凤姐第一次和大自然亲近，偏偏发生在有这么多肮脏事的会芳园，偏偏就在这里抬头遇见贾瑞。

《红楼梦》中什么人该看到什么景、该遇到什么事，总安排得有趣，分派得有理。凤姐刚看了几眼美景，贾瑞突然冒出来说："请嫂子安。"凤姐猛然见了，身子往后一退。这是深闺少妇看到陌生男人的正常表现。然后凤姐客气地问："这是瑞大爷不是？"看来凤姐和贾瑞并不熟悉，所以得问是不是贾瑞，还尊称"瑞大爷"。但贾瑞不知道自己吃几碗干饭，竟然回话怪罪："嫂子连我也不认得了？不是我是谁？"我每次看到这里就想笑，贾瑞以为自己是谁？北静王？

凤姐虚与委蛇，说："不是不认得，猛然一见，不想到是大爷到这里来。"

话很普通，但值得推敲，是客气话却暗含讥讽。会芳园是什么地方？宁国府的花园，出现在这儿的应该是宁国府的阔主儿贾珍和贾蓉。一位贫穷没地位的本家，忽然在这里出现，就叫人想不到了。但贾瑞这样的笨蛋根本听不出什么是虚情假意，什么是话中有话，他迫不及待地连说两次，在这里遇到嫂子是二人有缘，而且一面说一面拿眼睛不断觑着凤姐。请注意用词，"觑"就是不好好看的意思，贾瑞不住地瞟凤姐，一副色胆包天、痰迷心窍的模样。

凤姐何等聪明，世上的事她一点就透。贾瑞在想什么，凤姐能不明白？她接着来了段话："怨不得你哥哥时常提你，说你很好。今日见了，听你说这几句话儿，就知道你是个聪明和气的人了。这会子我要到太太们那里去，不得和你说话儿，等闲了咱们再说话儿罢。"凤姐说这番话时假意含笑，有点儿笑里藏刀。要不要举起来这把刀砍下去，凤姐还没拿定主意，她只是想尽快摆脱贾瑞的纠缠。所以才说你哥哥夸你，你来亲近嫂子是因为聪明和气。我还有事，咱们就此别过吧。

贾瑞这个笨伯一厢情愿地认为，凤姐对自己有好感，他是不是有机可乘？他得寸进尺地说："我要到嫂子家里去请安，又恐怕嫂子年轻，不肯轻易见人。"这时凤姐抛饵钓鱼："一家子骨肉，说什么年轻不年轻的话。"分明鼓励贾瑞进一步行动。

看来，是贾瑞进一步纠缠凤姐时，凤姐才做出教训贾瑞的决定。世界上即便最坏的人要害人，也必须先有前因，再有后果。就是因为贾瑞如此不堪，凤姐才做出毒设相思局的决定。

贾瑞听了，那神情越发不堪了，估计是手舞足蹈，凤姐接着又添上句似乎很知心的话："你快入席去罢，仔细他们拿住罚你酒！"拿住罚酒似乎平常，但一琢磨又有点儿暧昧，一个人犯了什么事才会给人拿住罚酒？自然是风流韵事。封建社会讲究叔嫂不通问，贾瑞和嫂子在一块儿给人拿住，不就说明两人有风流韵事？正胡思乱想的贾瑞一听，凤姐把我们两个在一块儿闲聊看成幽会了，更是兴奋得找不着北了。凤姐更恶毒的是，贾瑞一边离开一边回头看她时，她故意放慢脚步，心中却想："这才是知人知面不知心呢，那里有这样禽兽的人呢！他如果如此，几时叫他死在我的手里，他才知道我的手段！"

王熙凤太毒了，你不是要看姑奶奶？那我就放慢脚步让你看个够！贾瑞做梦都想不到，当他仔细看美丽的凤姐时，阎王殿勾魂的黑白无常已经出发。

凤姐带着一大帮人来会芳园，两府的人都不敢擅离职守，离开琏二奶奶的视线，王熙凤和贾瑞的碰面，就相当于有一大群见证人，这太妙了。如果过一会儿王夫人问起琏二奶奶在哪里耽误这么长时间，看到的人就会回答，琏二奶奶在会芳园遇到位本家爷们儿，随便聊了一会儿。王熙凤的话在别人听来，什么含义都没有，只是随便聊天。但在想三想四的贾瑞看来，那就是对他有情。如果王熙凤一发现贾瑞的不良企图，立即制止，贾瑞就是长三个脑袋也不敢想入非非。但是王熙凤发现贾瑞的不良企图后，非但不制止，还纵容、引诱、金钩钓鱼。凤辣子突然甜言蜜语、温柔可爱，本就迷恋王熙凤的贾瑞，怎能不欲令智昏？

凤姐点戏暗含贾府命运

王熙凤上了楼，尤氏叫凤姐点戏，凤姐点了《还魂》《弹词》《双官诰》。《红楼梦》的戏，总会对情节发展和人物命运起到重要提示作用，《还魂》是《牡丹亭》中的一折戏，唱杜丽娘为情而死；《弹词》是《长生殿》中的一折戏，唱安史之乱后乐师流落江湖演唱杨贵妃故事；《双官诰》唱的是寡妇守节故事。三出戏都不吉庆，预示了贾府命运。按说王熙凤给长辈庆寿，该点《满床笏》才对。

以后凤姐来看秦氏，秦氏时好时坏。偏巧凤姐看秦氏时，贾瑞到过荣府几次。到冬至，贾母嘱咐凤姐去看秦氏：要是秦氏见好了，回来告诉我，她喜欢吃什么，给她做点儿送去。

贾宝玉梦游太虚境看到的册子中的图，秦可卿是吊死的。但是畸笏叟不允许曹雪芹写"秦可卿淫丧天香楼"，曹雪芹只好让她病死。这个病死的过程读着似乎也很合理。凤姐遵贾母之命来看秦可卿，见她瘦得皮包骨头。王熙凤又劝了她半天，秦氏说，婶子替我请老太太、太太安吧。凤姐答应着出来。尤氏问，你冷眼瞧媳妇怎么样？尤氏其实心里有数，只是故意问王熙凤。凤姐低着头半天才说："这实在没法儿了，你也该将一应的后事用的东西给他料理料理，冲一冲也好。"尤氏说："我也叫人暗暗的预备了。就是那件东西不得好木头，暂且慢慢的办罢。"这儿又埋下伏笔，将来秦可卿用什么棺木，也是段有趣故事。

秦可卿显然将不久于人世。王熙凤见了贾母怎么汇报？她说："蓉哥儿媳妇请老太太安，给老太太磕头，说他好些了，求老祖宗放心罢。他再略好些，还要给老祖宗磕头请安来呢。"贾母多聪明，一听凤姐全借秦氏的口气说话，就问："你看他是怎么样？"凤姐说："暂且无妨，精神还好呢。"贾母听了，沉吟半日，其实贾母心里也清楚。

凤姐回到家，换上家常衣服，问平儿有什么事，平儿只说：三百两银子的利钱，旺儿媳妇送来了；瑞大爷派人打听奶奶在不在家，要请安说话。凤姐说："这畜生合该作死，看他来了怎么样！"平儿问瑞大爷为什么要来，凤姐才把九月份会芳园遇贾瑞的光景告诉了平儿。平儿说："癞蛤蟆想天鹅肉吃，没人伦的混帐东西，起这个念头，叫他不得好死！"凤姐说："等他来了，我自有道理。"

平儿的话似乎预告了贾瑞想凤姐好事，最终连命也送上的结局。

贾瑞掉进凤姐陷阱

——第十二回 王熙凤毒设相思局 贾天祥正照风月鉴

第十一回写到两件同时发生的事，两个年轻人——秦可卿和贾瑞——正在走向死亡。一个暗写，一个明写，明写贾瑞向凤姐调情，暗写秦可卿生病，实际是心病导致死亡。两件事的共同背景是贾府的道德败坏，两件事牵扯到同一个人——秦可卿的密友、贾瑞调情的对象王熙凤。秦可卿和贾瑞不过二十岁上下，如此年轻，怎么拿青春和生命如此浪费？我们现在很难理解，而曹雪芹则把贾府里年轻人怎样走向灭亡都写出来了。

不为爱情的调情

贾瑞在菊花盛开的时候想勾搭王熙凤，来找了好多遍都没见到，冬至过后来拜见，王熙凤这次在家。曹雪芹为什么把这两个人的再次见面拖这么长时间？这样写一方面体现贾瑞"心诚"或痴迷，一方面是需要把故事安排在隆冬时节。之前凤姐告诉平儿，贾瑞为什么一个劲儿来找。平儿说"癞蛤蟆想天鹅肉吃……叫他不得好死"。平儿为什么这样说？一方面她气愤贾瑞不知轻重，另一方面她知道凤姐是什么样的人。平儿说不得好死，几乎预言了凤姐怎样叫贾瑞付出代价。

　　贾瑞来了，凤姐急命下人快请他进来，这话贾瑞肯定听见了，没准他会幻想，原来她这么盼我！于是喜出望外，急忙进来，见了凤姐满面赔笑，连连问好，可算是看到梦中情人了！贾瑞真心真意喜欢凤姐，而凤姐则假意殷勤，让茶让座。到凤姐这儿来的人，一般得站着说事。凤姐让茶让座，说明她很"在乎"来人。贾瑞一看凤姐的打扮，亦发"酥倒"。曹雪芹总是能用些简单的字，就写得非常形象。酥倒，就是一个人看到日思夜想的人，灵魂出窍，骨头都软了。贾瑞之前看到的王熙凤，是做客时穿了正装的模样，现在看到家常打扮，他更容易想三想四。贾瑞饧了眼问："二哥哥怎么还不回来？"想调戏嫂子，得先问问哥哥在不在家。"饧了眼"的意思是眼睛半睁半闭，这里仿佛写出了贾瑞灵魂出窍的状态，妙不妙？凤姐故意说，不知什么缘故。贾瑞说："别是路上有人绊住了脚了，舍不得回来也未可知？"他先以言语挑逗凤姐，凤姐接得更好："男人家见一个爱一个也是有的。"以挑逗迎挑逗。贾瑞说："嫂子这话说错了，我就不这样。"凤姐进一步假意引他上钩："像你这样的人能有几个呢，十个里也挑不出一个来。"迷魂汤给贾瑞灌上，他还不得醉了？贾瑞喜得抓耳挠腮："嫂子天天也闷的很。"穷小子也不想一想，日理万机的管家奶奶哪有工夫闷。凤姐说："正是呢，只盼个人来说话解解闷儿。"陷阱越来越深。贾瑞不知深浅继续下陷："我倒天天闲着，天天过来替嫂子解解闲闷可好不好？"凤姐又笑了："你哄我呢，你那里肯往我这里来！"

　　王熙凤是什么人？高贵的琏二奶奶。贾瑞是什么人？贫穷的本家。王熙凤怎么会说贾瑞要来是哄自己？这不是故意引他上钩嘛！

一句话一个陷阱，每一句话都是甜言蜜语，都叫本来就迷恋王熙凤的贾瑞想入非非。

贾瑞说："我在嫂子跟前，若有一点谎话，天打雷劈！只因素日闻得人说，嫂子是个利害人，在你跟前一点也错不得，所以唬住了我。如今见嫂子最是个有说有笑极疼人的，我怎么不来，——死了也愿意！"

死了都得来，贾瑞预言了自己的结局。鱼上钩了，凤姐还要把鱼钓得更稳一点儿，笑道："果然你是个明白人，比贾蓉两个强远了。我看他那样清秀，只当他们心里明白，谁知竟是两个胡涂虫，一点儿不知人心。"

王熙凤故意说贾瑞是明白人，不像贾蓉和贾蔷这两个不懂得女人心的糊涂虫，她在暗示贾瑞，我很想搞点儿"风花雪月"，一直没人接招，幸亏瑞大爷在行。

这一段内容看得人不寒而栗，这是一段不是因为爱情的调情。

贾瑞越发头脑发昏，还想动手动脚。王熙凤悄悄说："放尊重着！别叫丫头们看了笑话。"什么意思？不是不想叫你动手动脚，只是怕丫头们看见。

王熙凤甜言蜜语，打情骂俏，小鸟依人。贾瑞彻底掉进了插满利剑的温柔乡。王熙凤想教训贾瑞，一个穷苦本家，竟想着荣国府管家奶奶的好事，也不撒泡尿照照！平儿说的不错，癞蛤蟆想吃天鹅肉。贾瑞调戏，伤害了以凤凰自居的琏二奶奶的自尊心，王熙凤得狠狠教训他。

腊月寒风冻不死贾瑞的猎艳心

王熙凤约贾瑞夜半到西边穿堂："你只放心。我把上夜的小厮们都放了假，两边门一关，再没别人了。"这看起来似乎是约定了一个稳妥的幽会地点，其实是王熙凤要教训他。约会约会，王熙凤约而不会。腊月夜长，朔风凛凛，贾瑞在数九寒天刺骨的过堂寒风中几乎冻死，眼睁睁盼到天亮，有个老婆子来开门，他赶快溜出去了。回到家，祖父还在家等他。贾瑞从小父母双亡，祖父对他寄予了很大期望，教训得很严，怕他在外面喝酒赌钱耽误学业。贾瑞彻夜不归，爷爷差点儿气死，狠狠打了他三四十板，不让贾瑞吃饭，让他跪在院子里读文章，补出十天功课才肯罢休。贾瑞已经冻了一晚，又挨了板子，还要饿着肚子，跪在寒风地里读文章。但是他迷恋凤姐的心不改，过后两日，得了空又来看琏二嫂子。凤姐故意问，我约你，你怎么不去？贾瑞以为阴差阳错找错了地方，赌咒发誓确实去了。凤姐看他自投罗网，少不得再寻别的计策令其知改。

贾瑞"西穿堂门"的约会，参与捉弄他的除凤姐外，无非就是平儿、丰儿、旺儿媳妇等。捉弄办法，不过是把穿堂的门关上。没想到，再冷的寒风也扑不灭贾瑞的贼心思，他继续死缠硬磨凤姐。凤姐于是"点兵派将，设下圈套"。更多的无聊人士参与进来，特别是当凤姐身边的两个坏蛋搅进来后，贾瑞的大灾大难才真正临头。

"拥凤团"的恶作剧

《红楼梦》是人情小说，但有的地方也像《三国演义》那样要诸侯对阵，点兵派将。凤姐算个元帅，升帐点兵，哼哈二将急先锋是贾蓉、贾蔷，平儿、丰儿是搬运粮草的。这段描写，看过《红楼梦》的读者都有印象，多少带点儿色情味道，但点到为止。

王熙凤约贾瑞到房后小过道空屋。贾瑞连声说"来"还不够，又接一句"死也要来"。贾瑞赴约,像热锅上的蚂蚁,左等不见王熙凤的人影,右听没有王熙凤的声响,心想是不是又打算冻我一夜?傻小子想得太天真了,仅仅冻你一夜岂不太便宜了?就在他饥鼠样盼着王熙凤时,贾蓉冒充凤姐赴约,贾瑞大出色狼见到美女的洋相,饿虎般扑过去,刚刚抱起了他认为是凤姐的贾蓉,想来一番巫山云雨,就听得有人端着灯过来问:"谁在屋里?"炕上的人笑了,说:"瑞大叔要臊我呢。"晴天霹雳一般,贾瑞发现抱着的竟是贾蓉,拿灯的是贾蔷。侄儿抓住叔叔,学生抓住老师,怎么办?贾瑞回身就要跑,贾蔷一把揪住道:"别走!如今琏二婶已经告到太太跟前,说你无故调戏他……太太气死过去,因此叫我来拿你……跟我去见太太!"贾蔷用的词"无故调戏"太妙了。贾瑞并不是无故调戏凤姐,而是在凤姐的勾引下一步步上钩的。但是贾瑞没法说,只说,好侄儿,你就说我没来,明天我重重地谢你。贾蔷说,口说无凭,你写篇文契吧。贾瑞又说,这如何写呢?贾蔷说,你就写赌钱输了,欠了我的钱。贾瑞傻乎乎地说,这也可以,但没纸笔。贾蔷说,这也容易,立即把纸笔拿来。贾瑞也不想一想,你约会王熙凤,贾蔷预先准备好了敲诈你写欠条的纸和笔是怎么回事儿。贾瑞写完欠贾蔷五十两银子的欠条,贾蓉又不干了,他要找族里人评理,贾瑞只好磕头求饶,也写了五十两银子欠条给贾蓉。两个坏蛋一人敲诈贾瑞五十两银子还不算完,还继续糟蹋贾瑞。贾蔷说,现在放你,我得先去侦查侦查,这里你藏不得,我们得换个地方,拉着贾瑞,熄了灯,摸到大台矶底下。"这窝儿里好,你只蹲着,别哼一声,等我们来再动。"说完两人走了,贾瑞蹲在台矶底下,既不敢吭声,也不敢挪窝,正在盘算怎么回事儿,只听到头顶上"哗啦"一声响,一桶尿粪泼下来,浇了他一头一身。刚写了一百两银子欠款,又天赐一百两"黄金"。贾瑞这次"甜蜜约会"的结果,是满头满脸屎尿,冻得冰冷打战。他狼狈跑回家才意识到凤姐耍他,发了一会儿恨,再想想琏二嫂子多漂亮,能搂到怀里多好,胡思乱想,一夜竟不曾合眼。

贾瑞满心想着王熙凤,但不敢再去了。贾蓉和贾蔷常来要银子,贾瑞没抱到美人反添了债务,白天还得根据爷爷的要求好好念书。他二十岁出头尚未娶妻,整天想着凤姐,一病不起,发烧,咳痰带血,不到一年,病越来越重,多少医生都治不好。冬去春来,贾瑞病得越发沉重,最后只能吃独参汤保命,贾代儒哪有财力给贾瑞吃独参汤,只能到荣国府去寻,王熙凤不给。王夫人说,咱们这儿没有了,到宁国府找找吧,救人一命也是你的好处。王熙凤也不派人找,只找些渣末凑了几钱,对王夫人说,找来了,凑了二两给贾瑞了。王熙凤见死不救。

看到王熙凤毒设相思局,我总联想到世界名著中其他恶作剧故事,特别是巴尔扎克《搅水女人》中地方恶少玛克斯的夜间作业。18世纪的法国有座小城,城里有群"逍遥骑士"。那帮小猢狲白天装得像圣人,循规蹈矩,安分守己,晚上专门搞恶作剧,比如卸下铺子招牌,把东家的挂到西家,还乱拉门铃。后来恶作剧升级,没有一个星期不干骇人听闻的事:爬房顶,堵人门洞,给人写匿名信让他防贼,然后深更半夜一个个沿着收匿名信的人的墙根或窗口溜过去,前呼后拥吹口哨,吓得这些人心惊胆战,一夜不敢睡。他们甚至给一个守财奴老太太的八十几个继承人写信,说老太太死了,这些人穿着寿衣从四面八方赶来,惹得整个城市像造反一样。

王熙凤组织的"捉奸小分队"的所作所为与"逍遥骑士"何其相似。王熙凤为什么要这样做?因为她幼年在家里被当男孩养大,她的个性使得她很容易跟贾府的纨绔子弟搅到一块儿。她跟贾瑞说,贾蓉和贾蔷是糊涂虫，有红学家因此说贾蓉和贾蔷都是她的情人，实际上这两个人都是她的小跟班、"御林军"，这几个人经常在一块儿没上没下。后边写到，当贾琏奉贾母之命送林黛玉到扬州连续几个月不在家时，王熙凤晚上只是跟平儿说笑一阵子就"胡乱睡了"，并没有在丈夫外出时趁机来点红杏出墙，贾蓉和贾蔷也不曾在王熙凤跟前悠悠。贾蓉和贾蔷这两个花花公子闲得无聊，办坏事时最有创造力，以捉弄他人来寻开心。王熙凤毒设相思局，拿贾瑞恶搞，可以算是《红楼梦》里的"一个馒头引发的血案"了。

贾天祥正照风月宝鉴

王熙凤毒设相思局的结果是贾瑞病入膏肓，接着对《红楼梦》主题相当重要的风月宝鉴出场了。贾瑞无药不吃，既白花了钱又不见效。有一天，一个跛足道人来化斋，说能治冤孽之症。贾瑞听到了直喊："快请进那位菩萨来救我！"一面说，一面在枕头上磕头。家人把道士带来，贾瑞一把扯住，连声说："菩萨救我！"道士说，你这病无药可治，我有个宝贝给你，天天看，可以保命。说着就从褡裢里面取出一面镜子，镜把上刻了四个字"风月宝鉴"。道士告诉贾瑞，这镜子是太虚幻境空灵殿上警幻仙子所制，专治邪思妄动之症，专门给聪明俊杰、风雅王孙看，但千万记住只看反面，要紧要紧！三天后我来取镜子，你的病就好了。

贾瑞拿起风月宝鉴反面一照，一个骷髅在里面立着。什么意思？这是警示世人，你看到的是美色，背后却是骷髅，你看到的是富贵荣华，背后却是穷困潦倒，你要在得意时看到失意才能超脱。贾瑞骂，混账道士，怎么吓唬我。我倒要看看正面是什么。他拿过正面一照，凤姐在里面向他招手。两次约会都没接触到的王熙凤，现在正向他招手，当然得进去。贾瑞荡悠悠进了镜子，和凤姐云雨一番，凤姐送他出来，他到床上"哎哟"一声，镜子掉下来，浑身出汗，遗一摊精。贾瑞心中到底还是不满足，再看正面，凤姐又在里面叫他，如此重复三四次，刚要出镜子，忽然来了两个人拿铁锁把他套住了就走。贾瑞还说，等我拿了镜子再走。说了这个就再也不能说话了。家里人发现贾瑞没气了。贾代儒不认为是孙子照错了镜子，而是大骂，是什么妖镜，架起火烧风月宝鉴。镜里有人哭道："谁叫你们瞧正面了！你们自己以假为真，何苦来烧我？"多有哲理的话，这就是"假作真时真亦假"，再次提醒世人，以假为真就会上当。贾瑞以王熙凤的虚情假意为真，不是把命都送上了？道士从外面跑来，抢了镜子，飘然而去。

王熙凤毒设相思局，得到什么了？钱？一分没有，一百两银子到了两个坏小子手里；权？当然也没有；好名声？非但没得到，还有了坏名声。王夫人在劝她救贾瑞时似乎透露出已听闻这件公案。王熙凤毒设相思局仿佛成了高射炮打蚊子，大投入，小产出。王熙凤对病重的贾瑞恨之入骨，要人参也不给，听任他自取灭亡。

从《风月宝鉴》到《红楼梦》

"风月宝鉴"是面镜子，也是曹雪芹早年作品的名字。曹雪芹早年写过一部作品《风月宝鉴》，弟弟棠村写过序[1]。2004年我在《红楼梦学刊》发过长文，推测《风月宝鉴》是本什么样的书，主角是

---

1 甲戌本第一回有一条眉批："雪芹旧有《风月宝鉴》之书，乃其弟棠村序也。今棠村已逝，余睹新怀旧，故仍因之。"——编者注

哪个，写的是什么内容。我认为，《风月宝鉴》的男主角应该是贾珍、贾琏，女主角应该是王熙凤、秦可卿，有没有贾宝玉，不得而知。《风月宝鉴》想用风月故事警醒世人。后来曹雪芹把《风月宝鉴》作为《红楼梦》的写作素材。从《风月宝鉴》到《红楼梦》，王熙凤的形象做了很大改变，在《风月宝鉴》里，王熙凤是风月人物，到《红楼梦》中，曹雪芹把她改成英风俊骨的巾帼人物。

《脂砚斋重评石头记》庚辰本第十三回前有一首诗："一步行来错，回头已百年。古今风月鉴，多少泣黄泉。"[1]这首诗应该是直接从《风月宝鉴》抄过来的。

《风月宝鉴》写迷恋风月丢性命的故事。曹雪芹构思《红楼梦》只保留了极个别的凤姐和贾琏的风月情节，并用隐讳的笔法写出来。贾瑞之死的故事从《风月宝鉴》搬进《红楼梦》，且增加了一些新的哲学意味，比如贾瑞祖父叫代儒，可他的家风能代表儒家吗？风月宝鉴这面镜子，也更有哲理意味，如果贾瑞照跛足道人的话做，只照反面，不照正面，刻苦收敛自己，不想风花雪月，病就会渐渐康复；而贾瑞偏要照正面，把镜子里虚幻的凤姐，当成真实的凤姐，实际上镜子里的凤姐是他的病根、索命鬼。贾瑞坚持风花雪月的享受，就只能送命了。《红楼梦》真真假假的命题起作用了。

王熙凤毒设相思局是一次兴师动众、牛刀杀鸡的恶作剧。王熙凤以后还会为了出气把很小的玩笑开这么大，动用贾府两个恶少造这么大的声势吗？以后不会了。她再害人时，不会大张旗鼓、呼朋喊友，而是悄悄地、风雨不透地自己办理。害死尤二姐就是例子。

第十二回的结尾，林如海病重，贾母叫黛玉回扬州，派贾琏送

1　此诗书于庚辰本第十一回前空页，参照甲戌本回前评移至第十三回前。——编者注

去，仍带回来。

曹雪芹安排周密。绛珠仙子下凡，能掺和世间丑事吗？不能。所以，秦可卿死后出丧与林黛玉一点儿关系也没有。

庚辰本《脂砚斋重评石头记》有一段回末批语："此回忽遣代玉去者，正为下回可儿之文也。若不遣去，只写可儿、阿凤等人，却置代玉于荣府，成何文哉？固必遣去，方好放笔写秦，方不脱发。况代玉乃书中正人，秦为陪客，岂因陪而失正耶？后大观园方是宝玉、宝钗、代玉等正紧文字，前皆系陪衬之文也。"

这段话的意思是，这一回忽然派黛玉去扬州，正是为下一回放手写王熙凤为秦可卿治丧。如果不把林黛玉派到扬州，大段写秦可卿之死、王熙凤协理宁国府时，林黛玉若还在贾府，会写成什么不伦不类的文章？所以作者必须把林黛玉派到扬州去后，才能放开手脚写秦可卿、王熙凤的故事，小说才不至于顾此失彼。而且林黛玉乃是《红楼梦》正人，风月人物秦可卿只不过是陪客，怎么能因为陪客而疏忽了正头香主？后边大观园中发生的故事才是宝玉、宝钗、黛玉等人的重要内容，前边这些描写都是陪衬之文。

这段评语有一定道理，但不完全正确。说它有一定道理，是因为曹雪芹构思黛玉离开贾府回扬州看望身染重病的父亲，是巧妙安排林黛玉此后长住贾府、徐徐展开宝黛爱情的必要铺垫，林黛玉也不适合在秦可卿之丧中出现。所以曹雪芹要安排黛玉离开贾府。说它不完全正确，是因为《红楼梦》并非单纯的爱情故事，宝黛爱情是在贾府盛衰背景上展开的，而维系着贾府盛衰的王熙凤是《红楼梦》的核心人物，曹雪芹用大段情节写王熙凤，不能算贾宝玉、林黛玉的陪衬文字。

秦可卿死得蹊跷

——第十三回　秦可卿死封龙禁尉　王熙凤协理宁国府（上）

秦可卿死了，本来没官职的丈夫贾蓉获得了龙禁尉[1]的五品官职。宁国府没人主持丧事，王熙凤来协理宁国府。

第十三回到第十五回浓墨重彩地写秦可卿大丧，是中国古代小说最杰出的丧葬描写之一，也是曹雪芹写贾府盛衰的重要章节。丧事本是悲哀的，曹雪芹却写出豪华，写出靡费，写出滑稽，写出豪门大丧下埋藏的龌龊，更写活了英风俊骨又贪财枉法的王熙凤。

宝玉吐血，贾珍成泪人

秦可卿到底是怎么死的？曹雪芹原来的构思是她因为跟公爹私通的丑事败露而羞愧自杀，《红楼梦》第五回关于秦可卿的画、诗、歌词，明明白白，秦可卿不是病死，而是"淫丧"。风情月貌的秦可卿天香楼自尽，贾府儿孙不能继承家业，贾敬不理家事，放任贾珍作恶。贾珍最大的罪孽是违背伦理的私情。

1　这是虚拟的皇帝侍卫名称。——编者注

曹雪芹设计好这个结局后，对秦可卿和贾珍幽会做了细致具体的描写，但因畸笏叟的干预，曹雪芹只好把原已写好的秦可卿在天香楼上吊的完整故事删掉四五页，大概两千四百字，重新写成秦可卿病重而死。黛玉进府的第一顿饭，曹雪芹用两百多个字把国公府的气势、规矩写得那么生动形象；两千多字，曹雪芹能把贾府"第一丑事"写得多生动，可惜我们看不到了。

曹雪芹在秦可卿大丧埋下了秦可卿淫丧天香楼的笔墨，而贾珍的出格表现最惹眼。

已失传的《脂砚斋重评石头记》靖藏本是不是后人编造的，红学界有争论，这个本子有两个贾珍和秦可卿幽会的具体线索："遗簪""更衣"。有红学家推测具体的情节是：贾珍和秦可卿在天香楼私通，被丫鬟瑞珠和宝珠撞破，贾珍慌忙从天香楼逃走，不小心把绾头发的簪子掉在了天香楼，而且他匆忙中披上秦可卿的衣服跑回卧室，公爹和儿媳的私情遂被尤氏发现。

1987年版电视剧《红楼梦》就是根据靖藏本脂砚斋的评语提供的这些线索，设计了秦可卿之死。秦可卿和贾珍的私情，被两个丫鬟发现，秦可卿没脸见人，于是自缢而亡。

秦可卿的死讯传到荣国府，全家上下"无不纳罕，都有些疑心"。棠村加评语："九个字写尽天香楼事，是不写之写。"秦可卿死了，贾府人有些疑心，人们都猜测她是怎么死的。如果一个人病得严重，死了很正常，可人们却都在纳闷儿，这就说明秦可卿不是正常的因病死亡，是自杀。焦大醉骂的内容在贾府早就成了公开的秘密。

贾宝玉因为林黛玉走了，剩得自己孤凄，也不和人玩耍。宝姐姐、探春妹妹不都在身边？但是他只愿意和林妹妹玩，林妹妹不在，就觉得没趣，每到晚间便索然睡了。"索然"这个词用得生动，什么兴趣都没有，那就睡觉吧。林妹妹不在，贾宝玉像掉了魂。他从梦中听说秦氏死了，连忙翻身爬起来，只觉得心中似戳了一刀，忍不住"哇"的一声，直喷出一口血来。

有红学家就此做文章。一种说法是，一个侄媳妇死了，叔叔能吐血？这说明贾宝玉和秦可卿有事。另一种说法是，贾宝玉心疼秦可卿，因为她是自己的梦中情人兼美。

这两种说法都把贾宝玉跟秦可卿的关系放到了"情爱"上。

脂砚斋认为，贾宝玉之所以痛心，是因为他认为秦可卿原本可以继续接管家族事务，现在听说她死了，大失所望，所以吐血。贾宝玉虽然无事忙，却也关心家族命运。脂砚斋的观点，当然也只能算一家之言。

能不能这样解释：贾宝玉年轻幼稚，一直生活在莺歌燕舞的顺景中，第一次听到身边的人死亡，精神受到强烈刺激，所以吐血？

袭人等赶快上来搀扶宝玉，又要回贾母来请大夫。宝玉说不用忙，不相干，这是急火攻心，血不归经。贾宝玉杂学旁收，连中医都略通一二，就是不好好念四书五经。

宝玉来见贾母，说即刻就要去宁国府。贾母说，才咽气的人，那里不干净，夜里风大，明天早晨再去吧。宝玉非去不可，奶奶管不了他，只好命人备车，多派人跟着照顾。天还没亮，贾宝玉就由很多人送到宁国府。贾宝玉重情，很可怜秦可卿。

贾宝玉到了宁国府，看到府门洞开，两边灯笼照如白昼，人来人往，哭声摇山振岳。长孙媳妇死了，宁国府摆出豪门大丧的姿态。怎么会有这么多人哭？宁国府总共不就那几个主子？贾敬在道观，在宁国府居住的主子只有贾珍、尤氏、贾蓉，哭声哪儿来的？几百名仆人哭的。可能有人真哭，但我相信大部分是奉命哭，或者说不是哭而是号。贾宝玉到了停灵的地方，痛哭一番，然后去见尤氏。尤氏犯了胃疼病，躺在床上。儿媳妇死了，婆婆胃疼。怎么会胃疼？可能是真胃疼，气的；也可能是假胃疼，装的。宝玉看完尤氏再出来看贾珍。贾氏家族的很多男丁都来了。贾珍哭得泪人一般。贾珍对贾代儒说："合家大小，远亲近友，谁不知我这媳妇比儿子还强十倍。如今伸腿去了，可见这长房内绝灭无人了。"说着又哭起来。

曹雪芹太高明了，秦氏是谁的妻子？贾蓉的。她死了，贾蓉没有任何表示，而公爹哭得如泪人一般，且说出这么不合理的话来。在那个时代，儿媳妇死了，儿子再娶一个就是。有一句话叫"病媳妇没咽气，媒人已登门"，只要儿子在，还愁将来没继承人？而贾珍却说儿媳妇死了，长房就绝灭无人。大家劝他，人都死了，哭也没法，赶快商量怎么料理后事吧。贾珍又来了一句："如何料理，不过尽我所有罢了！"贾珍打算把家当全用上给儿媳妇送葬。这叫什么话？不伦不类。

秦业、秦钟、尤氏的几个眷属都来了。秦可卿死了，她爹和弟弟得来，还来了尤氏的姐妹。而就在秦可卿丧事期间，无恶不作的贾珍就向两个小姨子下手了，尤二姐和尤三姐都被他玩弄了。这是后边情节透露出来的。

贾珍派四个本家子弟陪客，一面吩咐去请钦天监阴阳司择日。宁国府死了个儿媳妇，竟然动用皇家钦天监，太过分了，简直是在作死。停灵的会芳园是宁国府最污秽的地方。钦天监推准停灵七七四十九天，三天以后开丧送讣闻。这四十九天，单请一百单八众和尚在大厅上拜大悲忏，这是佛教超度亡魂的仪式；另设一坛在天香楼上，九十九个全真道士打四十九日解冤洗业醮，解除亡者冤孽。灵前另有五十个高僧、五十个高道，每隔七天念经祈祷一次，一直到七七四十九天。贾敬听说长孙媳妇死了，但他觉得自己早晚要飞升做神仙，回家又染了红尘，岂不耽误飞升？所以贾敬毫不在意，贾珍爱怎么办就怎么办。这就叫"箕裘颓堕皆从敬"，宁国府衰败就是从不理务的贾敬开始的。正因为他不管，贾珍给秦可卿送丧的仪式才恣意奢华。

亲王用的潢海铁网山的檔木棺材

秦可卿死了，丈夫只做甩手掌柜，什么也不管，都是公爹忙活。贾珍看了几副杉木板，都不中用。杉木板在当时算好棺材板了，可贾珍瞧不上。可巧，薛蟠来吊唁，见贾珍在找好棺材板，就说自家木店有副好板，叫什么檔木，出在潢海铁网山上，做棺材万年不坏。这是当年先父带来给义忠亲王老千岁的，因他坏了事，就不曾拿去，现在还在店里封着，也没人敢出价买。你若要，就抬来用吧。

贾珍很高兴，赶快抬来一看，棺材板帮底皆八寸厚，"纹若槟榔，味若檀麝，以手扣之，叮当如金玉"。这材料就和金丝楠木一样，太贵重了。贾珍高兴了，问薛蟠："价值几何？"薛蟠喜欢装阔佬，他说："拿一千两银子来，只怕也没处买去。什么价不价，赏他们几两工银就是了。"薛蟠一开口，一千两银子没要，白送。贾珍听了，忙谢不尽，命人锯开上漆。贾政比较懂事，劝说道："此物恐非常人可享者，殓以上等杉木也就是了。"贾珍不听，为什么？"此时贾珍恨不能代秦氏之死，这话如何肯听。"老公公恨不得替他儿媳妇去死，什么关系？耐人寻味。

选棺材的细节很有意思。世界上有没有长在潢海铁网山上的"檔木"？我查了很多字典，压根没有这种木头，也没有潢海和铁网山。

这是曹雪芹写小说虚构出的木头、海和山，和大荒山无稽崖青埂峰一样，是小说家编的。

"樯"是船上的桅杆。"桅"谐音"危"，象征着危险，象征着苦海泛舟，无边无际；潢海的含义是"像海一样深却停止不流的污水"，即贾宝玉在太虚幻境最后见到的迷津；铁网是铁丝织成的、挣不脱的网。潢海铁网意味着坠入迷津，坠入尘网。这样一来，淫丧天香楼的秦可卿就躺到污水环绕、充满险恶象征、如坠入迷津及苦难尘网的樯木做的棺材里，永世不得翻身，这其中的含义着实令人思量一番。

晚清担任过知县的红学家洪秋蕃，提出这样的观点：秦可卿最爱的人是贾蔷。贾蔷的"蔷"和樯木的"樯"发音相同。贾珍用樯木给秦可卿做棺材，可以安慰秦可卿的幽魂于地下。不论何种说法，都足见贾珍对秦可卿爱到极致。

丫鬟举动透露宁国府隐秘

棺材的事尘埃落定。这时听说秦氏的丫鬟瑞珠看到秦氏死了，也撞柱而亡。这事很稀罕，合族叹息，似乎是叹息丫鬟殉主，其实背后暗藏的故事是，瑞珠看到了贾珍和秦可卿的不伦之事。秦可卿如果继续活着，丫鬟可能没事，秦可卿死了，丫鬟就一定会付出代价。怎么办？死了算了。贾珍说，我就当她是孙女，跟秦氏一起埋葬，先在会芳园停灵。小丫鬟宝珠则说，愿意做秦氏的义女，出丧时为其驾灵。贾珍喜之不尽，马上下令，宝珠从此不是丫鬟，而是小姐。宝珠也看到了贾珍和秦可卿的私情，这个小丫鬟留恋生命，聪明地想出了保护自己的办法——给秦氏守丧，再也不回宁国府。

宝珠按照未嫁女之丧在灵前哀哀欲绝，她可能哭善待她的秦可卿，更可能哭自己的悲惨命运。

因老婆之死而"升官"

贾珍又想起一件事来，他要给秦可卿办豪华葬礼，贾蓉却只不过是个拿钱捐的太学生。家里死了女人，得按照丈夫的身份摆执事，监生没什么执事，往灵幡经榜上写也不好看。贾珍恨不能把自己的三品爵威烈将军写上，但是不能，归根到底秦氏在名义上是贾蓉的妻子，贾珍心里面很不自在。怎么办？恰好首七第四天，大明宫掌宫内相戴权，坐着大轿，打伞鸣锣，亲自来上祭。戴权，大权也。戴权为什么要来上祭？因为他知道内幕，贾元春要封妃，他得提前和贾府搞好关系。贾珍把戴权让到逗蜂轩献茶。逗蜂轩是个好名字！逗即引逗，蜂即蜜蜂，轩即亭子。逗蜂轩就是狂蜂浪蝶调情的地方。专门将内相请到这里来，岂不是很滑稽？贾珍打定主意，顺便说了些想给儿子捐个前程的话。戴权滑贼，一听，说："想是为丧礼上风光些？"贾珍说不错。戴权说："事倒凑巧，正有个美缺。如今三百员龙禁尉短了两员。"龙禁尉是名义上的皇帝侍卫，五品，现在缺了两员。"昨儿襄阳侯的兄弟老三来求我，现拿了一千五百两银子，送到我家里。你知道，咱们都是老相与，不拘怎么样，看着他爷爷的分上，胡乱应了。还剩了一个缺。"这个卖官鬻爵的家伙很会做买卖，还剩一个缺，已经有人要买了，是谁呢？永兴节度使。太监怎么称呼这位朝廷封疆大吏？甭管这是多大的官，太监叫他"冯胖子"。"谁知永兴节度使冯胖子来求，要与他孩子捐，我就没工夫应他。"什么意思？龙禁尉是紧俏品，很多人想给孩子捐这样一个官，皇帝侍卫多好听？"既是咱们的孩子要捐，快写个履历来。"

看到这里，能笑得人肚子疼，太监受了宫刑，不可能有孩子。但是他却和贾珍说"咱们的孩子"。贾珍赶快吩咐书房的人把贾蓉的履历写来。一会儿拿来一张红纸，上写："江南江宁府江宁县监生贾蓉，年二十岁。曾祖，原任京营节度使世袭一等神威将军贾代化；祖，乙卯科进士贾敬；父，世袭三品爵威烈将军贾珍。"

贾蓉出身不错，曾祖是一等将军，祖父是进士，甭看贾敬和道士胡羼，居然是科举出身。但是他不承袭宁国公的头衔，贾珍承袭就降等了。戴权回手递给贴身小厮，说："回来送与户部堂官老赵。"户部是管官员的部门，户部的官员在太监嘴里也不是什么尚书侍郎，而是"老赵"。"说我拜上他，起一张五品龙禁尉的票，再给个执照，就把这履历填上，明儿我来兑银子送去。"公开卖官买官，卖完官就告辞。太监临上轿，贾珍问："银子还是我到部兑，还是一并送入老内相府中？"戴权说："若到部里，你又吃亏了。不如平准一千二百银子，送到我家里就完了。"贾珍有多大的面子，冯胖子一千五百两，戴权都不给他捐，而他这里一千二百两事情就办成了。贾珍感激不尽，说等着满了服，亲自带着贾蓉到府上去叩谢。

接着就听到有人喝道，原来是忠靖侯史鼎的夫人来了。这是贾母的娘家来人了。忠靖侯夫人来，得女眷接待。尤氏犯了旧疾，谁出来接待？邢夫人、王夫人、凤姐。接着又来了几家男客，贾政等接上去。四十九天里亲朋你来我去，"宁国府街上一条白漫漫人来人往，花簇簇宦去官来"。很多穿孝服的人来了，白漫漫；穿官服的人来祭奠，花簇簇。这得是多大的场面，多大的势力。

第二天，贾珍叫贾蓉换了吉服，把当官的凭证领回来。秦可卿灵前的执事就按五品官员的惯例摆上了。灵牌上写了"天朝诰授贾门秦氏恭人之灵位"。贾蓉捐的是五品官，五品夫人是宜人，但人死了可上浮一级，秦可卿就成了四品夫人恭人。

会芳园两边摆了鼓乐厅，青衣按时奏乐。一对对执事摆得整整齐齐，两面大字红牌竖在门外，"防护内廷紫禁道　御前侍卫龙禁尉"。滑稽不滑稽？妻子死了，丈夫倒成了五品官。在大字牌对面高起宣坛，贴着榜文，榜上大书："世袭宁国公冢孙妇、防护内廷御前侍卫龙禁尉贾门秦氏恭人之丧。四大部州至中之地，奉天承运太平之国，总理虚无寂静教门僧录司正堂万虚，总理元始三一教门道录司正堂叶生等，敬谨修斋，朝天叩佛"，以及"恭请诸伽蓝、揭谛、功曹等神，圣恩普锡，神威远镇，四十九日消灾洗业平安水陆道场"等语。

绝代奇文！"冢孙妇"即长孙媳妇。"恭人"是秦氏的新头衔。不写朝代地域之名，只说是"至中之地"，绝口不提"北京"二字，也不说国名，庚辰本评语："至中之地，不待言可知是光天化日、仁风德雨之下矣；不云国名更妙，可知是尧街舜巷、衣冠礼义之乡矣。""万虚"和"叶生"分别是全国佛教、道教首领的名字。

贾珍太能作，跟儿媳妇办丑事导致她自杀，竟然还大张旗鼓、兴师动众、诵经礼佛办起丧事！此时是声名赫赫的贾府第一次遭遇丧事，贾珍办得轰轰烈烈，办得体面豪华。一方面是心里要对得起秦可卿；另一方面是摆宁国公的谱，耍贾府的权势。

裙衩一二可齐家

——第十三回　秦可卿死封龙禁尉　王熙凤协理宁国府（下）

秦可卿之死，浓墨重彩地推出巾帼人物王熙凤。

婶婶是脂粉队里的英雄

《红楼梦》第十三回开头写，凤姐从贾琏送黛玉去扬州后，每到晚间，不过和平儿说笑一会儿，就胡乱睡了。"胡乱睡了"透露出凤姐平时跟贾琏非常恩爱，现在贾琏不在，只能"胡乱睡了"。这也说明王熙凤不是秦可卿那样的风月人物。她如果和贾蓉、贾蔷巫山云雨，还用"胡乱睡了"？凤姐睡前还和平儿算琏二爷啥时回来，可见凤姐是关心丈夫的贤妻。

三更时分，平儿睡熟，凤姐恍惚间看到秦氏从外面走进来，含笑说："婶婶好睡！我今日回去，你也不送我一程。因娘儿们素日相好，我舍不得婶子，故来别你一别。还有一件心愿未了，非告诉婶子，别人未必中用。"

王熙凤在做梦，所以恍恍惚惚地问："有何心愿？你只管托我就是了。"这就出现了《红楼梦》的重要情节之一秦可卿托梦。

秦可卿说："婶婶，你是个脂粉队里的英雄，连那些束带顶冠的男子也不能过你。"这是整个《红楼梦》从小说人物嘴里说出来的对王熙凤的最高评价。秦可卿看对了，王熙凤的能力超过贾府所有男人。但是秦可卿想不到的是，王熙凤作恶的能力也超过男人。秦可卿是王熙凤唯一的女性朋友、闺密，朋友间同声相应，秦可卿慧眼识英雄。

王熙凤周围，有哪些脂粉人物能和她比？李纨？形若槁木，心若死灰；尤氏？像没嘴的葫芦，一味顺从丈夫。她们怎么能和王熙凤比！

秦可卿要拜托王熙凤什么？她托梦的第一个内容是提醒王熙凤记住"月满则亏，水满则溢""登高必跌重"。又说："如今我们家赫赫扬扬，已将百载，一日倘或乐极悲生，若应了那句'树倒猢狲散'的俗语，岂不虚称了一世的诗书旧族了！"

这话说的是贾府，背景却是曹府，为什么？从宁国公、荣国公，到贾蓉，历经百年；曹家从曹雪芹先祖曹振彦从龙入关，到曹雪芹，也是历经百年。

清代著名诗人施闰章后人记载，曹雪芹祖父曹寅理佛时喜欢说"树倒猢狲散"。那么，谁是树，谁是猢狲？在曹寅心目中，康熙皇帝是树，曹家及联络有亲的官员如李家（贾母原型娘家），都是康熙皇帝的宠臣。曹寅估计康熙皇帝一死，这帮臣子就得倒霉。果然，康熙皇帝尸骨未寒，旧时康熙皇帝的宠臣就遭了殃。李家先被抄家，接着曹家被抄家，彻底败落。

秦氏托梦的第二个内容是，怎样给贾氏家族留后路。梦中凤姐问，有什么办法可永保无虞？秦可卿说："婶子好痴也！否极泰来，荣辱自古周而复始，岂是人力能可保常的。但如今能于荣时筹画下将来衰时的世业，亦可谓常保永全了。"我们现在很好，但要给未来可能的衰落留下后路，怎么办？

秦可卿提出来做好两件事可以保全。第一件事是，现在的祖茔虽四时祭祀，却没有一定的钱粮，要在祖茔旁边，多置田地。秦可卿说得奇怪，《红楼梦》第五十三回写到，贾蓉从光禄寺领来荣国公和宁国公的祭祀银子若干。秦可卿为什么说祭祀没有一定钱粮？因为皇帝如果罢了你家的官，还能再给钱？所以要自己准备田产。根据当时的法令，贵族官僚家庭被抄家后，祖坟旁边的田产不没收。祖茔附近多置田产就可以保证后人的基本生活条件了。

秦可卿说的第二件事是，家塾没有一定的供给。这话同样不大容易理解，因为当时的家塾由贾府直接拨钱，供给充足。但如果贾府倒了，自己都没饭吃了，怎么办家塾？所以要将家塾也设在祖坟旁边。用祖茔的地亩钱粮保证儿孙用度。祭祀保祖宗，家塾保未来。秦可卿给王熙凤提的建议就是要保住贾府的过去和未来，这是聪明的举措。

秦可卿托梦的内容使看了曹雪芹小说原稿的家人非常激动，为什么？因为曹雪芹总结了曹家血的教训。曹家雍正六年（1728）被抄后，所有财产被雍正皇帝赏赐给继任江宁织造隋赫德。曹雪芹父亲曹𫖯被枷后，需缴清三百多两银子，到第二年还没上。如果曹家祖茔有田产地租，岂不早就还上了？畸笏叟认为，秦可卿虽犯淫乱罪，但有这个临终托梦就可以"赦免"她。畸笏叟令曹雪芹将秦可卿改成病死，原有的上吊的描写都删掉。但曹雪芹还是留了很多的伏笔，所谓"未删之笔"。

还有一种说法，那就是秦可卿托梦的情节是从贾元春身上移植过来的。这个观点是吴世昌先生在《红楼探源》里提出来的，贾元春身上系着贾府的安危。元春是国公府的长孙小姐，有丰富的宫廷生活经验，日后当她在宫中失势甚至获罪时，预料到自己家可能被抄，如何给贾氏家族最基本的生活保障，是贾元春临终时考虑的问题，所以她才会托梦给贾府的实际掌管人王熙凤。

秦可卿最后说："眼见不日又有一件非常喜事，真是烈火烹油、鲜花着锦之盛。要知道，也不过是瞬息的繁华，一时的欢乐，万不可忘了那'盛筵必散'的俗语。此时若不早为后虑，临期只恐后悔无益了。"

秦可卿知道贾府马上有件大喜事，就是贾元春封妃，贾府地位提升，成为皇亲国戚。凤姐问什么喜事？秦氏只说，天机不可泄露。婶子咱们好了一场，我最后送给你两句话，你一定要记住："三春去后诸芳尽，各自须寻各自门。"这两句话的表面含义是春光逝去，百花凋零，实际含义是贾府元春、迎春、探春走后，整个家庭飞鸟各投林。

有考据学家认为，秦可卿梦中的"三春"暗指曹家三代创业的前辈，即曹振彦、曹玺和曹寅，他们去世后，曹家的末路也就到了。

金紫万千谁治国，裙钗一二可齐家

贾珍想大张旗鼓、豪华铺张地给秦可卿办丧事，偏偏尤氏犯了旧疾，撂了挑子。贾珍理亏，尤氏撂挑子他也没辙。秦氏是长孙媳妇，来吊丧的都是诰命夫人，没有宁国府大奶奶出面接待，就亏了礼数，在大官僚、大贵族圈子丢了面子。

贾珍着急发愁，宝玉很会察言观色，他问大哥哥，这些事都安贴了，你还愁什么？贾珍说，家里面总得有个人出来照应诰命夫人吧？贾宝玉说，这有何难？我给你推荐个人，暂时管理一个月，一定妥当。贾珍忙问是谁，贾宝玉看到很多人在，就走到贾珍身边附耳悄悄说几句话。贾珍一听，太好了！拉了宝玉就到上房去了。

宁国府乱成一锅粥，这是王熙凤大放光彩的机会。时势造英雄，还得有慧眼识英雄，这个慧眼识英雄的居然是贾宝玉。宝玉同情秦可卿，想把她的丧事安排得风风光光。他知道凤姐好生了得，知道凤姐和秦可卿关系好，她一定会尽心尽力。贾宝玉推荐王熙凤，顺理成章。

贾珍到上房求荣国府两位太太是怎么去的？拄着拐棍。这个细节太妙了。贾珍不过四十岁左右，死了儿媳妇至于悲痛得拄拐棍吗？

贾珍一进上房就发现找对人了。待在上房的族中女子，除邢、王夫人外，文字辈、玉字辈、草字辈女人听到贾珍进来，"呼"的一声，往后藏之不迭。为什么？可能因为贾珍名声不好，本族女人不敢见他，也可能这些女人没怎么见过世面，按照封建宗法制男女有别的规定，女人们急切地躲开贾珍很正常。而"独凤姐款款站了起来"，这九个字多生动，唯独王熙凤不慌不忙，从容不迫，不仅不跑，还仪态万方地站起来迎接。难道王熙凤不懂得规矩？按封建礼法，叔嫂不通问，大伯子来，小婶子还不躲避？但王熙凤和贾珍从小就论哥哥妹妹，贾珍向贾蓉说王熙凤总说"你姑娘"，不说"你婶子"。说"你姑娘"，意思是我们是兄妹关系，说"你婶子"，就到贾琏那儿绕个圈，而且王熙凤来往宁国府，常见贾珍，她不必跑。

贾珍挣扎着要跪下给邢夫人和王夫人请安道乏。邢夫人赶忙让宝玉搀住贾珍，挪椅子叫他坐下。贾珍坚决不坐，说："侄儿进来有一件事要恳求二位婶婶并大妹妹。"贾珍叫王熙凤是"大妹妹"。

邢夫人问什么事。贾珍说，孙子媳妇没了，侄儿媳妇病倒了，这里面不成个体统，我就想屈尊大妹妹一个月，在这里料理料理。邢夫人说，你大妹妹现在在你二婶子那边，你和你二婶子商量就是了。王夫人说，她一个小孩子家，哪儿经过这些事，她要是料理不清，不叫人笑话吗，你再找别人吧。

贾珍说，婶子您的意思我猜着了，您是怕大妹妹劳苦。如果说有什么事情料理不开，我包管她能料理得开，从小大妹妹玩笑着就杀伐决断，现在在府里面办事，越发历练老成了。我想了这几日，除了大妹妹再无人了。

贾珍不笨，他不说是宝玉推荐的，而是说自己想了好几天。他怕王夫人不答应，又来了一句"婶婶不看侄儿、侄儿媳妇的分上，只看死了的分上罢！"说着滚下泪来。贾珍很用心，也会找理由——不看我和尤氏的面子，看秦氏的面子吧。

王夫人有点儿心动，如果这时，王熙凤说一句客套话——我可干不了——那王夫人肯定彻底关门。但凤姐是谁？她才不遵守妇德妇言妇容妇工那一套陈规陋俗，她像我们现在一些有远见的企业家，擅长放灵眼看到机会，放灵手抓住机会，该出手时就出手。王熙凤虽然在荣国府埋头苦干这么长时间，很累，但没有获得显赫名声，她巴不得遇到大事舒展才干。贾珍一求，她就想去，但是王夫人断然拒绝，说小孩子家没经过丧事。贾珍苦苦哀求，她看出王夫人有点儿心动，才说："大哥哥说的这么恳切，太太就依了罢。"真不得了！居然主动出击。王夫人默认了，悄悄地问凤姐，你行吗？王熙凤说："有什么不能的！外面的大事大哥哥已经料理清了，不过是里头照管照管，便是我有不知道的，问问太太就是了。"她说得似乎很收敛，但是看后面情节就会发现，王熙凤在宁国府的任何事情上有没有请示过贾珍？没有。在宁国府的任何事情上有没有请示过王夫人？同样没有。一朝权在手，便把令来行。王熙凤根本就不是协理宁国府，而是在宁国府令行禁止，说一不二。

贾珍要把宁国府的对牌，就是领东西的凭证交给凤姐，说"妹妹爱怎样就怎样"。凤姐故意不接，看王夫人，叫王夫人下令。更妙的是，最终她也不是从贾珍手里接过来对牌，是"无事忙"的贾宝玉从贾珍手里接过来，硬递到她手里。这次"无事忙"忙到点子上了。王夫人问凤姐，今天先怎么办？凤姐说，太太先请回去，我先理出个头绪来才能回去。一天都不耽搁，一个晚上都不耽搁。

凤姐来到三间一所抱厦内坐了，开始琢磨宁国府的弊病："头一件是人口混杂，遗失东西；第二件，事无专执，临期推委；第三件，需用过费，滥支冒领；第四件，任无大小，苦乐不均；第五件，家人豪纵，有脸者不服钤束，无脸者不能上进。此五件实是宁国府中风俗。"荣国府大管家根据日常观察，发现宁国府的弊病概括起来，就是人无专职、管理混乱、滥支冒领、苦乐不均、家人豪纵，好像名医看病，先望闻问切，知道病根后才能对症下药，王熙凤找出宁国府的弊病，要采取相应的改革措施了。

第十三回结尾曹雪芹写了两句诗："金紫万千谁治国，裙钗一二可齐家。"曹雪芹对王熙凤的评价太高了。朝廷贵官佩金饰穿紫袍，但他们能治理国家吗？而像王熙凤这样穿裙子、戴金钗的女中豪杰却可以齐家。曹雪芹把王熙凤理家和治国联系到一块儿，把女性的才能放到了男人之上。

王熙凤治理策略，宁国府治丧排场

——第十四回　林如海捐馆扬州城　贾宝玉路谒北静王

　　第十四回的回目是《林如海捐馆扬州城　贾宝玉路谒北静王》，上一句说林如海在扬州病故，"捐馆"的意思是抛弃住的地方，是死亡的委婉说法。"路谒"是在路上拜谒，贾宝玉在送丧路上拜见了北静王。其实两段情节都不占这一回的主要篇幅。林如海去世，只在贾琏小厮向王熙凤汇报时提到，贾宝玉拜见北静王在这一回的结尾。这一回的主要内容仍写王熙凤治理宁国府。《脂砚斋重评石头记》甲戌本第十四回开头写了一段话，认为写秦可卿之丧实际上是"写凤姐之珍贵，写凤姐之英气，写凤姐之声势，写凤姐之心机，写凤姐之骄大"，脂砚斋评价凤姐用了这么多形容词：珍贵、英气、声势、心机、骄大，这些性格特点在王熙凤协理宁国府时表现得最充分、最精彩。

王熙凤威重令行

　　第十三回末尾，王熙凤已总结了宁国府的弊病，要开始治理。宁国府总管来升把小管家们叫来说，现在请西府二奶奶来管事，咱们得辛苦一个月了。琏二奶奶是有名的烈货，脸酸心硬，一时恼了不认人的。这种写法叫烘云托月，让宁国府总管说对荣国府管家奶奶的看法。仆人也说，我们这个地方也得有个她这样的人来整治整治，太不像话了。宁国府之乱，连家仆都看不下去了。

来升是总管，来升媳妇管宁国府女仆。凤姐叫来升媳妇把花名册拿来看了，约定明天一早点卯。第二天早上六点半凤姐就到了。宁国府的仆人听说她正和来升媳妇派任务，不敢进房间，都在窗外听觑。"听觑"两字特别有趣，仆人们只敢在窗外悄悄听，偷偷看，小心翼翼。凤姐对来升媳妇说："既托了我，我就说不得要讨你们嫌了。我可比不得你们奶奶好性儿，由着你们去。再不要说你们'这府里原是这样'的话，如今可要依着我行，错我半点儿，管不得谁是有脸的，谁是没脸的，一例现清白处治。"

到任伊始一番话，铿铿锵锵掷地有声，马上来一番自立章程。看《红楼梦》容易联想到老子的话："治大国如烹小鲜。"王熙凤治理宁国府很像王公大臣治理国家，"错我半点儿……一例现清白处治"。多么张扬的独裁者气度：我说了算，顺我者昌，逆我者亡。这就是王熙凤。

从王熙凤分配任务，我们就能看出宁国府有多少奴仆。王熙凤派这八个干什么，那八个干什么，这二十个干什么，那四十个干什么；有管倒茶的，有管添油守灵的，有管供茶供饭的，有管祭礼的，有管上夜的。王熙凤派了一百三十四个人，还有剩下的奴仆，按着房屋分开，各自负责守各自的地方，也有三四十人。这是多大的奴仆群体！宁国府贴身侍候老爷太太的、管账房的、门卫之类还不在王熙凤派活的范围内，这些人也得几十个。粗算下来，宁国府总共贾敬、贾珍、尤氏、贾蓉、秦可卿五个主子，需要由两百多个奴仆伺候！王熙凤的分派，每件差事都是职责到人、包干到人，最要紧的，是赔偿到人。你们不是管着供茶供饭、添油守灵吗，只要桌椅、古董、痰盂、茶杯、茶碗坏一个，分管者就得照原样赔。

凤姐还宣布，来升家的每天揽总查看，有偷懒的、赌钱吃酒的、打架拌嘴的，立刻来告诉她。若让她发现来升家的徇情，来升家的这三四辈子的老脸就顾不成了。连管家媳妇，她都毫不讲面子！凤姐还具体规定，我几点来点卯，几点吃早饭，你们几点来领东西、汇报事情，烧了黄昏纸后，她还要到各个地方巡查一遍才回荣国府。

尊贵的贵族少奶奶协理宁国府，一天要上十六个小时班。王熙凤说，咱们辛苦这几日，事完了，你们家大爷自然会赏你们。王熙凤会做人，她说，我是来协理的，惩罚你们，我可以做主，赏你们，得你们家大爷。她把好人留给贾珍去做。

乱哄哄的宁国府经王熙凤一治，立刻变样，过去没有头绪，慌乱、偷窃、懒怠、互相推托、不管事的情况，第二天全部消失，因为每个人的责任都和利益挂钩，砸一个杯子得赔，那不得好好端着？王熙凤自己先做出表率，天不亮上班，忙到半夜，一丝不苟，勤勤恳恳。王熙凤一看，自己三下五除二就把这个乱哄哄的宁国府治理得井井有条，威重令行，心里非常得意。

僧道尼祈福消孽

治丧一定得写宁国府的豪华大丧。在这一回，曹雪芹专门写了五七正五日的活动。停灵三十五天的宗教活动这样进行："那应佛僧正开方破狱，传灯照亡，参阎君，拘都鬼，筵请地藏王，开金桥，引幢幡；那道士们正伏章申表，朝三清，叩玉帝；禅僧们行香，放焰口，拜水忏；又有十三众尼僧，搭绣衣，靸红鞋，在灵前默诵接引诸咒，十分热闹。"

《红楼梦》是我心目中中国古代最好的白话小说，语言简练到极点。因为时代变迁，这些佛教道教活动，需要一句句剖析。五七正五日的活动有四组人轰轰烈烈忙活，给秦可卿祈祷。

第一组是一百零八位和尚，他们在宁国府演说佛法，点起明亮的灯火给秦可卿照亮道路，免得她错误地走到十八层地狱。这些高僧诵经烧香烧纸，参拜阎王爷，让阎王爷把捣乱的小鬼拘禁起来，宴请阎王爷的主管、拯救众生苦难的地藏王菩萨，让他给秦可卿竖起走向来生富贵的旗幡，打开托生到富贵人家的金桥。传说人死后，好人过金桥和银桥托生到下一世继续做富人。坏人过木桥和竹桥托生到下一世变得贫穷、孤苦，甚至无法托生为人，只能成为低等的动物。

第二组是九十九位道士，他们写表章焚烧，朝拜道教主宰玉清原始天尊、上清灵宝天尊、太清道德天尊，给道教最高的神仙玉皇大帝磕头，请他保佑秦可卿。

第三组是五十位高僧，他们烧起高香，焚起佛经，烧的纸到冥间会变成银钱让饿鬼抢，这样他们就不会拖住秦可卿，这是替秦可卿解冤除灾。

第四组是十三个年轻的小尼姑，她们穿着美丽的绣花衣服，拖着鲜红的绣花鞋，在秦可卿灵前默默念诵，接引从仙界传来的咒语，送秦可卿进入极乐世界。

和尚、道士、尼姑悉数到场，佛教、道教同台演出，都是为了让秦可卿早日解冤洗业，求得下一辈子的荣华，真隆重，真热闹。但想想她是怎么死的？跟公公的不伦让她没脸见人，上吊而死的。

岂不是太滑稽?

哭灵表演与杀鸡儆猴

五七这一天王熙凤来治丧,得有次精彩的灵前大哭表演。王熙凤知道这一天来的客人很多,一大早就打着荣国府的明角灯,在荣国府和宁国府媳妇们的簇拥下,缓缓来到会芳园登仙阁,此时,真情实感不由得就流露出来。她的闺中密友只有秦可卿,现在秦可卿死了,再也没人和她说知心话了。一见棺材,凤姐的眼泪恰似断线的珍珠滚将下来,小厮垂手等着烧纸,凤姐忍住哽咽说:"供茶烧纸。"一声锣响,诸乐齐奏,有人端过一个大圈椅放到秦可卿的灵前。这个地方写得细致,王熙凤是长辈,不能跪在地上、坐在地上哭,得坐在椅子上哭。凤姐放声大哭,宁国府里外上下连忙接声号哭。

豪门大丧写得周密。有人吊丧,家里的人得陪哭;守灵的人必须等吊丧者开哭,他们才能接声哭。凤姐大哭是真哭,接声号哭的大部分人只大声号,没有眼泪。

王熙凤大哭一番,尤氏、贾珍派人来劝,凤姐止住哭,漱了嘴,起身来到抱厦点名。只有一个迎送亲客的人没到。等这人慌里慌张来了,凤姐一见,冷笑:"我说是谁误了,原来是你!你原比他们有体面,所以才不听我的话。"那人赶快解释:"小的天天都来得早,只有今儿,醒了觉得早些,因又睡迷了,来迟了一步,求奶奶饶过这次。"

人情小说写起来要舒缓有度,王熙凤要处理这个迟到者,但她没有马上处理,而是先办理荣国府的事务。王熙凤见荣国府的王兴媳妇站在旁边,问她来干什么。王兴媳妇说来领钱做车轿上的网。

王熙凤看了看，发给她荣国府的对牌。荣国府又有四个人抓紧汇报，王熙凤看了，这两件对，那两件不对，让他们算清楚再来！处理完五件事，荣国府张材家的还在旁边站着，要领裁缝工钱。接着又来一个，是为贾宝玉外书房装修完了要买纸料糊裱。王熙凤让他们一一登记。

王熙凤这才回过头来处理宁国府这个人："明儿他也睡迷了，后儿我也睡迷了，将来都没有人了。本来要饶你，只是我头一次宽了，下次人就难管，不如现开发的好。"登时放下脸来，喝命："带出去，打二十大板！"又告诉来升，革了这人一个月的银米。迟到了一次，一个月的月钱没了。大家看到凤姐"眉立"——王熙凤两弯柳叶吊梢眉竖起来了，发威了，发飙了，发怒了——谁也不敢吭声，不敢怠慢，把这人拖出去打了。

红学家对这一段做出了百花齐放的解释。王熙凤下令来升革一月的钱米，我的解释是把迟到者一个月的月钱扣了。但有红学家说，王熙凤革的是来升的银米，也就是手下人迟到一天，总管一个月的月钱就没了。

王熙凤宣布："明儿再有误的，打四十，后日的六十，有不怕打的，只管误！"王熙凤雷厉风行，不讲情面，对迟到的人严厉处罚，杀鸡儆猴。但她没想到，这个迟到的人对王熙凤怀恨在心，将来王熙凤免不了会被她报复。这是脂砚斋的评语透露的。

宝玉必不可少的掺和

如果王熙凤总拿着板子打人，大声呵斥训人，这样的人物，读者怎么能喜欢？为什么王昆仑先生要说"恨凤姐，骂凤姐，不见凤姐想凤姐"？因为王熙凤是个复杂的形象，她身上自有她可爱的地方。先前刚刚处罚了这个迟到的，马上就显出她作为长嫂的温柔可爱之处——此时贾宝玉来了。

贾宝玉怕好朋友秦钟受委屈，叫着他找"凤姐姐"去。凤姐虽是嫂子，但和宝玉更像亲姐弟，宝玉从来都叫她"凤姐姐"。凤姐才吃饭，一见宝玉来了，特别高兴，笑道："好长腿子，快上来罢！"凤姐的意思是，我这里正吃好东西，你跑得比兔子还快，赶快上来一起吃吧。宝玉说："我们偏了。"就是说我们已经吃了。凤姐问他"在这边外头吃的，还是那边吃的"，宝玉说我和这边那些浑人吃什么，是在那边和老太太吃的。在宝玉眼中，别人都是浑人，就他的凤姐姐和贾母不是浑人。

凤姐吃完饭，有宁国府的媳妇来领牌，宝玉问，为什么荣国府没人来领牌？凤姐告诉他，人家来领牌给你装修书房的时候，你还做梦呢。宝玉说，我想早点儿念书，他们不收拾书房，我也没办法。凤姐逗小弟弟，你要快，请我一请，我就给你加快速度。宝玉说，要快也没用，他们有进度，该有的时候自然就有了。贵族少爷对世事不懂，不知道有时人情关系比正常进度更重要。凤姐继续捉弄宝玉，他们要做我可以不给他们发对牌。宝玉一听，便"猴向凤姐身上立刻要牌"。这"猴"太生动了，"猴"向身上就好像猴爬树一样。宝玉这样纠缠凤姐要对牌装修书房，凤姐这才发了点儿牢骚："我乏的身子上生疼，还搁的住揉搓。"王熙凤劳累疲乏，而且夜里失眠，可她只是在和宝玉开玩笑时才说出来。她告诉宝玉，早就给他发了牌，还查登记册叫宝玉看了。

黛玉彻底成孤儿

姐弟两人闹完，又来一段似乎是闲白的情节。贾琏的小厮昭儿来报告，是二爷打发他回来的，林姑老爷九月初三去世，二爷带了林姑娘送林姑老爷的灵柩到苏州，年底才能回来。二爷打发他来给二奶奶报信请安，讨老太太示下，还要带几件大毛衣服。

林如海九月初三去世，曹雪芹可能弄错了，前边写这年冬底，林如海来信身染重病，贾母派贾琏送黛玉，此时秦可卿也病重，第二年秦可卿春分病逝，治丧期间昭儿回来报信，林如海怎么可能死于秋天？林如海去世的九月初三，疑是二月初三之误。

王熙凤最关心的当然是贾琏，但她没有表现出来。她向宝玉笑道："你林妹妹可在咱们家住长了。"王熙凤知道，宝玉最在乎林妹妹。这也说明王熙凤是贾母心腹，本来黛玉死了母亲，贾母就接回外孙女，现在父亲也死了，她还不得让外孙女长住贾府？这是曹雪芹早就构思好的，此处借王熙凤的嘴敲定。

宝玉当然希望林妹妹能长住，但是他更担心："了不得，想来这几日他不知哭的怎样呢！"宝玉担心林妹妹伤心落泪，两人心心相印。

凤姐耐心等到晚上，把昭儿叫进来细问琏二爷一路上怎样。她连夜给贾琏打点大毛衣服，细想他还需要什么别的东西，想好了找出包好交给昭儿，再嘱咐他一番："在外好生小心伏侍，不要惹你二爷生气；时时劝他少吃酒。"这是贤妻必须嘱咐的，最重要的是下面的话："别勾引他认得混帐女人，回来打折你的腿。"知夫莫如妻，王熙凤知道贾琏是花花公子，走到二十四桥明月夜的扬州，走到灯红酒绿的苏州，江南最繁华的地方，他还不得到红灯区逛个遍？王熙凤嘱咐他的小厮不要勾引二爷认识混账女人，可她的丈夫还用小厮带他认识混账女人吗？他自己就会去找，但王熙凤鞭长莫及。王熙凤嘱咐完昭儿，给贾琏准备好东西，已到半夜，躺下又睡不着了。又是天明鸡唱，她忙梳洗了往宁国府来。王熙凤很能干，正因为能干，能者多劳，这导致很多疾病，失眠就是其中之一。

压地银山般送葬队伍

豪门大丧已停灵七七四十九天，贾珍看马上要到发引日子，要出丧了，便亲自坐了车，仍旧请来阴阳司的人，到铁槛寺看寄灵所在。他一一嘱咐铁槛寺住持，预备新鲜陈设，多请名僧给秦可卿念经。贾珍连茶饭都没心思吃了，胡乱在寺里住了一夜，第二天一早，就进城料理出殡的事情。眼看要到出殡的日子，凤姐也开始一项一项预先料理，安排宁国府的人待宾客，处理送葬中的各种复杂细致的事。荣国府那边又出了很多事，有个国公府诰命夫人亡故，西安郡王王妃过生日，镇国公诰命夫人生子，这些事情王熙凤得一一做出安排。王熙凤的哥哥王仁要带着家眷回家，王熙凤要写信给父母请安，让哥哥带礼物。迎春病了，王熙凤要安排请医服药。王熙凤在宁国府已忙得脚不沾地，荣国府又有这么多事，她茶饭都没工夫吃了，怎么会不生病？小说写，王熙凤人刚到荣国府，宁国府的人就跟过来；人刚回到宁国府，荣国府的人又跟了来。如果是一般人还不得烦死，我又没有三头六臂分身法，这么多人找我！没片刻清闲！但王熙凤任劳任怨，心里十分欢喜。这人权力欲太强，找她请示的人越多，她越觉得自己厉害。这就是凤姐之所以为凤姐，她就是这么个出类拔萃的女人，日夜不暇，筹划得十分整肃，步步安排都在点子上。

明天出殡，今天坐夜。宁国府安排两班小戏和耍百戏的与亲戚朋友们一同坐夜。尤氏胃疼已经疼了七七四十九天，还在那里疼着不起床，所有事仍是凤姐张罗。而凤姐张罗得周全完满，该怎么办，就怎么办，一点儿错都挑不出。

贾府是大族，尤氏病了，王熙凤帮忙，其他夫人不能也来帮忙？曹雪芹写："合族中虽有许多妯娌，但或有羞口的，或有羞脚的，或有不惯见人的，或有惧贵怯官的，种种之类，俱不及凤姐举止舒徐，言语慷慨。"这真是万绿丛中一点红。这些贾氏家族的女子你怕见官，我怕见客，她还不会说话，而凤姐待人客客气气，说话痛痛快快，完全是大家族大当家的大派头。脂砚斋说写秦氏之丧只为写凤姐。这话可能有点儿过头，但是有一定道理。秦可卿的大丧十分精彩，治理大丧的巾帼人物王熙凤更加精彩。

到出丧时，宁国府的豪门气派就显得淋漓尽致了。

大出丧前，我们回顾一下，宁国府的豪门大丧摆了些什么谱。

小题大做。一个重孙媳妇，只是个小人物，死得不明不白，按理说悄悄埋了就算了，可秦可卿死在贾府百足之虫死而不僵时，定要借丧事大显威风。难道仅仅是为了写贾府的威风？作者有深意，将来贾府被抄，荣国公的继承人贾赦死了，场面冷清，葬礼寒酸。写秦可卿葬礼场面的熏天气势，就是为后来失势作铺垫，作对比。

大事铺张。豪门大丧旷日持久，两三百个和尚、道士、尼姑做免罪解冤洗业的法事。这四十九天中，宁国府白漫漫人来人往，家丁亲友都穿着白衣服来吊丧；花簇簇宦去官来，来吊唁的官员穿的衣服繁花似锦，亲友官员来了都得招待。装殓秦可卿用了亲王没用的棺木，这种棺木一千两银子都没地方买。贾珍为了风风光光送自己的情人，甚至给儿子捐个五品官龙禁尉。贾珍有的是钱，平时为什么不给儿子捐官？现在却为秦可卿捐了。秦可卿的丧事中，贾珍像马戏团里表演的活猴，出尽洋相。他宣布对秦氏的丧事要尽我所有；他悲痛得走不动路，得拄着拐棍求王熙凤帮忙。脂砚斋说，秦可卿之死是"层峦叠翠"。我们看到，在秦可卿之死的"绵延山峰"里，每个山丘、每个山坡都有贾珍的影子，他哀痛至极，繁忙至极，操心至极。秦可卿死了，丧事完全是公爹一手操办。丈夫贾蓉哪儿去了？地遁了？太耐人寻味了。曹雪芹在整个丧事的过程中叫死者丈夫"失踪"，这安排真是颇具意味！

秦可卿出殡，到了天明选定的吉时，六十四名穿黑衣服的年轻家仆起灵，秦可卿的铭旌[1]上写："奉天洪建兆年不易之朝诰封一等宁国公冢孙妇防护内廷紫禁道御前侍卫龙禁尉享强寿贾门秦氏恭人之灵柩"。什么叫享强寿？活到很大的年纪过世才能叫享强寿，秦可卿不过活了二十岁，居然写上强寿，这是不是暗讽她是强死、短命而死、自杀而死？她还是恭人，配套的执事陈设都是现赶着新做出来的，一色地光艳夺目，不知道花了多少钱。宝珠自行未嫁之女的礼仪，摔丧驾灵，十分哀苦。这地方真能叫人笑得喷饭，现造的恭人，现造的未嫁之女。

宁国公乃八公之一，来送殡的有镇国公等六个国公继承人，南安郡王孙子等七个郡王继承人。公侯伯子男全部到齐，王孙公子不可胜数，大轿小轿，不下百余乘。既然送葬的是国公、郡王的继承人，他们也按规摆放了各种执事陈设，这就不是宁国府一个府的执

---

1 旧时竖在灵前右方的长幡，上书死者的官衔姓名，长度因死者的身份而不同。——编者注

事了，不是贾蓉一个五品官的执事了。国公府、郡王府的摆设摆了三四里远。这是什么样的气派，什么样的排场？这样的气派和排场，跟后来的大衰落和大败局形成了鲜明的对比。

在送丧的队伍中还出现了几个人名：神武将军公子冯紫英，陈也俊、卫若兰等诸王孙公子。这里不是随便写冯紫英，他曾给秦可卿请大夫，后续还要和贾宝玉、薛蟠打交道。至于王孙公子卫若兰，据推测，将来是史湘云的丈夫。

更高规格的送葬队伍——路祭还在后面。宁国府权势巨大，皇帝身边的四王——东平王、南安王、西宁王、北静王也来参加了葬礼，四家王府在贾府送葬的路旁，搭起彩棚，奏起哀乐，点上香烛，祭奠亡灵。这样的路祭是贾府权势的最高表达，也是为将来的衰落做个铺垫。现在死个重孙媳妇，四王都要来路祭。将来荣国府宝塔尖贾母死了，谁来路祭？曹雪芹肯定会做辛酸的描写。

看《红楼梦》，我永远忘不了这十几个字："宁府大殡浩浩荡荡、压地银山一般……"任何小说都找不到这样的字，为什么像银山一样？因为孝服的队伍浩浩荡荡，像移动的银山。十几个字，写尽繁华，写尽权势。

秦可卿之丧是古代小说绝笔

秦可卿出丧是古代小说从未有过的精彩场面，研究者归纳古代小说四大丧：《金瓶梅》李瓶儿出丧、《歧路灯》谭孝移出殡、《聊斋志异》金和尚出丧、《红楼梦》秦可卿之丧。谭孝移的身份跟荣国府没法比，《歧路灯》的成书年代晚于《红楼梦》，也不可能影响《红楼梦》。《聊斋志异》是写和尚出殡。我们看看《金瓶梅》的李瓶儿出丧就会发现，一个伟大的作家，不是一下子从天上掉下来的，而是不断汲取前人成果才成就的。脂砚斋常说《红楼梦》"深得《金瓶》壶奥"。说《红楼梦》得到《金瓶梅》真传，这岂不是降低《红楼梦》的地位？殊不知，曹雪芹写《红楼梦》时，他身边的人还不知道《红楼梦》将来成不成气候，而《金瓶梅》已经是名著。

那么曹雪芹怎么从《金瓶梅》中汲取精华呢？我们看看李瓶儿之死。

《金瓶梅》写道，李瓶儿死，西门庆一晚没睡，神思慌乱，踢小厮，骂丫鬟，不肯吃饭，嗓子哭哑，口口声声叫着"我好性儿有仁义的姐姐"。贾珍在秦可卿死后说，"谁不知道我这媳妇比儿子还强十倍"，我这媳妇一死，"可见这长房内绝灭无人了"，和西门庆说的话多么相似？

西门庆要在李瓶儿灵柩前写"诏封锦衣西门恭人李氏柩"，把五品官的夫人因死亡再提一级的称呼恭人，放到小老婆的灵柩上，别人劝阻，他才改成"室人"，就是小老婆，但他还是把诏封贴金。"秦氏恭人之灵柩"和"恭人李氏柩"又是何等相似。

西门庆用三百二十两银子买来尚举人家香气四溢的桃花洞棺木。薛蟠送秦可卿的棺木一千两银子都没处买，这一千两银子在当时也是一笔不小的数目。

西门庆在天井里搭五间大棚，派仆人买来二十桶漂白布、二十桶生眼布、二十桶光麻布、二百匹黄丝孝绢，雇了很多裁缝，造帷幕，造孝服，全家挂孝。李瓶儿入殓的时候，他还要强着女婿陈敬济做孝子。宝珠这个未嫁之女像不像这位"孝子"？

像《红楼梦》这样的伟大著作，汲取了中国古代小说的精华，除了《金瓶梅》，实际上《红楼梦》中也有不少《聊斋志异》的影子，但《红楼梦》中的大丧才是古代小说的绝笔。

北静王来做甚？

路祭中北静王亲自来且身穿素服，这事极不简单。北静王是四王里面地位最高的。贾府的人受宠若惊，贾赦、贾政、贾珍，赶快以国礼相见，跪下磕头。北静王在轿里欠身含笑答礼。亲王不需要回礼，但是他不仅回礼，且以世交称呼。贾珍也很会说话："犬妇之丧，累蒙郡驾下临，荫生辈何以克当。"这话的意思是：我儿媳妇死了，您亲自来，我们这些皇室庇护下的人怎么敢当。北静王说，我们都是世交，何必说这个。北静王叫长府官祭奠。贾赦、贾政、贾珍在旁边还礼，祭奠完了再给北静王谢恩。

北静王特地来祭奠秦可卿，很可能是冲着另外一个人——贾宝玉来的。祭奠完了，亲王该鸣锣开道，打道回府了。但是北静王却问贾政，哪位是"衔玉而诞者"？几次要见一见，都没见成，今天他肯定来了，何不请来我见见？贾政急命宝玉脱去孝服，来叩见水溶。

水溶是北静王的名字。贾宝玉对北静王仰慕已久，听说北静王是贤德亲王，才貌双全，风流潇洒，不以官俗国体要求大家。贾宝玉早就想见他，现在听到北静王叫自己，心中特别欢喜，赶快往北静王轿前走，还没走到跟前，就已发现，轿内的北静王果然一表人才。

北静王见了贾宝玉会说什么？贾宝玉会和北静王有什么交流？将在下一回描写。

宝玉结识北静王，凤姐大发不义财

——第十五回　王熙凤弄权铁槛寺　秦鲸卿得趣馒头庵

贾宝玉路谒北静王虽然出现在上一回回目上，却在这一回才仔细描写。

第十五回虽然回目是《王熙凤弄权铁槛寺　秦鲸卿得趣馒头庵》，重点描写的却是《红楼梦》的两个核心人物——贾宝玉和王熙凤。他们分别做了精彩的"表演"：贾宝玉受到了北静王的赏识，王熙凤靠一封假托贾琏之名的信捞到三千两银子。这样的"表演"都会对此后小说的走向产生重要影响，王熙凤会越来越胆大妄为，贾宝玉跟皇室重要人物有了联系，受到了北静王的影响甚至庇护，而这应是曹雪芹丢失的后三十回描写的情节。贾宝玉发现秦钟的风流韵事，实际上也是描写"皮肤滥淫"和精神之恋的区别。

贾宝玉和北静王惺惺相惜

第十五回开头写道："宝玉举目见北静王水溶头上戴着洁白簪缨银翅王帽，穿着江牙海水五爪坐龙白蟒袍，系着碧玉红鞓带，面如美玉，目似明星，真好秀丽人物。宝玉忙抢上来参见，水溶连忙从轿内伸出手来挽住。见宝玉戴着束发银冠，勒着双龙出海抹额，穿着白蟒箭袖，围着攒珠银带，面若春花，目如点漆。水溶笑道：'名不虚传，果然如"宝"似"玉"。'"

贾宝玉和北静王两个人都很美，像朝花明月。曹雪芹模仿戏台上的皇帝打扮北静王。"王帽"即堂帽，帽子后面有两根银制朝天翅。"江牙海水"是蟒袍下端排列弯弯曲曲的水脚，上面有波浪翻滚的海水，这是官服下摆的吉祥纹样。"江牙海水"表示盛世太平，一统山河。古代五爪为龙，四爪为蟒。皇帝龙袍上龙的头部是正面的，这样的纹样叫正龙；亲王服饰上龙的头部是侧面的，这样的纹样叫"坐龙"，"坐龙"是盘成圆形的龙。北静王身穿坐龙蟒袍，且是白色的，但王爷参加臣子葬礼，不能完全穿素，所以北静王的素冠素服要搭配红色腰带，并且以碧绿的玉做搭扣，既区别于纯素，又显示高贵。

贾宝玉的表现是"好臣子、好孩子"。"抢上来参见"，一个"抢"字，把诚惶诚恐、急于见北静王的心情活画出来。北静王对贾赦、贾政的参见表现得十分谦虚，含笑答礼，但并没伸出手挽他们，对贾宝玉却伸手把他扶起来。北静王更看重贾宝玉，对宝玉出生时衔着的玉更感兴趣，见了面便问："衔的那宝贝在那里？"宝玉赶快从衣内取了递过去。北静王细细看了，又念了上面的字，问："果灵验否？"贾政赶快回答："虽如此说，只是未曾试过。"北静王一边称奇道异，一边亲自给贾宝玉戴上，又携着贾宝玉的手问他几岁，读什么书，贾宝玉一一回答。

北静王见宝玉谈吐有致，语言清楚，很是欣赏。北静王不到二十岁，他对贾宝玉亲切得像大哥哥对小弟弟。在北静王眼里，贾宝玉登得了大场面。而在贾政心里，儿子只喜欢内帏厮混，得经常训他、骂他。没想到，北静王来了三个非同寻常的举动。

北静王第一个不寻常的举动是，对贾政预言其子将来会超过他："令郎真乃龙驹凤雏，非小王在世翁前唐突，将来'雏凤清于老凤声'，未可量也。"因为是世交，贾政辈分高，故称其为"世翁"。北静王开口就是李商隐的诗句"雏凤清于老凤声"，贾宝玉钦佩得很。北静王把贾宝玉说成"龙驹凤雏"，说明北静王确实喜欢贾宝玉。即便北静王已经知道贾元春日后要封妃，但贾宝玉只不过是普通的皇亲国戚，成不了"龙驹凤雏"。贾政虽然说贾宝玉到他的书房就站脏了他的地，靠脏了他的门，但是世界上只有望子成龙的父亲，没有把儿子当天敌的父亲。贾政平时不待见贾宝玉，其实是恨铁不成钢。听了北静王的话，贾政喜从天降，回答："犬子岂敢谬承金奖。赖藩郡余祯，果如是言，亦荫生辈之幸矣。"贾政这话的意思是，我儿子怎承得起您这样夸奖，有亲王您庇护是我们的荣幸。贾政也善于辞令，儿子得到皇帝赏识的皇室人物的赞赏，他得表达感恩戴德之情。贾政高兴，在场的其他人有何感想？贾赦现在地位最高，继承荣国公官衔，而他的儿子贾琏是长房长孙，已是五品顶戴。贾赦听了北静王的话肯定吃醋。而贾赦这一缸醋我们在几十回后才能看到，那就是贾赦故意赞扬贾环可以继承世袭爵位。

北静王预言贾宝玉前途无量的话，肯定马上会在贾府传开。贾母会更加珍爱自己的宝贝孙子，贾政会加紧督促儿子按照北静王的话，努力学习。赵姨娘母子肯定暗地里咬牙切齿，而薛姨妈会把"金玉良缘"提上日程。整个贾府任凭风吹浪起，我自岿然不动的只有一个人——天上掉下来的林妹妹。林黛玉才不管你贾宝玉将来做不做荣国公，她只求两心相知。

北静王第二个不寻常的举动是，主动建立跟贾宝玉的密切联系。北静王推测宝玉肯定和自己小时一样受老太夫人的钟爱甚至溺爱，说不定会荒废学业。"若令郎在家难以用功，不妨常到寒第。"北静王说他的家里名士高人很多，贾宝玉常去，学问可以日进，贾政赶快躬身答应。从此贾宝玉就有了理由可以踩得北静王门口不长草了。北静王自然不需要参加科举考试，不需要和精通仕途经济的人来往，倒可能结交海内外诗词文章写得好的名士。那么贾宝玉会不会受到北静王身边这些高人的指点，学问长进？我翻遍《红楼梦》前八十回，一个字都找不到。倒找到了另外三个情节。其一，常到北静王府的"高人"戏子蒋玉菡，将北静王送的茜香国女国王进贡的大红汗巾转送贾宝玉，因此给贾宝玉带来一顿责打。其二，宝玉雨天去看黛玉，戴着箬笠，披着精致的蓑衣，穿着讲究的棠木屐，这三样都是北静王送的，贾宝玉跟北静王学了些更精致高档的享受。其三，王熙凤过生日，宝玉跑出去祭奠金钏儿，却撒谎说去安慰痛失爱妾的北静王。北静王没有成为贾宝玉学问日进的动力，倒成了贾宝玉的挡箭牌和避风港。

北静王第三个不同寻常的举动是，从手腕上摘下串鹡鸰香串，对宝玉说这是皇帝赐的，送给你吧。这是太高的荣誉了。宝玉赶快接了递给他爹，父子一块儿谢王爷恩典。鹡鸰香串后来到哪儿去了？宝玉要当珍宝送给黛玉，黛玉怎么表示？这就是段更有趣的故事了。

北静王见过贾宝玉后，贾赦、贾珍上来说，王爷请回舆。北静王说："逝者已登仙界，非碌碌你我尘寰中之人也。"他虽然是王爷，但也不敢越仙辀而进。贾府的人告辞谢恩，告诉手下人，掩乐停音，送丧队伍静悄悄过完，北静王这才起程回去。这些描写如果不是亲身经历过权势人家的生活，我很怀疑曹雪芹能不能写出来。

凤姐撇了秦钟顾宝玉

凤姐惦念宝玉，怕他在郊外逞强。贾政不管这些小事，但如果宝玉出了问题，凤姐恐难见贾母。凤姐派个小厮把宝玉叫来，说："好兄弟，你是个尊贵人，女孩儿一样的人品，别学他们猴在马上。下来，咱们姐儿两个坐车，岂不好？"

因我也写小说，特别喜欢推敲细节。这段描写似乎寻常，但这个微不足道的细节深入刻画了凤姐唯利是图的个性。凤姐派人喊宝玉时，"宝玉只得来到他车前"。"只得"二字说明宝玉很不情愿。常给凤姐当跟屁虫的小弟弟，此时为什么不情愿？因为宝玉重情重义，他正和秦钟待在一块儿，秦钟刚刚死了唯一的姐姐。既然凤姐当日曾说，秦钟把宝玉比下去了，宝玉是女孩儿一样的人，不该猴在马上，为什么比宝玉还文弱的秦钟就得继续骑马？为什么凤姐不把秦钟叫来一起坐车？秦钟刚刚丧失了唯一的姐姐，非常痛苦，特别需要别人的关怀爱护，但王熙凤不仅不爱护这可怜的小孩，还硬生生把正在关心陪伴他的宝玉叫走了，为什么？因为王熙凤唯一的好朋友秦可卿已经死了，而以贾宝玉为生命的贾母还活着，还掌控着荣国府！凤姐必须爱护宝玉，至于秦钟，她就不需要管了，因为他姐姐已经死了，人走茶凉。事情就是这么微妙，这么简单，也这么残酷。

假如凤姐把两个男孩叫到车上亲切呵护，多好？但那样她就不是脂粉队里的英雄王熙凤，而是脂粉队里的活菩萨李纨，或者脂粉队里的窝囊废尤氏。这些人情世故，曹雪芹琢磨到家了。

有人汇报凤姐，这个地方可以下来方便一下。凤姐问了邢夫人和王夫人，小厮回禀，二位夫人说不歇了，奶奶自理便是。凤姐说我们歇一歇。这就又出来一段好玩的故事，贾宝玉看到真正的贫穷农村了。

他们进入茅舍，王熙凤要方便一下，就让宝玉先出去玩。宝玉和秦钟带着小厮各处玩，看到锹、锄、犁等，从没见过，也不知道叫什么名字、干什么用的，小厮一一告诉宝二爷。宝玉听了很感叹。又到了一个房间，宝玉看到炕上有纺车，便问是干什么的。小厮说是纺线的。宝玉一听就要上去玩玩！他上炕拧转纺车，来了个十七八岁的村庄丫头乱嚷："别动坏了！"宝玉的随从断喝拦阻，我们宝二爷爱怎么着就怎么着，你还敢管！宝玉忙丢开手，赔笑说："我因为没见过这个，所以试他一试。"小厮耀武扬威，宝玉却有平等意识，赔笑解释。村庄丫头说："你们那里会弄这个，站开了，我纺与你瞧。"天然去雕饰的乡村丫头，不讲究什么国公府的礼数，管你什么大少爷、贵族公子，站开了，我纺给你看！秦钟拉着贾宝玉悄悄说："此卿大有意趣。"这时我们就看出来，贾宝玉对女性极度尊重，和秦钟这"情种"完全不一样。宝玉和秦钟都对乡村姑娘有好感，但是宝玉尊重对方，秦钟却起了亵玩心思。宝玉一把把他推开，笑道："该死的！再胡说，我就打了。"这一段很生动，把两个好朋友的不同品性写活了。贾宝玉对女性的态度是警幻仙子说的"意淫"，对所有女性都体贴照顾，秦钟则是警幻仙子说的"皮肤滥淫"。

大殡队伍到铁槛寺下榻。贾珍招待亲友，有留下吃饭的，也有不吃饭的。关系特别好的女眷要等三天再回去，邢夫人和王夫人是长辈，要先回去。王夫人想带宝玉回去，宝玉要陪秦钟。王夫人只好把宝玉交给凤姐照顾。

"铁槛寺"和"馒头庵"都有戏

铁槛寺是荣国公和宁国公当年建的，准备家族有人死了方便在此处临时停灵。送殡的很多人住在这里，但王熙凤不能和贾府的旁支女性一块儿住在这里。凤凰能和乌鸦麻雀住一块儿？她要到馒头庵去。

"铁槛寺"和"馒头庵"这两个词大有章法，是从唐诗而来："纵有千年铁门限，终须一个土馒头。"人生有各种各样的门槛，门槛再高，最后也是一个土馒头交待了，埋到坟墓里。铁槛寺和馒头庵都意味着世事无常，人最后的结果是坟墓。馒头庵本叫水月寺，因为馒头做得好才改名。"水月"的意思是功名利禄、繁华奢侈到头不过一场空，像镜中花水中月。"水月寺"和"馒头庵"这两个名字是同一意思的不同表达。

到了馒头庵就要开始上演回目上提到的"王熙凤弄权铁槛寺秦鲸卿得趣馒头庵"的情节了。

王熙凤到了馒头庵，馒头庵住持净虚求王熙凤办事。长安府太爷的小舅子李衙内看上财主小姐张金哥，但张金哥早就接受了长安守备公子的定礼。两家打起官司来，都要张金哥。长安府太爷小舅子认为自己的权势大，守备公子说这是他早就定了的，谁也不让谁。长安节度使云光与贾府关系好，净虚求王熙凤，请贾府给云光写封信，让他给张金哥家和守备家下命令，长安守备得听节度使的，当地财主更得听节度使的。净虚和王熙凤说，如果帮了这个忙，财主张家连倾家孝顺都情愿。

王熙凤什么表现？先来一句，"这事倒不大"。这么仗势欺人的事，她认为是小菜一碟，然后故意说："我也不等银子使，也不做这样的事。"王熙凤是什么人？一听说倾家孝顺就点头，岂不是太没身份，必须拿一把。老尼姑很狡猾，知道对王熙凤得用激将法，她说，虽是这么说，但是张家已经知道我来求府上了，如今不管这事，张家不知道是府里没工夫管，不稀罕他的谢礼，倒好像府里连这点儿本事都没有。王熙凤抓尖要强，一听这个马上发了兴头，说："你是素日知道我的，从来不信什么是阴司地狱报应的，凭是什么事，我说要行就行。你叫他拿三千银子来，我就替他出这口气。"王熙凤明明知道她要做的这事缺德，但是她说从来不相信地狱报应；她借这小事大敲一笔竹杠，要三千两银子，还偏偏要说，我还看不上这点儿银子。她怎么说的？"我比不得他们扯篷扯牵的图银子。这三千银子，不过是给打发说去的小厮作盘缠，使他赚几个辛苦钱，我一个钱也不要他的。便是三万两，我此刻还拿的出来。"小厮盘缠要三千两银子？骗人呢！三万两银子马上拿得出来，那是王熙凤说顺了嘴，把荣国府管家婆中饱私囊的老底抖搂出来了。凤姐派来旺儿假借贾琏名义写信给云光，张家把金哥改许李衙内。势利眼父母偏养了个重情重义的女儿，守备公子也是个痴情的。一对恩爱的有情人双双自尽。张家和李家人财两空，王熙凤一封书信赚三千两银子，害死两条人命。

王熙凤协理宁国府，大刀阔斧，英姿飒爽，多么能干的女强人！她也搂草打兔子，不费吹灰之力，赚进大笔银子，而且这只是开始。从此王熙凤知道，荣国府这块金字招牌有多大分量，她懂得利用这招牌。正如小说里面写的，从此王熙凤胆识越来越壮，更加胡作非为，这种伤天害理的事情，更是不可胜数。王熙凤一生做了很多舞弊作孽的事，弄权铁槛寺，确切地说是弄权水月庵，是典型的事例。这样一来，协理宁国府的大能人，开始了蛀空荣国府的大工程。将来贾府遭受灭顶之灾，有贾赦的"功劳"，也有王熙凤的"功劳"。

贾宝玉在太虚幻境看到的王熙凤的画是冰山上的雌凤。冰山消融，凤就没了立足之地，判词是"机关算尽太聪明，反算了卿卿性命"。王熙凤确实聪明，为人处世，高人一等，可作恶也高人一等。

王熙凤像曹操一样，杀人如草不皱眉，残忍狠毒，说干就干。她害死了和自己毫不相干的一对恩爱有情人，后来又害死尤二姐，给自己最后的覆灭埋下了祸根。这只贾府的霸王凤，最后导致贾府被抄，自己进了狱神庙。王熙凤被释放后，邢夫人和贾琏把她和平儿的位置调了个个儿，王熙凤成了粗使丫鬟，在大观园扫雪，最后被贾琏休了，哭向金陵，短命而死；唯一的女儿被卖进了妓院。第十五回王熙凤弄权铁槛寺，是非常重要、非常生动的一段，对整个《红楼梦》情节向前发展，有重要作用。

秦钟果然只是个情种

秦钟和智能儿两个人眉来眼去，被宝玉发现。晚上，秦钟和智能儿巫山云雨，贾宝玉把他们两个按住，智能儿羞得趁黑跑了。这段描写多少有点儿色情味道。秦钟是警幻仙子所说的"皮肤滥淫"，姐姐死了来送丧，居然和小尼姑幽会，荒唐不？但秦钟似乎没当回事儿。宝玉拉了秦钟出来问他可还犟嘴。秦钟告饶，贾宝玉说，等会儿睡下细细地算账。这句话被一些红学家，特别是国外的红学家大做文章。有的人说，贾宝玉和秦钟要躺下算账，他们是同性恋。1980年，我给六个国家的留学生讲《红楼梦》，就有留学生直接问：贾宝玉和秦钟是不是同性恋？我当时是这样给他解释的，到现在也还是这样认为。我说，我们看《红楼梦》，曹雪芹怎么写，我们怎么看。曹雪芹只说睡下了和你细细算账，接着说，"宝玉不知与秦钟算何账目，未见真切，未曾记得。此系疑案，不敢纂创"。他不写，我们就不必推测了。曹雪芹故意躲躲闪闪、幽默诙谐，留给读者思考的空间，当然读者爱怎么想就怎么想。

王熙凤在馒头庵又多待一天，既把尼姑托她的事办好，又给贾珍送个整人情——我对你的事特别上心，送佛送到西；还卖给宝玉个面子——你愿意在这儿玩，我陪着你。所有的事都办完了，善始善终，她才回到荣国府。豪门大丧办完，秦可卿托梦说的"烈火烹油、鲜花着锦之盛"接踵而至。元妃归省的大戏就要拉开序幕了。

元春封妃，黛玉回府，凤姐忽悠贾琏

——第十六回 贾元春才选凤藻宫 秦鲸卿夭逝黄泉路（上）

元春封妃是贾府的重要事件。通过贾琏夫妇和奶妈的议论，曹雪芹把曹家当年四次接驾的辉煌史写了出来。黛玉回府，宝黛爱情的叙述进入了紧锣密鼓的阶段。继协理宁国府之后，王熙凤巧妙愚弄贾琏，展示其出众才能。

元春封妃，黛玉回府

元春封妃本是大喜事，却把贾府的人吓得够呛。这天正是贾政热闹的生日宴席。有人报告六宫都太监夏老爷前来降旨。贾赦和贾政马上止戏文、撤酒席、摆香案迎接。夏老爷偏偏卖关子，既不报告元春封妃，也不留下喝茶，只宣布皇帝马上要见贾政。贾府的人极度恐慌，贾政心里面也是十五个吊桶打水——七上八下，害怕大祸临头。他急忙进宫。贾母一次次派人飞马打探，一次次回报都没有消息，全家惊惧不安。最后还是夏太监出来道喜，说大小姐晋封为贤德妃，请老太太带太太们进朝谢恩。老太太心里这才一块石头落地。女儿封个皇妃，害得爹过不成生日，害得七十多岁的祖母在屋檐下一站几个时辰，皇帝的淫威多么可怕。

元春封妃的消息一到，贾府立即变成了欢乐海洋，个个喜气洋洋，上下都有得意之色。为什么？因为家族的身份提高了。原来位列八公，现在是皇亲国戚。只有宝玉一个人不高兴。宝玉因秦钟病重而担心，大姐姐晋封也没解得他的愁闷。"贾母等如何谢恩，如何回家，亲朋如何来庆贺，宁荣两处近日如何热闹，众人如何得意"，曹雪芹连续用五个"如何"把贾府的繁华势力一笔带过。这么大的事，这么荣耀的家族喜事，宝二爷不在乎。大家就笑他越来越呆了。宝玉关心什么呢？关心秦钟的病，更重要的是关心林妹妹的归期。

林黛玉要从扬州回来之事又简单插了一笔。林黛玉跟谁来？贾琏和贾雨村。遗憾的是，曹雪芹惜墨如金，关于贾琏和贾雨村这两个在不同领域坏得精彩的"同宗弟兄"如何交往，一个字也没写。黛玉再次回到贾府，贾雨村怎么又插一杠子呢？曹雪芹信笔一书，把官场瓜蔓关系又描一笔。贾雨村在官场的起伏始终跟四大家族的权势紧密相连。他在甄士隐的资助下进京通过科举得官，因"贪酷""擅篡礼仪"被罢官，然后做了林黛玉的老师，受林如海的资助和贾政帮忙，得以起复。葫芦僧乱判葫芦案中交代，王子腾还在他的起复中起了作用。这次贾雨村进京陛见，本来只是一般地方官员朝见皇帝，却因为王子腾"累上保本"，成了到京城候补京官。下一步，成了"兴隆街大爷"的贾雨村继续跟贾府保持联系，对贾赦的恶行助纣为虐，跟贾政"风雅往来"，还骚扰贾宝玉，由此可推断，他肯定还跟王子腾也加强了联系。结果就是，他的官职后来蹿到贾政之上，做上了大司马。

黛玉出落得更加超逸

《红楼梦》有个有趣的现象，绛珠仙子临凡的林黛玉来到人间，跟她产生密切关系的男性除宝玉外，还有两个常和她打交道的男子：一个是官场老油条贾雨村，她的老师；一个是荣国府的花花公子贾琏，她的表哥。但曹雪芹从不写林黛玉和贾琏打交道。他们去扬州往返几个月，曹雪芹只字不提。仔细想想，曹雪芹太高明了，贾琏肯定对小表妹呵护有加，但是如果写贾琏爱护黛玉，是不是有损绛珠仙子？所以一字不写最高。同样的，前八十回中，林黛玉也没有一个字提到她的老师。

终于，琏二爷和林姑娘进府了，宝玉盼星星盼月亮盼着的林妹妹回来，二人见面时悲喜交集，又大哭了一场。宝玉一边看一边琢磨，林妹妹出落得越发超逸了。

黛玉在宝玉心目中是神仙似的妹妹，两人分离几个月，宝玉看黛玉，应是"情人眼里出西施"，而曹雪芹从来不用普通小说的"沉鱼落雁、闭月羞花"写黛玉，他写黛玉是更"超逸"了，不是更美，而是更飘逸脱俗。

黛玉把她从江南带回的书送给宝玉和宝钗。宝玉把他认为最珍贵的礼物——北静王送的鹡鸰香串送给黛玉。这香串是皇上赏北静王、北静王转赠贾宝玉的，多么贵重！但是黛玉说："什么臭男人拿过的！我不要他。"北静王的香串，不要说贾政和贾母，就连贾宝玉也视同至宝，可是林黛玉掷而不取。

有红学家说，林黛玉的表现说明她反封建王权，其实没必要上纲上线。在黛玉眼中，宝玉之外的男人，哪怕是皇帝、王爷，都和自己毫不相干。她就是到人世间来向神瑛侍者还泪的，就是生活在理想彩云中的下凡仙女。她对宝玉的爱是真爱、纯爱。她不关心你的身世如何，前程如何，也不关心哪个重要人物夸你，送给你珍贵的礼物。设想一下，如果宝玉说，林妹妹，我在市面上给你淘来部王维的诗集或《漱玉词集》，大概林黛玉会高兴地接下来。

凤姐忽悠贾琏

宝玉见了黛玉，该贾琏去见凤姐了。

琏二爷这个称呼非常尴尬。贾琏是琏二爷，上面有个大爷，毫无疑问是贾珠。贾宝玉应是三爷，怎么成了宝二爷？我琢磨了好多年的结果是：这个称呼说明贾赦这一支在荣国府被边缘化了。一个大家庭子女排序，分大排行和小排行。所谓大排行，是同一个祖父甚至同一个曾祖父的兄弟姐妹之间的排行。所谓小排行，就是同一个父亲的兄弟姐妹之间的排行。比如，我有三个哥哥，我平时叫"大哥"的，当我和伯父家的人说话时就改称"二哥"。因为在我祖父的孙子中，二伯父的儿子排老大，我大哥排老二。看来贾琏和贾宝玉也是这个情况。一开始他们按同一个祖父排行，贾珠是珠大爷，贾琏是琏二爷，贾宝玉该是宝三爷了，但他又成了宝二爷，这就来自第二个排行，同一个父亲贾政的儿子排行。贾珠是珠大爷，贾宝玉是宝二爷，贾环是老三。荣国府已经有个琏二爷，又冒出个宝二爷，这就说明在荣国府，贾政的重要性超过了贾赦。小弟弟贾宝玉和大哥哥贾琏一块儿做二爷，荣国府实际的嫡长子贾琏怎会不尴尬？

让贾琏尴尬的，不仅是弟弟比哥哥重要，还有妻子比丈夫长脸。贾琏在荣国府帮着处理家务，但冷子兴早就说过，他妻子比他强。

贾琏这个能干的妻子是不是就像有的红学家说的，一直在贾琏跟前张牙舞爪？恰恰相反，当王熙凤和贾琏在一起时，协理宁国府威风八面的女强人王熙凤，突然变成快快乐乐、妙语如珠、在丈夫跟前撒娇的小娇妻。

贾琏从扬州回来，王熙凤看房内无外人，笑道："国舅老爷大喜！国舅老爷一路风尘辛苦。小的听见昨日的头起报马来报，说今日大驾归府，略预备了一杯水酒掸尘，不知赐光谬领否？"

凤姐的话多有趣！当凤姐用吴侬软语说这番话时，会不会像黄鹂啼鸣？元春封妃，贾琏当然是国舅老爷，但这应是下人、外人对他的称呼，做妻子的这么叫，就是在向丈夫撒娇。戏剧舞台有个程式叫"元帅升帐"，就是下边的人向元帅报告敌情，凤姐说"头起报马来报"不就是开玩笑？而且自称"小的"，说自己是身份低微的人，给贾琏"略"预备水酒，请他"赐光谬领"。王熙凤真不得了。《红楼梦》一开始写她不认字，后来查抄大观园时她能念信。当时不认字的凤姐，能搜寻文言插科打诨，真是个性格多面化的形象。

贾琏听到王熙凤这番调侃的话，回答不出多有趣的话来，只是："岂敢岂敢，多承多承。"

接着贾琏问家事，感谢凤姐操劳和忙碌。凤姐长篇大论了一番，每句话都很有趣，每句话都不是真话，我们一句一句看看她怎样忽悠丈夫。

"我那里照管得这些事！见识又浅，口角又笨，心肠又直率，人家给个棒槌，我就认作'针'。脸又软，搁不住人给两句好话，心里就慈悲了。"这话跟初见黛玉时一样，说的比唱的好听，都是说假话。凤姐的潜台词是：你看看我照管了多大的事？管了宁国府，捎带着继续管荣国府！你们贾府所有爷们儿，谁的口齿伶俐都没法和我比，谁的心眼也没我多，谁也别想骗我，姑奶奶脸酸心硬，心狠手辣。贾府人有千条妙计，我有一定之规！

凤姐接着说："况且又没经历过大事，胆子又小，太太略有些不自在，就吓得我连觉也睡不着了。我苦辞了几回，太太又不容辞，倒反说我图受用了，不肯习学。殊不知我是捏着一把汗儿呢。一句也不敢多说，一步也不敢多走……蓉儿媳妇死了，珍大哥又再三再四的在太太跟前跪着讨情，只要请我帮他几日；我是再四推辞，太太断不依，只得从命。依旧被我闹了个马仰人翻，更不成个体统，至今珍大哥哥还抱怨后悔呢。你这一来了，明儿你见了他，好歹描补描补，就说我年纪小，原没见过世面，谁叫大爷错委他的。"

正话反说，振振有词，真叫个本领！贾珍求王熙凤去宁国府，根本就没跪着求太太。也不是太太叫王熙凤去，太太一再推辞，而王熙凤一句客气话没说，主动出击："大哥哥说的这么恳切，太太就依了罢。"而且她在宁国府什么事不敢说？什么事不敢做？说打板子就打板子，说扣人的银米就扣人的银米。王熙凤这是想让贾琏找贾珍亲自听听，她在宁国府闯出多么精彩的场面，留下多么显赫的名声。

王熙凤说到管家奶奶们不好缠，坐山观虎斗、借剑杀人、引风吹火、站干岸儿、推倒油瓶不扶、指桑骂槐等，这些打趣的话全是生动的市井口语。这番话，绝对不可能从林黛玉、薛宝钗、李纨这些人嘴里说出来。王熙凤经常和管家奶奶们打交道，听到无数这样的话，也琢磨出和这帮人打交道的门道。借剑杀人、因风吹火，都是她干过的。她说这番话的目的是让贾琏知道，甭管他们怎么办，魔高一尺，道高一丈，自己都有本事把他们管住。

王熙凤愚弄贾琏，表面做谦虚之状，实际内心得意扬扬，越说自己无能，越反衬出自己多么能干，王熙凤的聪明、心机、口才，被展现得活灵活现，而且是以在丈夫跟前撒娇的小娇妻的身份表现出来。国外有些大学讲《红楼梦》，在学生中调查，最喜欢《红楼梦》中的哪个人物。得票最高的就是王熙凤。因为王熙凤的某些行为和处世方式，与现代人最接近。一个人在纷纭复杂的社会中，怎样脱颖而出，怎样保住自己，怎样向前发展，王熙凤给现代的大学生、研究生，甚至工作了的年轻人，提供了参考。

恩爱夫妻同床异梦

贾琏和王熙凤是恩爱夫妻，但也经常同床异梦。王熙凤常琢磨严格控制丈夫，严格控制贾府的财务大权。贾琏当然也琢磨怎么捞钱，但他更乐意对美女见一个爱一个。他们说话时，听到外面有人说话，凤姐问是谁。平儿说，是姨太太打发香菱来问她句话，已经把人打发回去了。这是平儿现编的，来人并不是香菱，而是旺儿媳妇。旺儿夫妇负责替王熙凤放高利贷。贾琏刚到家，旺儿媳妇早不送，晚不送，偏偏这时把高利贷的利钱送来了。贾琏就在屋内，平儿不能说是送利钱的来了，她捏造个理由报告凤姐。后来平儿对凤姐说，咱们家那个爷，油锅里的钱还得找出来花，要是听说奶奶有了体己，还不得放心地花。所以就编个香菱来了的理由。这话当时虽把贾琏骗过去了，却勾起他说了一段叫王熙凤吃醋的话。贾琏色眯眯地说，我刚去看姨妈，和一个年轻小媳妇撞个对面，模样长得好齐整，原来她就是香菱，给薛大傻子做了房里人，越发出挑标致了，那薛大傻子真玷辱了她。

贾琏很会欣赏女性美。香菱本来就漂亮，现在做了薛蟠的妾，穿戴变得贵气以后，更漂亮了。凤姐一听，酸溜溜地说："嗳！往苏杭走了一趟回来，也该见些世面了，还是这么眼馋肚饱的。你要爱他，不值什么，我去拿平儿换了他来如何？"凤姐嘴里的"世面"单指女色。平儿是凤姐从娘家带来的心腹大丫鬟，她居然说要拿平儿换香菱！但凤姐真能这么纵容丈夫？这只是说说而已，其实也是向丈夫撒娇。你已经在苏杭玩了个遍，现在又看上香菱，那我就给你换了来！玩笑谁不会开？但是把玩笑开得点到为止，就得有点儿本事了。

王熙凤在贾琏跟前拈酸吃醋，吃苏杭没见过面的女人的醋，吃香菱的醋，一概用撒娇的语气。王熙凤会不会在丈夫跟前剑拔弩张？不会。王熙凤不在"夫为妻纲"上越雷池半步。她要叫贾琏充分感受到自己是家里的主宰，要尊着他，敬着他，就像小说写的，她准备下了酒菜，给贾琏接风，"夫妻对坐。凤姐虽善饮，却不敢任兴，只陪着贾琏"。王熙凤是做戏吗？不是，归根到底，封建社会的男尊女卑、夫为妻纲，王熙凤也得遵守。在这方面，她和邢夫人、王夫人只是程度不同，没有本质区别。

贾府接驾，埋藏真实历史

—— 第十六回　贾元春才选凤藻宫　秦鲸卿夭逝黄泉路（下）

元春封妃后，归省大戏徐徐拉开，曹雪芹在贾府接驾的描写中，不自觉地或多半是自觉地埋进了曹家接驾的历史密码。通过人物对话，曹雪芹把康熙皇帝南游的一些状况写进了小说。而在紧锣密鼓建造大观园的喜庆忙碌中，秦钟魂归太虚。

赵嬷嬷走门子

贵妃要省亲，就要修园子，这创造了很多就业机会。

贾琏和王熙凤喝酒，贾琏的奶妈赵嬷嬷来了。

在《红楼梦》里，两个人物的身份完全相同，个性却可以完全不一样。比如，宝玉的奶妈李嬷嬷已经闹了好几次事，她不仅把宝玉给晴雯留的豆腐皮包子拿走，把宝玉的枫露茶喝了，什么便宜都想占，可真正的光却沾不上。而这位赵嬷嬷就特别会来事。

赵嬷嬷一来，贾琏和凤姐叫她赶快上炕一块儿吃。她执意不肯，她知道不能和主子平起平坐。平儿在炕下安上个杌子当桌子，放上个小脚踏当座位。宝玉对奶妈大概还没这么上心。贾琏表现得不错，但凤姐比他还上心。她把赵嬷嬷当成自家有年纪的亲人来对待。贾琏给奶妈拣了两盘菜。凤姐马上说，妈妈咬不动那个，小心硌了她的牙。平儿你把昨儿的火腿炖肘子找来！正好给李嬷嬷吃。然后她又说，妈妈，你尝一尝你儿子带来的惠泉酒。贾琏见了奶妈，叫过一声妈妈吗？一声也没叫。但是凤姐不住嘴地甜甜地叫妈妈，好像她才是亲生的，太会做人了！赵嬷嬷同样会做人，她说，我这回跑了来，也不是为了来喝酒吃东西，我有正经事，奶奶你好歹疼疼我。我们爷，我把他从小奶了这么大，叫他照顾我那两个儿子，他答应得倒好，不兑现。我现在求奶奶才是正经，要是靠着我们爷，只怕我还饿死了呢。赵嬷嬷人情世故看得透亮，她知道凤姐办事能力比贾琏强，也知道凤姐喜欢奉承，求凤姐办事，得给她戴高帽。凤姐果然大包大揽道："妈妈你放心，两个奶哥哥都交给我。"凤姐何等冰雪聪明，贾琏你自己奶哥的事不管，让我来管，我能白管吗？得借着这个话题敲打敲打你！她借着这个话题，跟赵嬷嬷说了一番挖苦贾琏分不清内人和外人的妙语。意思是，咱们看着是外人的，贾琏却看作内人，有"内人"求他，他才慈软，在咱们娘儿们跟前，他才刚硬呢。凤姐给人的印象是心直口快，但心直口快的背后是话里有话。她说贾琏疼外人，外人其实就是外面的女人，她说贾琏专门把皮肉贴给外人，她说皮肉，指的是金钱，这是挖苦贾琏在外面寻花问柳。凤姐说的是什么，贾琏知道，奶妈也知道。奶妈维护自己奶大的儿子，说没有这么回事！分明是王熙凤吃醋，但吃得却亲切有趣。

王熙凤在那儿调侃，贾琏只能很不好意思地讪笑吃酒，这段似乎琐细的日常生活，把凤姐聪明伶俐得理不让人、赵嬷嬷老于世故擅长和稀泥写活了。

贾府接驾，隐藏旧日曹府荣光

贾琏说，快吃饭，我还要到珍大爷那里去商量事。这就把这一回的主要内容提到饭桌上议论。凤姐问，刚才老爷叫你干吗？贾琏说，还不是为了省亲盖园子。凤姐问，批准了吗？贾琏说差不多了。这时，赵嬷嬷也参加了议论。

这段闲话很重要，贾府准备为元妃省亲盖园子，隐藏了曹府的历史事实。

康熙皇帝南巡，曹家四次接驾，导致大量亏空，雍正皇帝上台就被抄家。这个历史事实被变形写进了元妃省亲的情节，但小说的情节升级了。曹雪芹的姑姑只是做了福晋，亲王正妻，并没做皇妃，而元春是皇妃。我跟清史专家阎崇年老师做过一个电视节目《康熙南巡和〈红楼梦〉》。我曾在节目里说，康熙南巡的主要价值是导致一部《红楼梦》产生。有康熙南巡才有曹家巨变；有康熙南巡作原型素材，才有元春省亲的小说情节。小说研究者如此"解读"历史，历史学家笑而不言。

康熙南巡下榻江宁织造府，是曹家莫大的光荣。曹雪芹忍不住通过凤姐、贾琏、赵嬷嬷的对话把当年的事写了出来。

凤姐说，"当年太祖皇帝仿舜巡的故事，比一部书还热闹"。太祖皇帝指谁？康熙皇帝。凤姐说的"当年"是她没遇到的事，赵嬷嬷却遇到了："嗳哟哟，那可是千载希逢的！那时候我才记事儿，咱们贾府正在姑苏扬州一带监造海舫，修理海塘，只预备接驾一次，把银子都花的淌海水似的！"这不就把曹寅当年在江宁（南京）盖行宫，"三汊河干筑帝家，金钱滥用等泥沙"说出来了？"还有如今现在江南的甄家，嗳哟哟，好势派！独他家接驾四次，若不是我们亲眼看见，告诉谁谁也不信的。别讲银子成了土泥，凭是世上所有的，没有不是堆山塞海的，'罪过可惜'四个字竟顾不得了。"甄家其实是曹家的原型，不多不少接驾四次，正是曹府经历过的事，借助人物的闲谈说了出来。凤姐说："我们王府也预备过一次。那时我爷爷单管各国进贡朝贺的事，凡有的外国人来，都是我们家养活。粤、闽、滇、浙所有的洋船货物都是我们家的。"王熙凤娘家是干什么的？是负责对外经贸的。据红学家考证，王家原型是曹雪芹祖母娘家李士桢家，即后来的李煦家。李士桢做过广东巡抚。康熙皇帝开放海禁，外国货物从广东、福建、浙江海关进入，王熙凤说广东、福建、云南、浙江的那些洋船货物都是我们王家的。曹雪芹在人物随意的闲谈中，放进了作家身世的资料，但做了很大改动，夸张了，升级了，王家比曹家更有钱更有势力。

凤姐借小帮派安插人

正聊得热闹，王夫人派人找凤姐。贾蓉和贾蔷来找贾琏汇报。平时王夫人一叫，凤姐闻风就跑，这一次她先止步稍候，听听这哥俩来干什么。贾蓉汇报盖省亲别墅的情况。贾蔷汇报到江南采买女孩子的事情。贾蓉说："我父亲打发我来回叔叔：老爷们已经议定了，从东边一带，借着东府里花园起，转至北边，一共丈量准了，三里半大，可以盖造省亲别院了。已经传人画图样去了。"贾蓉的话交代了大观园的建造位置。贾琏很会做人，既然贾珍派贾蓉来汇报，且说了老爷们商定，他赶快同意，说这样就很好，就按这个办。贾琏和贾蓉聊完了盖省亲别墅的事。贾蔷汇报：到姑苏买唱戏的女孩子，买乐器，买戏服，大爷（贾珍）派了我。有两个清客相公单聘仁、卜固修和我一块儿去。

单聘仁（谐音"擅骗人"）、卜固修（谐音"不顾羞"）又来了。贾琏把贾蔷打量一番说："你能在这一行么？这个事虽不算甚大，里头大有藏掖的。"贾琏的话点明此事可以从中牟利，脂砚斋评语说"射利人微露心迹"，贾琏并不是只关注美色的纨绔子弟，他很有谋利头脑。贾蔷不过十六七岁，其实贾琏也不过二十来岁。贾琏刚表示怀疑，贾蓉就在灯影里悄悄拉凤姐衣襟，形体语言是，婶子，你得给他撑腰！凤姐说贾琏："你也太操心了，难道大爷比咱们还不会用人？"先拿贾珍把贾琏唬住。然后说，你怕他不在行，他还真去和别人讲价钱？不过就是坐着指挥，我看他就挺好。贾琏无言可对，解释道，自己并不是不想让他去，而是替他谋算谋算。既然谋算就要问银子从哪儿出。贾蔷说，贾府在甄府存了五万两银子，我先拿三万两出来，另外两万两买花烛、窗帘时用。

买小戏子用三万，买花烛窗帘用两万，多大的开销，多大的气势！

贾琏考察贾蔷能不能干，没想到两个奶哥就有了就业机会。贾琏和侄儿好一通聊，赵嬷嬷听呆了，也没想到这就是儿子的机会。凤姐却听到了机会，见缝插针，顺手把那两个奶哥塞给了贾蔷："既这样，我有两个在行妥当人，你就带他们去办，这个便宜了你呢。"哪两个人？凤姐马上问赵嬷嬷，你两个儿子叫什么名字？这时恐怕贾琏都不得不佩服，王熙凤一句话，叫两个奶哥的差事有了着落。"两个在行妥当人"买过小戏子吗？没有，但凤姐故意这么说。贾蔷更精明，只要琏二婶子开口，你就是说两个大猩猩在行，我也领着它们走。坏小子领了五万两银子出美差，肯定会打很多偏手，王熙凤趁机安排亲信，他赶紧答应。

凤姐出来，贾蓉急忙跟出来问婶子要什么东西，他开个账，叫贾蔷买了来。凤姐又说句粗话："别放你娘的屁！我的东西还没处撂呢，稀罕你们鬼鬼祟祟的？"脂砚斋说凤姐和贾蓉、贾蔷是"一体一党"。他们是贾府的小宗派，王熙凤拉帮结伙，培植他们两个做亲信，我把它叫贾府的"拥凤团"，将来参加这个团的还有贾芹和贾芸，他们都是凤姐的亲信。

第二天贾琏见到贾赦和贾政，和管事的人、清客考察两府的地方，安排拆会芳园，处理东院的花园，把下人房子拆了，腾出盖省亲别墅的地方。

大观园是谁建造的？贾府的顶级花花公子贾珍和贾琏，他们从会芳园引了股活水，将来就引到潇湘馆。他们请山子野老先生设计，开始盖园子。贾政是比较清高的读书人，不管俗事，只叫贾赦、贾珍、贾琏管理。盖省亲别墅花了多少钱？贾蔷就掌握五万两银子，贾珍把更赚银子的活派给了他儿子，叫贾蓉负责打造金银器皿。贾元春才选凤藻宫，生动精彩、波澜起伏地交代完了。

秦钟夭亡的谐趣笔墨

家里发生了这么大的事，贾政没工夫管宝玉。宝玉当然很高兴，可以多和林妹妹玩。他担心秦钟病重，这天一早，他跟贾母汇报去看秦钟，正准备走，茗烟来报告："秦相公不中用了！"宝玉急得满厅乱转催车，李贵、茗烟跟着跑到秦钟家。秦钟已发了两三次昏，面如白蜡。宝玉说："鲸兄！宝玉来了。"

秦钟夭亡恰好在贾府上下迎接元妃省亲的热闹喜庆时刻。这是曹雪芹的惯用手法，写乐中悲，写热闹中的冷清。那边贾府热火朝天准备贵妃省亲，这边秦钟和智能儿偷期密约。秦钟被老爹揍了一顿，老爹气死，秦钟气息奄奄，濒临死亡。

秦钟之死有段荒唐描写。阎王派人捉他，秦钟的魂魄不愿离开，他记挂着家里没人管，记挂着父亲还有三四千两银子，记挂着智能儿还没有下落。

《红楼梦》经五次增删，很多不同文字保留在同一本书里。秦钟挂念父亲留下的三四千两银子，可能是漏洞。为秦钟读书，秦业凑了二十四两银子给贾代儒送去，现在怎么冒出来三四千两银子？秦钟惦记家里没人管，惦记银子，惦记智能儿，他怎么没惦记好朋友宝玉？秦钟求小鬼先别叫他走。小鬼不肯徇私，说，你是读过书的人，阎王叫你三更死，谁敢留人到五更？我们铁面无私，哪像你们阳世还可以徇情？这不是讽刺？曹雪芹借着秦钟之死，给阳界官府轻轻一击。

正闹着，秦钟听说宝玉来了，央求小鬼放我和好朋友说句话就来。众鬼道："什么好朋友？"秦钟说，是荣国公的孙子宝玉。判官一听，害怕了，吆喝小鬼："我说你们放了他回去走走罢，你们断不依我的话，如今只等他请出个运旺时盛的人来才罢。"

是谁运旺？贾宝玉运旺，因为北静王刚表扬他雏凤清于老凤声。是谁时盛？是他的姐姐元春要当贵妃了。小鬼说判官，你老人家雷霆电雹，原来听不得"宝玉"这两个字，我们是阴世，他是阳世，我们怕他干什么。判官说，放屁，天下官管天下事，阴阳一理，尊着这些有权力的人总没错。

曹雪芹是不是熟悉《聊斋志异》？阴世是阳世的倒影，蒲松龄不是一直这么写？小鬼把秦钟的灵魂放回来，秦钟对宝玉说："以前你我见识自为高过世人，我今日才知自误了。以后还该立志功名，以荣耀显达为是。"难道是因为秦钟风流过度，马上要见阎王，临死前才突然醒悟，自己如果不乱搞，好好念书，就可以读书做官，光大秦家门楣？

秦钟之死是有趣的游戏笔墨，曹雪芹借题发挥，对所谓无私执法的封建官吏，哪怕是阴司官吏，对他们欺贫怕富，怕有势力的人，做了绝妙讽刺。

图书在版编目（CIP）数据

马瑞芳品读红楼梦. 1 / 马瑞芳著. —成都：天地
出版社，2023.5
ISBN 978-7-5455-7482-1

Ⅰ.①马… Ⅱ.①马… Ⅲ.①《红楼梦》研究 Ⅳ.
①I207.411

中国版本图书馆CIP数据核字（2022）第239688号

MA RUIFANG PINDU HONGLOUMENG 1
马瑞芳品读红楼梦 1

出 品 人	陈小雨　杨　政
作　　者	马瑞芳
责任编辑	张诗尧　柳　媛
责任校对	马志侠
封面设计	尚燕平
责任印制	王学锋

出版发行　天地出版社
　　　　　（成都市锦江区三色路238号　邮政编码：610023）
　　　　　（北京市方庄芳群园3区3号　邮政编码：100078）
网　　址　http://www.tiandiph.com
电子邮箱　tianditg@163.com
经　　销　新华文轩出版传媒股份有限公司

印　　刷	北京文昌阁彩色印刷有限责任公司
版　　次	2023年5月第1版
印　　次	2024年5月第2次印刷
开　　本	880mm×1230mm　1/32
印　　张	7.25
插　　页	48P
字　　数	211千字
定　　价	68.00元
书　　号	ISBN 978-7-5455-7482-1

喜马拉雅策划出品

《马瑞芳品读红楼梦》现已全部上线，
欢迎大家扫码收听

课程简介

　　《红楼梦》生动地描绘了一个贵族大家庭的吃喝玩乐、生老病死、喜怒哀乐、婚丧礼祭，细致地描摹了一群贵族男女的诗意享乐、悲欢离合，可以看作一部艺术化的中国古代文化百科全书。

　　《马瑞芳品读红楼梦》是马瑞芳老师在总结数十年的研究成果后，逐回细讲《红楼梦》前八十回的倾心之作。从青丝到白发，她仍愿回到曹雪芹笔下，逐字逐句，和听众一起再历一次红楼大梦，从中品味《红楼梦》的人物情感，挖掘人物的复杂性格和内心世界，探寻家族盛衰荣辱背后的深刻原因，感受文学语言的优美洗练。

　　无论是在忙碌中寻静心，在休闲中寻意趣，在得意处寻惊醒，还是在失意处寻体悟，你都能产生共鸣。

欢迎收听更多精彩有声作品

《马瑞芳讲聊斋志异》
打开鬼狐神妖的奇幻世界

《听见·刘心武·读书与人生感悟》
茅盾文学奖得主刘心武八十自述

《必须犯规的游戏·重启》
危机四伏的逃生游戏再次开启